新潮文庫

宮沢賢治の真実

修羅を生きた詩人

今野　勉著

JN018323

新潮社版

11277

はじめに　「五人目の賢治」を探して

私はこれまで四人の宮沢賢治に出会っている。

昭和二十六年、中学三年生の時の夏休みに、学校の図書館でたまたま生徒むけの戯曲集を読んだ。その中に「貝の火」という、野兎《のうさぎ》の子ホモイを主人公にした戯曲があった。秋の文化祭でこの劇をやりたい、と私は思った。

その劇が、宮沢賢治の原作であることは、私の関心外だった。二学期になって私は、演劇指導の教師に、「貝の火」をやりたい、と申し出た。教師は、「お前、コテンテキだな」と言った。何を言われたのか、とっさには解《わか》らなかった。「コテンテキ」とは「古典的」のことだと気づいても、どうしてそう言われたのかが解らなかった。

「先生はな、炭鉱のおじさんやおばさんが、笑ったり泣いたりする劇をやりたいんだ」と教師は言った。私たちの中学校は、北海道の夕張山地の中の小さな炭鉱にあった。今考えれば、教師は、その頃、全国的に広まっていた生活綴方《つづりかた》運動に共感していたのだろうと解るが、十五歳の私は知らなかった。

教師に口答えすることのなかった私が、なぜか「貝の火」にこだわった。言い争いになり、教師はついに「勝手にしろ」と言って教室から出て行った。私は、戯曲のガリ版刷りから配役、出演、演出、美術、音楽まで、一人でやらなければならなくなった。結果は散々だった。

教師にさからってまで、なぜ「貝の火」にこだわったのか。「貝の火」は、説話風の童話である。野兎の子ホモイは、ひばりのひなの生命《いのち》を助けた褒美に、鳥の王様から「貝の火」という宝珠を贈られる。宝珠の中には美しい火が燃えていて、持主が善行を重ねればますます火は美しくなり、悪事を重ねれば珠《たま》は曇ってしまう。

ホモイは、まわりの動物たちにちやほやされ、悪賢いきつねにおだてられ、悪事に加担するようになる。宝珠「貝の火」はある日とつぜん破裂し、その破片でホモイの眼は傷つき失明してしまう。ホモイの父親は言う。「こんなことはどこにもあるのだ。それをよくわかったお前は、一番さいわいなのだ。目はきっと又よくなる。お父さんがよくしてやるから。な。泣くな」。父親役の私の、このせりふで劇は幕となる。

人はいい気になってはいけないよ、という教訓劇なのだが、私はこの教訓に感動して上演したいと思ったわけではなかった。なぜやりたいと思ったのか、その時は自分でも解らなかった。

昭和三十四年、大学を卒業して、東京のテレビ局に入社した私は、初めての夏のボーナスで、昭和二十七年刊の一冊の特製本を手に入れた。賢治の弟・清六の編集になる『雨中謝辞』という賢治の詩集だった。その中に、〔何をやつても間に合はない〕という詩があった（巻末註1）。

風雨の中を歩いているうちに、訪ねるべき家への道を見失い、道を訊《き》くためにある農家に立ち寄る。貧しい小屋の軒下に手づくりの巣箱があり、その中に兎が十羽もいて、稲びかりが差しこむと、兎の赤くうるんだ眼が見える。

《何といふ北の暗さだ／また一ぺんに叩《たた》くのだらう》

赤くうるんだ兎の眼を見た瞬間の賢治の内なる声が、こう書きとめられていた。「叩く」という言葉が何を意味しているか、私は即座に理解した。兎の額を鉈《なた》の背で叩くということだ。「一ぺんに」とは、十羽を一ぺんに殺す、ということだ。「何といふ北の暗さだ」と賢治は言っている。私は身がすくむ思いがした。

小学生から中学生にかけて、私は家の兎の飼育係だった。四軒長屋の各戸に小さな庭があって、どの家も野菜を作っていた。鶏小屋を作って鶏を飼う家もあった。巣箱を作って兎を飼う家もあった。私の家は両方だった。春先、父は、鶏のひな数羽と子兎を二羽、仕入れてくる。私は毎日、兎にやる草を刈った。時々、兎を草原に連れだして草を食わせることもあった。雪が降るようになると、父は、兎を殺した。

両耳をひと握りにしてぶら下げると、兎が暴れることはない。父は鉈の背で、片方の手でぶらさげた兎の額をこつんと叩く。仮死状態になった兎を、後ろ脚を広げて針金で竿《さお》に吊《つる》す。逆さに吊られた兎の下腹を刃物ですっと裂いて内臓を取り出し、毛皮を剝《は》ぐと肉となった。それが初冬の年中行事であった。

巣箱を見た賢治は、すぐ兎の運命を想像できたのだ。賢治の気配を感じて、飼い主が家から出てくる。「頰のあかるい」「青年」だ。青年は、雑誌を読んで勉強し、兎を飼い、懸命に生きている。親切に道を教えてくれた、その青年にむかって、賢治は、心の中で語りかける。その言葉が詩の最後の一行だ。

《その親愛な近代文明と／新な文化の過渡期のひとよ》

そのときの賢治の気持を、こう訳せばいいだろうか。

「君は兎を飼い兎を殺して豊かな生活を築こうとしている。確かにそれは近代文明であって君には親愛なるものだ。しかし、未来の文化は、他の生き物の生命など奪わずに豊かな生活ができる新しい文化であるべきなのだ。君は未来の文化への過渡期の人間であることを、自覚してほしい」

頰のあかるい青年を、「過渡期のひと」と見なす賢治の言葉には、菜食主義の実践者としての迫力がある。このとき賢治、三十一歳。

「生命の伝道者」。これが、私が出会った最初の賢治だ。彼は、思想家であり、実践者であり、そして夢想家である。

私はどちらかといえば現実主義者だ。一度も兎を食べることにためらいを感じたことはなかった。小学生だった弟が、中学二年生だった私から兎の飼育係を引き継いだ年の初冬のことである。ちゃぶ台に並ぶお総菜のひとつが、自分が昨日まで飼っていた兎だと気づいて、弟は泣きだした。そして、泣きながら兎を食べはじめた。それを見て、両親も私も笑った。笑いはしたが、弟がそのような人間でよかったと思う気持も私たちには確かにあった。

なぜ「貝の火」にこだわったのか。今では理解できる。内容は、ひばりのひなと子兎の話だ。飼っていた子兎と鶏のひなへの罪の意識が、無意識のうちに私にはあったのだ。「貝の火」に出会ったとき、それが揺さぶられたのだろう。

二人目の賢治の話をしよう。

高校二年生の三学期に、担任の教師がわが家を訪ねて来た。私を大学に行かせるように、と両親を説得に来たのだ。それは無理な話だった。私を頭に子供が五人、そのうえ鉱夫の父は持病があって仕事を休みがちだった。私は高校を卒業して炭鉱に勤め、家計を助けることになっていた。教師と両親のボソボソとしたやりとりを、私は障子で仕切られた隣りの部屋で聞いていた。

そのうち母親が、修学旅行のための積立金がある、それをあてれば、一回は大学受験ができるのではないかと思いついた。「修学旅行と大学のどちらをとるか」と言われた私は、「大学」と答えた。私は一回だけ国立大学を受けられることになった。当時、生活費が全国一安いといわれていた都市の仙台を選んで東北大学文学部を受け、合格した。

学生寮には、岩手県出身者が多くいた。彼らは石川啄木《たくぼく》や宮沢賢治に小さいころから親しんでいた。そのうちの一人が賢治の詩集を貸してくれた。そこで出会ったのが

「稲作挿話」だった。大学に行かなければおそらく私は「貝の火」以降、賢治に出会わなかっただろう。

賢治が八月の稲田の畔道《あぜみち》に立って、農家の子供に稲作について助言をしている。

《あすこの田はねえ／あの種類では／窒素が余り多過ぎるから／もうきつぱりと灌水《みず》を切つてね／三番除草はしないんだ》

助言の言葉が、そのまま詩のことばになっていた。子供は汗を拭《ふ》きながら聞いている。賢治が子供に教えているということは、その子は一家の柱として田んぼの作業をやらなければならないのだろう。

《もしもこの天候が／これから五日続いたら／あの枝垂《しだ》れ葉《ば》をねえ／斯《こ》ういふ風な枝垂れ葉をねえ／むしつて除《と》つてしまふんだ》

せわしなくうなずきながら汗を拭く子供をみて、賢治はその冬の講習に来たときの子供を思いだす。

《冬講習に来たときは／（中略）まだかゞやかなりんごのわらひを持ってゐた／今日はもう日と汗にやけ／幾夜の不眠にやつれてゐる……》

やつれた子供の顔を見ながら、賢治の助言は続く。

《それからいゝかい／今月末にあの稲が／君の胸より延びたらねえ／ちようどシャツの上のボタンを定規にしてねえ／葉尖《はさき》をとつてしまふんだ》

そのあとの賢治の心の声「……汗だけでない／涙も拭いてゐるんだな……」を読んだとき、私の眼に涙が滲《にじ》んできた。賢治の優しい言葉にもかかわらず、子供はこれからの労働のつらさを思い、不安にふるえて涙を流し、それを悟られまいとしているのだ。

賢治は、子供がそれまでにした作業を褒め、心配ないと励ましてこう言う。

《これからの本当の勉強はねえ／テニスをしながら商売の先生から／義理で教はる

ことでないんだ／きみのやうにさ／吹雪やわづかの仕事のひまで／泣きながら／からだに刻んで行く勉強が／まもなくぐんぐん強い芽を噴いて／どこまでのびるかわからない／それがこれからのあたらしい学問のはじまりなんだ／ぢやさようなら》

そして、賢治の〝独白〟。

《……雲からも風からも／透明なエネルギーが／そのこどもにそゝぎくだれ……》

私は、賢治にうしろから声をかけられながら、汗と涙にまみれて畔道を走る少年そのものだった。

「農業を信じ、農業を愛し、農業に希望を託した人」。これが、私にとっての二人目の宮沢賢治である。この「稲作挿話」の先に、農業と芸術の融合という夢があったのだろう。その夢はついえるが、わずかの間とはいえ、夢と希望に燃えて田んぼに立つ賢治の姿を、私は永遠に脳裏にとどめておきたい。

三人目の宮沢賢治は「野宿の人」である。

ひとり野宿する夜を詠《よ》んだ短歌がある。

《とろとろと甘き火をたきまよなかのみ山の谷にひとりうたひぬ》

この歌は明治四十四年一月の作である。題材は夏の山と思われる。前年の明治四十三年の夏の体験を詠んだものであろう。盛岡中学二年、誕生日が八月二十七日だから、それ以前なら十三歳、それ以後なら十四歳だ。いずれにしろ、十三、四歳でひとり山中に野宿する、というのは信じがたいことである。

賢治は中学一年の頃から、毎週土、日にかけて石や植物標本の採集目的で山々を歩きまわっていた。山小屋や旅館にも泊まったであろうが、かなりの頻度で野宿していたと思われる。賢治は自らの野宿について語っている。小学校時代の教師に語った話だという。

《五輪《ごりん》峠の頂上で一夜を明かしました。私は野宿がすきで、方々、ゴロゴロ寝て夜を明かすことがありますが、しかし、大しておそろしいと感じた事がありません。

ところが、五輪峠の夜ほど「おそろしさ」を感じたことはありません。空は澄み渡っています。地にはそよとの風もありません。天地の間に声するものは、私の呼吸する息だけでありました。海の底の静けさとでも申しましょうか。（中略）熊でも、狼《おおかみ》でもいいから、そこの笹原《ささはら》を動かしてもらいたい。強盗でも、追はぎでも、出て来てほしいと思いました。然《しか》し遂《つい》に何物も来ないで夜が明けましたが、その夜の長さは本当に千日にも比すべきものでありました。そして東天に曙光《しょこう》をながめた時の心持こそ、全く再生の恵みを、しみじみ感ずるのでした。》（『新装版 宮沢賢治物語』）（註2）

私は、この話を読んだときの驚きを今でも忘れない。テントどころか寝袋も持たず、毛布さえ持たなかったようで「方々、ゴロゴロ寝て夜を明かす」というのである。「大しておそろしいと感じた事がありません」というのである。

私も小学校五年から中学二年まで、五、六人の遊び仲間と毎年野宿の遠出をしていたので、野宿の実際を知っている。谷から平野へと流れる川を、手製の網で魚をすくいながら下っていき、夕方になると川原にテントを張る。テントといっても倒木を五、六本集めてきて三角錐《すい》の形に立て、そこに落葉松《からまつ》の枝をふいたもので、中には松の葉を敷く。焚火《たきび》の上に飯盒《はんごう》を吊して飯を炊《た》き、川でとったドジョウやカジカやウグイなどを具に味噌汁《みそしる》を作る。焚火は寝る間も絶やさない。ヒグマが寄ってくるのを防ぐためだ。焚火当番は、二時間交代で全員があたる。夜が明けると、また川下りだ。

夜の川原は天候によってさまざまの表情をみせる。風の日は近くの森から、何百台もの送風機をまわしているような轟音《ごうおん》が聞こえてくる。静かな夜は、時に、バシッという枝が折れるような音がする。どんな天候でも夜は怖ろしかった。星空が美しかったという記憶はない。あの野宿をひとりで、というのは、私にはただただ信じがたいことだった。

賢治でも、たった一度だけ怖ろしいと思った夜があったという。それは、天地が静けさに支配された夜だ。逆にいえば、賢治にとって、夜の野や林の中で耳にする風やけものや鳥がたてる音は心やすらぐものだった。彼の五感は、自然のあらゆる物音、匂《にお》い、肌ざわりを、親しいものとして受け容れていたのだ。賢治は、野宿において「自然」（すなわち宇宙）と一体化していたといえるだろう。

野宿をしながら満天の星を見上げている少年賢治を想像すると、私は率直に畏敬《いけい》の念を覚える。賢治は、十代の頃からずっと、限りない数の星を見ながら、自分は宇宙の一部であり自然と一体である、と実感してきたのだ。

賢治の身体性、感性、思想の根源をつくったのは、十代前半からの「野宿」体験だった。それが、宮沢賢治を「野宿の人」とするゆえんである。

四人目の賢治に話を進めたい。

昭和二年十二月発行の盛岡中学校校友会雑誌に、賢治が寄稿した詩がある。「銀河鉄道の一月」と題されている。

《ぴかぴかぴかぴか田圃《たんぼ》の雪がひかつてくる
河岸の樹《き》がみなまつ白に凍つてゐる
うしろは河がうら、かな火や氷を載せて
ぼんやり南へすべつてゐる
よう　くるみの木　ジユグランダア　鏡をつるし
よう　かはやなぎ　サリツクスランダア　鏡を吊し
はんのき　アルヌスランダア　鏡をつるし
からまつ　ラリクスランダア　かゞみを吊し
グランド電柱　フサランダア　かがみをつるし

さはぐるみ　ジユグランダア　鏡をつるし
桑の木　モルスランダ　鏡を………
ははは　汽車がたうたう斜めに列をよこぎつたので
桑の氷華は　ふさふさ風にひかつて落ちる》

一月のまぶしい陽光に田んぼの雪が光り、河から立ちのぼる水蒸気で樹々《きぎ》は真っ白に凍っている。その河は陽光を照り返しながら、氷を載せてゆるやかに南にすべっている。賢治は、汽車の窓から「よう　くるみの木」などと樹々に挨拶《あいさつ》を送る。どの樹も陽の光を鏡のように反射させて光っている。「よう　桑の木」と声をかけようとしたとき、樹々の列を横切った汽車の起こす風と震動で、桑の木についた氷の華は光って落ちてしまった。

内容は、とくに難しいものではない。南へ流れる川は北上川、その岸近くを走り川を渡る汽車は、花巻から仙人峠に至る岩手軽便鉄道（現・釜石《かまいし》線）。この岩手軽便鉄道をモデルにして、のちに賢治は童話「銀河鉄道の夜」を書くことになる。それでこの詩の題名が「銀河鉄道の一月」となっているのだ。ここまでは解る。

ところが、個々の詩句をとってみると、解らない言葉だらけである。「ジユグランダア」などのカタカナ語が何のことだか解らない。「グランド電柱」が解らない。『宮澤賢治語彙《ごい》辞典』には、カタカナ語のアタマの部分は、木の学名（ラテン語）の冒頭の属名であると説明されている。「ジュグランダア」は、くるみ（正確には、おにぐるみ）の木のラテン語の学名の「*Juglans*」（ジュグランス）からきている。以下、木の学名が並んでいる、ということだ。ところが、ラテン語のうしろにくっついている「ランダア」が何であるかについては、ドイツ語の「Lander」や「Ränder」をあてはめて、「垣根の杭《くい》」とか「並木の縁」とかの解釈があることを紹介しているが、そのように訳しても妙な日本語になるだけで、意味をなさない。

「グランド電柱」は、これも同辞典によれば、花巻の豊沢橋を渡って南へ続く道路に立ち並ぶ大きな電信柱のこと、と書かれているのでなんとなくは解るが、その電柱が「フサランダア」になっているのはどうしてか。そもそも電柱に学名があるはずもない。辞典では、「フサ」は、ドイツ語の「Husar」で「軽騎兵」の意味だとしている。電柱が、馬に乗った兵隊に似ているとはとても思えない。

当時、この詩を読んだ人は、題名の「銀河鉄道」の意味さえ解らなかったろう。「銀河鉄道の夜」は、まだ執筆中で誰もこの言葉を知らなかったのだから。

つまり賢治は、「誰にも理解できない言葉を使う人」なのだ。これが、四人目の宮沢賢治である。賢治の詩作は、小さい子供が無心でお絵描きをしているのに似ている。他人が見ても理解できない形や色づかいであっても、その子の頭の中では明確にあるイメージをなし、意味を持っている。その子は、絵を解ってもらうために描いているのではないのだ。

私は仕事柄、東京と北海道の家を往き来している。「銀河鉄道の一月」に出てくる六種の木すべてが、私の北海道の家から三十メートル以内に生えている。あるとき、家の敷地の栗《くり》の木がずいぶんと葉を茂らせているのを見て、思わず「よう、栗の木」とつぶやいたことがあった。その瞬間、賢治の「よう　くるみの木」を思いだしていたのだった。

賢治は、くるみの木に挨拶している。木を知人のように扱っている。「ランダー」は英語で「lander」ではないのか。「er」は動詞にくっついて「～する人」の意になる。

「land」は、「土地」とか「陸」を意味する名詞。動詞として使えば「上陸する」だ。もっとも、「er」をつけて「上陸する人」では意味をなさない。

賢治はしかし、平気で造語を使う人でもある。「lander」は賢治の造語ではないのか。意味するところは「その土地に住む人」。人間よりも古くからその土地に生きてきた木々に対する気持が、「ランダア」の語を造らせたのではないか。いかにも賢治が考えそうなことであり、「よう」という挨拶に対応する言葉のようにも思える。

「よう、古くからこの土地に住んでいるからまつのラリックスさん、吊った鏡が光ってきれいだよ」

「よう、古くからこの土地に住んでるはんの木のアルヌスさん、吊った鏡が光ってきれいだね」

なんだかいい感じだ。

では、「フサランダア」はどうか。これにはお手上げだった。辞書を何回見ても「軽騎兵」である。試しに大部の英和辞典を見てみた（註3）。「hussar」（フザー）が、「軽騎兵」。そして、訳語のあとに「busby」を見よ、の記号があるのに気づいた。そこを見ると「軽騎兵の礼装帽で毛皮製高帽」とあってイラストが描かれている。高帽のてっぺんに棒状のものが一本立っていて、その上に円《まる》いふさふさが載っていた。それはまるで、グランド電柱の腕木に積もった雪を思わせた。

私は思わず笑ってしまった。賢治がこのイラストを偶然見たとしよう。グランド電柱の敬称をこれにしよう、とひらめく。が、「バズビイランダー」という音が気に入らない。「バズビイ」を被っている「フザー」（軽騎兵）にしよう。語呂《ごろ》よく「フサランダア」……。

「よう、グランド電柱さん、腕木に雪が積もって軽騎兵の高帽の飾りみたいだよ。お前さんもこの土地の木の仲間入りかい」

賢治のイメージはこんなふうだったのかもしれない。そう思うと、子供のお絵描きのような気ままさに通じる気がした。

四人目の宮沢賢治は、「子供のお絵描きのように詩を作る人」でもある。具体例をもう一つ。「さわぐるみ」の学名は「ジュグランス」ではない。「*Pterocarya*」(プテロカリア)で始まる。しかし、「プテロカリアランダア」ではどうにも収まりが悪い。「おにぐるみ」の学名を代用してみよう。というわけで「さわぐるみ」が「ジュグランダア」になってしまった。おそらく、こんな具合だったのではなかろうか。

これらが、私の個人的体験の中で出会った四人の宮沢賢治である。

平成二十二年の夏、ある新聞から読書面のコラム執筆を依頼された。「好きなもの」を三つ挙げ、それぞれに短いコメントをつけてほしいということで、私が選んだうちの一つが、「鳥の家で宮澤賢治全集十四巻を一から読み直す」(註4)であった。

「鳥の家」とは、北海道の大沼国定公園の中に私が建てた「離れ」の愛称である。公園法の制限いっぱいの十三メートルの高さの、塔のような建物で、上に部屋が一つ載っかっている。ベランダに出ると木々の梢《こずえ》が目の前に迫っていて、鳥になったような気分になるので「鳥の家」と呼ぶことにした、と書いて学芸部あてに原稿を送った。

すぐに担当の記者から電話があった。宮澤賢治全集十四巻は『校本　宮澤賢治全集』のことだと思うが、現在は『新校本　宮澤賢治全集』十六巻が刊行されているのでそのように直していいか、ということだった。異存はなかった。

紙面に載った自分のコラムを読んで、少し落ち着かない気分になった。十六巻の新しい全集を私は持っていないのだ。中古本の新全集全十六巻を取り寄せた。増えるのは二巻だけと思っていた。ところが、新校本は各巻が上・下に分冊されていて、さらに別巻もあって合計三十八冊、九万円だった。

宮沢賢治を読み直すといっても、そのうちに、というのが正直なところであったが、大枚をはたいてみると、生来の貧乏性から、とにかく新しい全集を読んでみよう、となった。

さて、どこから手をつけようか。古い全集の中で私は唯一《ゆいいつ》、文語詩の巻をほとんど読んでいなかった。難解すぎて手に負えなかったのだ。私は賢治の文語詩を、解っても解らなくても、とにかく最後まで読み通してみようと決意した。新校本の文語詩は第七巻だ。予想どおり、冒頭の〔いたつきてゆめみなやみし〕からして難解だった。口語に直せば「病気になってしまって、夢はみんな終った」となる。こんな調子で辞書と研究書を頼りに何とか読んでいった末に、ある文語詩に出会った。

それは「猥」という字で始まっていた。「猥雑《わいざつ》」「猥褻《わいせつ》」の「猥」である。「猥」ではじまるそれもまた、一読二読では理解できなかったが、ただ難解なだけではなかった。そこに使われている字句を眺めていると、嫌悪《けんお》や憎悪や怒りなどが入り混った気配が感じられたのである。

《猥れて嘲笑《あざ》めるはた寒き》

これが最初の一行だった。いきなり「猥れて」とあるが、これは、どう読むのか。「猥」だけではない。短い四連のその詩の中には「猥」の他に、「嘲笑《ちょうしょう》」「凶」「秘呪《ひじゅ》」などの字句がただならぬ気配を発していた。私が知っている賢治――たとえば「世界がぜんたい幸福にならないうちは個人の幸福はあり得ない」と書く賢治とは別人のような賢治が、そこにいる気がした。

「猥」ではじまるその文語詩は、難解というよりは不可解であり、異様であった。これだけ「異形」であれば、誰かがとうぜん論じているはずだ。私は、宮沢賢治関連の蔵書百数十冊を繰ってみた。どこにも見当らなかった。

賢治が思いをこめて書いたであろう「猥」ではじまる文語詩は、誰からもまともに取りあげてもらえず、ほの暗い森の奥深くから微《かす》かな燐光《りんこう》を放っている——。そう感じたとき、私の中に小さいけれど強い火が灯《とも》った。それが始まりである。平成二十二年の秋のことだった。

もちろん、その時は、賢治についての本を書くなどということは、つゆほども考えていなかった。ただ、この異様で不可解な文語詩の向こうに、私の知らない五人目の賢治が立ち現れてくるのではないか、という楽しみはあった。

謎《なぞ》解き作業は、予想以上に難航した。結局、「猥れて嘲笑めるはた寒き」で始まる文語詩の謎を解くだけで三年近くかかってしまった。もっとも、それからが大仕事だった。解かれた謎は、次の謎を生んでいく。それが連綿と続いていった。

気がついてみると、私の謎解きの「旅」は、六年近くにも及んでいた。そして、最後に辿《たど》り着いたのは、未完の大作として知られる童話「銀河鉄道の夜」であった。「銀河鉄道の夜」は、賢治が生きてきたなかでのさまざまな要素をとりこんだ、自らの人生の集大成のような作品である。

ところが、そこに至って私は巨大な迷路に迷いこんだ気分になっていた。出口を求めて辿っても辿っても、明かりは見えてこない。そして、ついに諦《あきら》めかけたとき、奇跡としか言いようがないことが起こったのだった。

目次

はじめに　「五人目の賢治」を探して
第一章　謎の文語詩……31
第二章　「妹の恋」という事件……85
第三章　そのとき賢治も恋をしていた……115
第四章　「春と修羅」完全解読……206
第五章　ついに「マサニエロ」へ……294
第六章　妹とし子の真実と「永訣の朝」……330

第七章　「銀河鉄道の夜」と怪物ケンタウルス……379
終　章　宮沢賢治の真実……469
◆註
◆主な参考文献
解説　首藤淳哉

本文中の引用文は、短歌、文語詩、口語詩などを除き、あえて現代仮名づかいにした。原典のルビを移動したり、新たにルビを付したりした個所がある。

図版制作　アトリエ・プラン

宮沢賢治の真実

修羅を生きた詩人

第一章　謎《なぞ》の文語詩

1　これがあの賢治の詩なのか

昭和八年夏、死の直前の宮沢賢治は、それまで数年かけて推敲《すいこう》してきた文語詩を清書した。

賢治はそれらを「文語詩稿五十篇」と「文語詩稿一百篇」と題して残した。「猥」という文字ではじまるその文語詩は、「文語詩稿一百篇」の四十四番目にある。題名はない。そういう場合、新全集では、最初の一行を〔　〕でくって仮の題名としている。〔猥れて嘲笑《あざ》めるはた寒き〕だ。

賢治の文語詩はどれも難しいが、漢和辞典や古語辞典などの助けを借りれば、何とか理解できる。しかし〔猥れて嘲笑めるはた寒き〕の難解さは、次元が違う。ひとつひとつの単語はそれほど難しくはないのだが、単語の意味が解《わか》っても詩の内容はさっぱり解らないのだ。

何はともあれ、全文を見ていただこう。

《猥れて嘲笑《あざ》めるはた寒き、凶つのまみをはらはんと
かへさまた経るしろあとの、天は遷《うつ》ろふ火の鱗《うろこ》。
つめたき西の風きたり、あららにひとの秘呪《ひじゅ》とりて、
粟《あわ》の垂穂《たれほ》をうちみだし、すすきを紅く燿《かが》やかす。》

これだけの短い詩である。一読して全体の意味が解る人はいないだろう。

まず「猥れて」が読めない。「猥」は「猥褻《わいせつ》」の「猥」である。「みだら」の意だ。「淫《みだ》ら」と同義である。だが、辞書で調べても「猥れて」をどう読むかは出ていない。〔猥れて嘲笑める〕を新全集の下書稿で調べてみると、賢治は「猥《な》れて」とルビを振っている。賢治は「猥」を「な」と読ませたいのだ。「なれて」なら、普通は「慣れて」か「狎《な》れて」となる。しかし、賢治はあえて「猥」を使って「なれて」とした。

おそらく賢治は、「狎れ狎れしい」と「猥《みだ》らな」の両方の意味を込めたのかもしれ

ない。そう推測するのに一週間ほどもかかってしまった。

「嘲笑める」は、字面《じづら》から「嘲笑《あざわら》う」と解るが、辞書には「嘲《あざ》み笑う」という言葉しか見当たらない。「嘲み笑う」は六音なので、「猥《な》れて」の三音と合わせて七音にするには何とか四音にしなければならない。賢治は「嘲笑《あざ》める」という四音の言葉を作ってしまったようだ。韻律を整えるための造語は賢治の常套《じょうとう》手段である。そうまでして「嘲笑う」にこだわったというのに、誰が誰を嘲笑っているのか、肝心のところは何ひとつつかめない。

「凶つのまみ」は「禍《まが》つの眼」と解せる。「不吉な、恐ろしい、邪悪な眼」という意だが、それが何を表しているのか、推し測る手がかりはない。

賢治は、この「凶つのまみ」を打ち払おうとして「しろあと」へ行く。どのようにして打ち払うというのか。それは「秘呪」を唱えることだった。その声はしかし、荒々しく風に吹き消されてしまう。ここで言う「秘呪」とは何か。

賢治がつねに手許《てもと》においていた島地《しまじ》大等《だいとう》著『漢和対照　妙法蓮華経《みょうほうれんげきょう》』（妙法蓮華経＝法《ほ》華経《けきょう》）の中の「法華字解」に「呪」の解説がある。「呪」とは、中国の言葉で「秘密の言葉」という意味であり、もとは、梵語《ぼんご》（サンスクリット語）の「ダーラニ」（陀羅尼）である。その秘密の言葉は、一切の障害を取り除いて、禍《わざわい》が起らないようにする働きがある、と記されている。

陀羅尼とは、たとえば、どんな呪文なのか。

《阿梨《アリ》　那梨《ナリ》　㝹那梨《トナリ》　阿那盧《アナロ》　那履《ナビ》　拘那履《クナビ》》

『妙法蓮華経』に記載されている陀羅尼の一例である（註5）。夕闇《ゆうやみ》迫るなか、冷たい風に吹かれながら、右の呪文を唱える賢治の姿を想像してみる。何が賢治をこうまでさせたのか、と思ってしまう。一カ月ほど苦闘した結果、私はこの詩の大意をとりあえず次のように読んでみた。

「狎れ狎れしく猥《みだ》らにつきあっていて裏で嘲笑うとは何と寒々しいことよ。
邪悪な眼を打ち払おうと、家へ帰る途中もう一度城あとに立ち寄ってみたら
空には火の鱗のようなまっ赤な雲が走っていた。
冷たい西風が吹いてきて、私が唱えていた秘密の呪文を荒々しく奪いとっていき
垂れた粟の穂を打ち乱し、すすきをゆすって紅《あか》く輝かせた」

ひとつひとつの言葉の解釈は、かろうじてこんなものだと思うのだが、詩全体の意味はまるで見当がつかない。賢治はいったい、この詩で何を訴えようとしたのか。

このとき賢治の身辺で、何か尋常ならざることが起っていたことは確かだろう。ただ賢治は、そのことについて一切、手がかりを残していない。

とにかく、解るところから始めるしかない。この詩に書かれているのは、いつのことなのか。

年は不明だが、季節は秋だ。粟の穂が垂れ、すすきの穂が白くかがやくのは九月から十月。時刻は、夕方、落日のときである。

場所は、「しろあと」とある。賢治が生涯の大半を過ごした花巻の花巻城趾《じょうし》にちがいない。

「かへさまた経る」とは、「帰るときに、城あとにまた立ち寄った」ということ。つまり賢治はこの日、一度は城あとへ行っているのだ。

賢治の文語詩には、それ以前に作られた短歌や口語詩を題材にしているものがかなりある。そうした短歌や詩があれば、この文語詩解読の手がかりになる。

しかし、新全集の解説には、そのような関連作品は記されていない。残る手がかりは、賢治が何度も書き直した〔猥れて嘲笑める〕の下書稿だけである。

〔猥れて嘲笑める〕の下書稿は、四種類残されていて、それぞれの段階で推敲をくり返している。それらを私なりに整理して、まずは下書稿（一）を読んでみる（以下の下書稿ごとにつけたA、B、Cは著者の整理による）。

下書稿(一)―A

《寂《しず》まる桐《きり》のかれ上枝《ほずえ》
翔《か》くるは赤きうろこ雲

あゝまた風のなかに来て
かなしく君が名をよべば
あけびのつるのかゞやきて
鳥は汽笛を吹きて過ぐ》

これが文語詩〔猥れて嘲笑める〕の最初の形だ。七音・五音の定型詩である。最初の二行を書き写したとき、私は、これとほぼ同じ賢治の自由詩を読んだことがある、と気づいた。初期創作時代の短唱群、通称「冬のスケッチ」だったかとあたりをつけて、新全集・第一巻の「冬のスケッチ」を調べると、次の二行が見つかった。

《寂まりの桐のかれ上枝
　点々かけける赤のうろこぐも》

あきらかに、「冬のスケッチ」のこの二行は、〔猥れて嘲笑める〕の下書稿（一）―Aと重なる。「冬のスケッチ」のこの二行は、〔猥れて嘲笑める〕の先駆形だ。「冬のスケッチ」は、四十九葉の原稿用紙に書かれた、詩作のためのメモ集だ。新全集・第一巻に、「冬のスケッチ」が書かれた時期を推定する記述があった。

《紙葉三一の第一章に「職員室」があって、農学校教師時代が含まれることは確かである。四三の第二章「郡役所」を考え合せると、移転前の稗貫《ひえぬき》農学校時代と見られ、両章とも季節が冬であることから、両章は大正十年十二月から大正十二年三月までの間の作と考えられる。》

「寂まりの」は原稿用紙「四四」番目である。「四三の第二章『郡役所』」の直後の頁《ページ》だ。両者は同時期の作と考えてよさそうである。大正十年十二月というのは、賢治が花巻の稗貫農学校で教職に就いた時であり、大正十二年三月というのは、花巻農学校に名称が変わって、花巻の郊外に移転しようという時期だった。その間の「秋」となると、大正十一年の秋に限られる。自由詩「寂まりの」と文語詩〔猥れて嘲笑める〕が同じ日のものとすると、〔猥れて嘲笑める〕は、大正十一年の秋の、とある一日に材をとったものということになろう。

城あとのある同じ高台に稗貫農学校もあった。文語詩中の「かへさまた経るしろあとの」は、学校から家に帰る途中に城あとへ立ち寄ったという意だろう。

大正十一年は、詩人・宮沢賢治にとって大きな転機となった年だ。同年十一月二十七日、妹とし子（本名トシ。本書では賢治にならって「とし子」とする）が肺結核で病死した。二十四歳だった。賢治は二つ違いの二十六歳。妹の死を悼《いた》んで作られた「無声慟《むせいどう》哭《こく》」詩群は、人の死を悼み悲しむ絶唱として今もなお私たちの胸を打つ。

「無声慟哭」詩群の最初の詩「永訣《えいけつ》の朝」には、死に瀕《ひん》したとし子が、「あめゆじゅとてちてけんじゃ」（雨雪を取ってきてちょうだい）と賢治に頼んだ言葉がそのまま記されている。その日は「雨雪」、すなわち霙《みぞれ》の日だった。初冬に近い晩秋である。〔猥れて嘲笑める〕は、妹とし子の死の一、二カ月前の出来事と推測される。

そうだとすると、下書稿（一）―Aの「あゝまた風のなかに来て／かなしく君が名をよべば」は、病床の妹とし子を歌ったものなのかもしれない。

さらに日時を特定する手がかりはないか。「冬のスケッチ」四十四葉の「寂まりの桐のかれ上枝」の前後の詩を調べてみる。

「寂まりの桐のかれ上枝／点々かける赤のうろこぐも」のすぐあとに、初雪の日を思わせる短唱があった。

《灰いろはがねのいかりをいだき
われひとひらの粘土地を過ぎ
がけの下にて青くさの黄金を見
がけをのぼりてかれくさをふめり
雪きららかに落ち来《きた》れり。》

まだ枯草があって雪が降ってきた、という。初雪だろうか。

盛岡地方気象台に大正十一年の初雪の日を問い合わせると、当時、岩手県の気象観測を行っていたのは太平洋岸の港町にあった宮古測候所だと判った。ところが、当時は初雪の記録は取っていなかったという。盛岡地方気象台が初雪を記録しはじめたのは大正十三年からで、その年の盛岡の初雪は十一月十五日だった。

地元紙で大正十一年の初雪の記事を探してみた。「岩手日報」の十一月十二日付の紙面に「初雪降る」の記事があった。十一日の明け方から雪となり、家々の屋根はまっ白になった。雪はうっすらと積もる程度だったらしい。天候は午前中に回復し、その後、雲ひとつない快晴となった。記事は盛岡地方の様子を伝えたものだが、盛岡から直線距離で三十五キロ南の花巻も大差がなかったのではないか。その天候の様子を「雪きららかに落ち来れり」と記したのかもしれない。「冬のスケッチ」の「寂まりの……」は、「雪きららかに……」の前に置かれている。「寂まりの……」は、初雪（大正十一年十一月十一日）より前に書かれたと仮定してみる。

とし子が亡《な》くなったのは同年十一月二十七日。〈猥れて嘲笑める〉が作られたのが、亡くなった日の前なのか後なのかで、下書稿（一）―Aの「あゝまた風のなかに来て／かなしく君が名をよべば」の意味が大きく異なってくるだろう。

とし子はこの年の七月から、花巻の南郊の下根子《しもねこ》桜《さくら》にあった宮沢家の別荘で療養生活を送っていた。病状を心配して名を呼んだ、とも考えられるが、賢治が城あとへ行った日が十月のうちだとすると、新全集の「年譜」などで調べてみても、十月は、妹の病状はそれほど差し迫った状態にはなっていなかった。「かなしく君が名をよべば」の「かなしく」とは何のことだろう。

稗貫農学校、郡役所、城あとは同じ高台にある。岩手軽便鉄道も通っていた（註6）。それらの位置関係を大正時代の花巻の地図で示してみよう（図1）。

本丸跡とあるのが花巻城趾。内堀《うちぼり》が残っている。稗貫農学校はその西側にあった。一帯は、崖《がけ》に囲まれているので、平らな段丘と思われる。鳥の顔のような形である。花巻城は昔は鳥谷ヶ崎《とやがさき》城と呼ばれていたという。近くに鳥谷崎《とやがさき》神社がある。農学校の脇《わき》の駅名も「鳥谷ヶ崎」なので、ここらは、〝鳥谷ヶ崎段丘〟とでも呼んでおこうか。段丘の北側の低地が花巻町、南側の低地が花巻川口町で、こちらに賢治の自宅がある。

〔猥れて嘲笑める〕に秘められた賢治の行動が少しずつ判《わか》ってきた。大正十一年のある秋の日の夕刻、賢治は、稗貫農学校の正門を左に出た。館坂《たてさか》を下れば、自宅のある花巻川口町だが、そうせずに軽便鉄道の鳥谷ヶ崎駅から線路に沿って左折した。それ以前に一度行った城あとへ、再び行こうとしたのだ。途中で賢治は、また左折して城あとへ向かった。そのときの城あとの情景が、次の下書稿（一）―Cだろう。

下書稿（一）―C

《業《わざ》うちはてし夕暮を

この城あとにとめくれば
寂まる桐のかれ上枝《ほずゑ》
翔くるは赤きうろこ雲
西風きみが名をとりて
すゝきのむらをかゞやかす》

「業」は、仕事のことだ。農学校の授業のことだろう。「とめくれば」は「訪め来ればば」である。

「授業を終えて夕刻にやってきた城あとの桐は、上枝がまず枯れるという特有の枯れ方をしている。桐の林に風は吹いていない。空の雲は、夕焼に映えて走っている。風が急に吹いてきて、声にして呼んでいた君の名前を奪っていき、すすきの群を打ち乱した」

城あとには、すすきが群生していたのだ。

下書稿(一)で注目すべきは、「君が名」(君の名)だ。それは、下書稿(一)のA、C、Dの中で次のように変化して詠《よ》まれている。

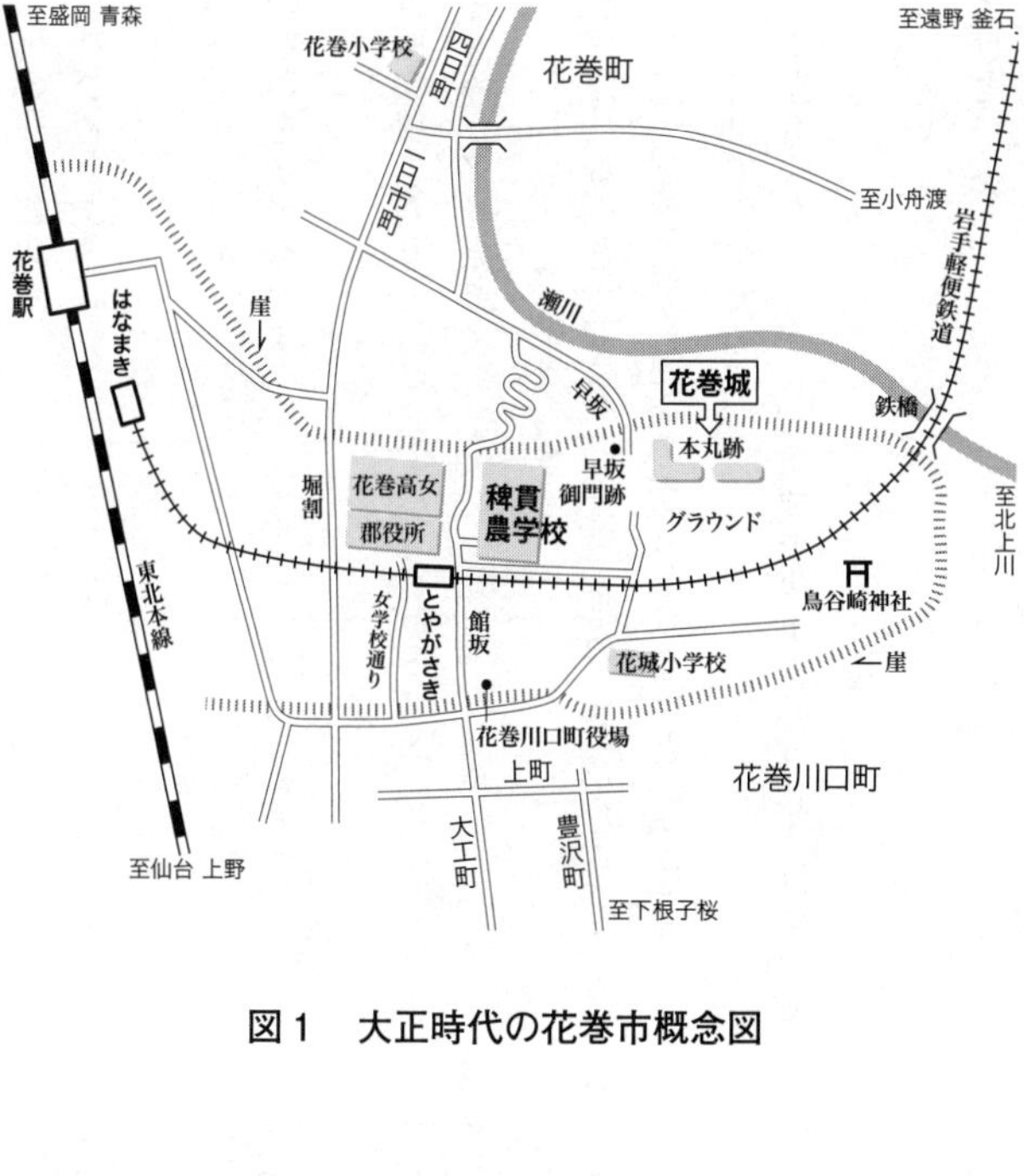

図１　大正時代の花巻市概念図

A＝あゝまた風のなかに来て
　かなしく君が名をよべば
←
C＝西風きみが名をとりて
　すゝきのむらをかゞやかす
←
D＝つめたき西の風きたり
　秘めたるきみが名をとりて

風の中で名前が呼ばれる「君」「きみ」とは、誰のことだろう。この「君」「きみ」は、〔猥れて嘲笑める〕の謎を解く鍵《かぎ》なのかもしれないとの予感もしてくる。下書稿(一)は、推敲された下書稿(二)となる。

下書稿(二)は簡単なものだ。しかし、重要な事実が盛り込まれている。

　下書稿(二)
《業《わざ》を了《お》へしとひとひみし

悪《あ》しきまなこをはらはんと
このしろあとにとめくれば
もずははてなくちらばりて
翔くるは赤きうろこ雲》

「ひとひみし」は「一日見し」である。一日中、何かを見ていた（読んでいた）のだ。賢治はこの日、授業とは別に一日中何かを見ていた。「ひとひみし」は、「悪しきまなこ」に掛っている。「悪しきまなこ」を打ち払おうと城あとへ来た——。読んでいたものから感じとったのは「悪意の眼差《まなざ》し」だった。その眼差しを打ち払うために城あとへ来た。下書稿(二)は、そう告げている。

下書稿(三)は、とつぜん、不可解な展開をみせる。

まず、この文語詩に題名がつけられた。その題は「判事」。予想もしない題名である。そして初めて、あの「猥」が、そして「凶つの眼」や「秘呪」が現れる。

下書稿(三)—A

《判事

猥《な》れてぬすめるはた寒き
凶《まが》つの眼《まみ》をはらはんと
たまゆら立てるこの丘に
翔くるは赤きうろこ雲

つめたき西の風きたり
そゞろにひとの秘呪《ひじゅ》をとり
粟《あわ》の垂穂《たれほ》をうちみだし
すゝきを紅くかゞやかす》

「猥」には自らルビをふっている。

様相が一変している、と私は直感した。「悪しきまなこ」はもっと過激な「凶つの眼」に置きかえられ、「猥れてぬすめる」人への憎悪《ぞうお》や怒りが強く出ている。まるで、誰かが誰かに猥れ猥れしくし、(何かを)盗んだ、と賢治がなじっているようだ。

風が奪いとっていったのは、「君が名」から「秘呪」に変っている。城あとに来た時は「君が名」を呼んでいたが、時間が経《た》つにつれて感情が激してきて、「秘呪」を唱えだしたようにみえる。しかも「ひとの秘呪」とある。この場合の「ひと」は、「ひとの気持も知らないで」の「ひと」と同じで、「わたし」の意だ。「西の風が荒々しく私の唱える秘呪を奪いとっていった」。秘呪（呪文）とは、先に記したように「陀羅尼」のこと。何を打ち払おうとして賢治は「秘呪」、すなわち陀羅尼を唱えたのだろうか。

下書稿㈢は、さらに次のように変化していく。変化のある部分のみを取りだしてみる。

下書稿㈢―B

《　判事
猥《な》れてあざめるはた寒き
凶《まが》つの眼《まみ》をはらはんと
しばしよぢこししろあとの》

「ぬすめる」に代って「あざめる」がはじめて出てくる。書いているうちに賢治は、感情を高ぶらせていったようにみえる。

下書稿(三)―C

《まみのさなかに業了《わざ》へて
いましはるけききみがべの
天はながるゝ火の鱗》

(三)―Cの「まみのさなか」(眼のさなか)とは「(何かを)読んでいる最中に」の意であろう。「一日見し」と重なる言葉だ。何かを読んでいる途中で、仕事の終りの時間が来て城あとへ来たのだ。

「いましはるけききみがべの」の「きみがべ」は、「あなたのいるあたり」と解せる。「今、あなたは、ここから少し離れたところにいる。そのあたりの空も、火の鱗のような夕焼雲が流れていることだろう」。「きみ」は、やはり、花巻川口町の南、下根子桜の別荘で静養しているとし子のことであろう。しかし、なぜ、とし子の名を呼んだのだろうか。

下書稿の最終形である(四)の題名に、また驚かされる。題はなんと、「判事」から「検事」になっているのだ。

そしてその「判事」や「検事」の題名も消され、ルビの変更や句読点の付与があって、最終的に定稿とされたのが文語詩〈猥れて嘲笑める〉である。

賢治はこの詩に、「判事」あるいは「検事」なる題名をつけようとした。誰かを裁きたくなった、あるいはもっと強く誰かの罪を追及したくなった、ということなのだろうか。

下書稿は、その他にもさまざまな謎を孕《はら》んでいる。ここまでを整理してみよう。

①城あとへ行った日時について

全集の解説や賢治の短唱、初雪に関する新聞記事からして、大正十一年十一月十一日（初雪の日）以前と考えられる。時刻については、一貫して夕刻である。

②城あとの再訪について

詩句の「あゝまた風のなかに来て」「かへさまた経る」と、「また」が一貫していて、この時の前にも城あとへ行っているのはまちがいないが、いつ頃、何のために行ったのかについての手がかりはない。

しかし、一日に二度も城あとへ行ったこと、「きみが名」を呼んだり「凶つの眼」

を払おうとして秘呪を唱えたりしたことなどを考え合わせると、何か切迫した強い動機があったのではないだろうか。

③城あとへ行く前にしていたこと

下書稿(二)からすると、稗貫農学校で一日中、悪意の感じられる文章を見て〈読んで〉いた、と思われる。

④題名について

唐突とも思える「判事」「検事」の意味は何なのか、わからない。

下書稿などで解ったのは、ここまでだった。〈猥れて嘲笑める〉の謎を解くにはほど遠い。この先どうしたものか——。

下書稿の言葉の、ほんの些《さ》細《さい》なひっかかりが、かろうじて私を踏みとどまらせていた。下書稿(三)—Bの「しばしよぢこししろあとの」が、それである。「しばし」は「暫《しば》し」で、「ちょっとの間」だ。次の「よぢこし」はかなり悩んだが、結局「攀《よ》じ来《こ》し」だろうと見当をつけた。「攀じ登って来た」と解く。

城へ攀じ登ってきた、すなわち、手足を使って、とりつくように登ってきた、とはどういうことだろうか。それもちょっとの時間をかけて、という。

農学校から城あとへのルートは、段丘の平坦《へいたん》な道を歩くだけだから攀じ登るところはない。

もしかして、この日、最初に城あとへ行ったときのルートが、書かれてしまったのではなかろうか。賢治の文語詩は、昭和四、五年から病死する八年までの最晩年に書かれたものだ。時によって記憶が混乱することもあったろう。賢治は、夕刻の城あとへのルートを、つい前回のルートととり違えて下書稿に書いてしまったのかもしれない。

しかし、地図で見る限り、花巻城のあった段丘は、南側はゆるやかな斜面になっていて、館坂をはじめ何本かの坂が段丘の上まで通っていた。攀じ登る必要はない。段丘の北側は崖で、大正時代の地図では早坂《はやさか》という坂がある。段丘の花巻町側（北側）から城あとへ行くのならこの早坂を上ればいい。そうせずに、わざわざ崖を攀じ登ったということか。地図を見て悩んでいてもらちがあかない。現地へ行ってみるしかない。

平成二十四年六月、東北新幹線新花巻駅に降り立った私は、城あとへと向かった。北側の崖下に立つ。現在の早坂は、北側の崖に並行するかたちで上りになり、途中で大きく右折して、そのまままっすぐ、切り通しの坂となって平坦部に達している。本丸跡に面する崖を下から見上げると、垂直に近く、天然の要害になっている。攀じ登るのは不可能だろう。

早坂を上ると、途中に、幕末の城廓図《じょうかくず》の掲示板があった。その図によると、幕末期の早坂は、平坦部に至る直前に行きどまりになっていて、右（西）側に早坂御門があり、そこをくぐって、堀をまわると本丸に辿《たど》り着く。遠まわりで不便だったろうが、敵の侵入を食いとめるための工夫だったのだろう。早坂御門は今はない。

ふと見ると、早坂御門跡の反対側、切り通しの左側斜面に階段が設けられている（図2）。それを見た瞬間、「暫し攀じ来し」の意味が理解できた。私は階段を駆け上った。目の前に、本丸跡があった。大正時代、この階段はなく、切り通しの斜面だった。ここを攀じ登れば本丸への近道であることを人々は知っていた。賢治は、その日、ここの雑草に覆《おお》われた斜面をよじ登って本丸跡へ行ったのだ。そうか、「しばしよぢこし」とは、そういうことだったのか。賢治はやはり正確に記述していたのだ。

本丸跡へ向かった。その手前に、銃眼が並ぶ塀と西御門があった。平成四年に開町四百年を記念して復元が計画され平成七年に落成した建造物だ。本丸跡は芝生と樹々《きぎ》があるだけで、往時を偲《しの》ばせるものは何もない。近くのグラウンドでは、サッカーに興じる子供たちの声が響いていた。

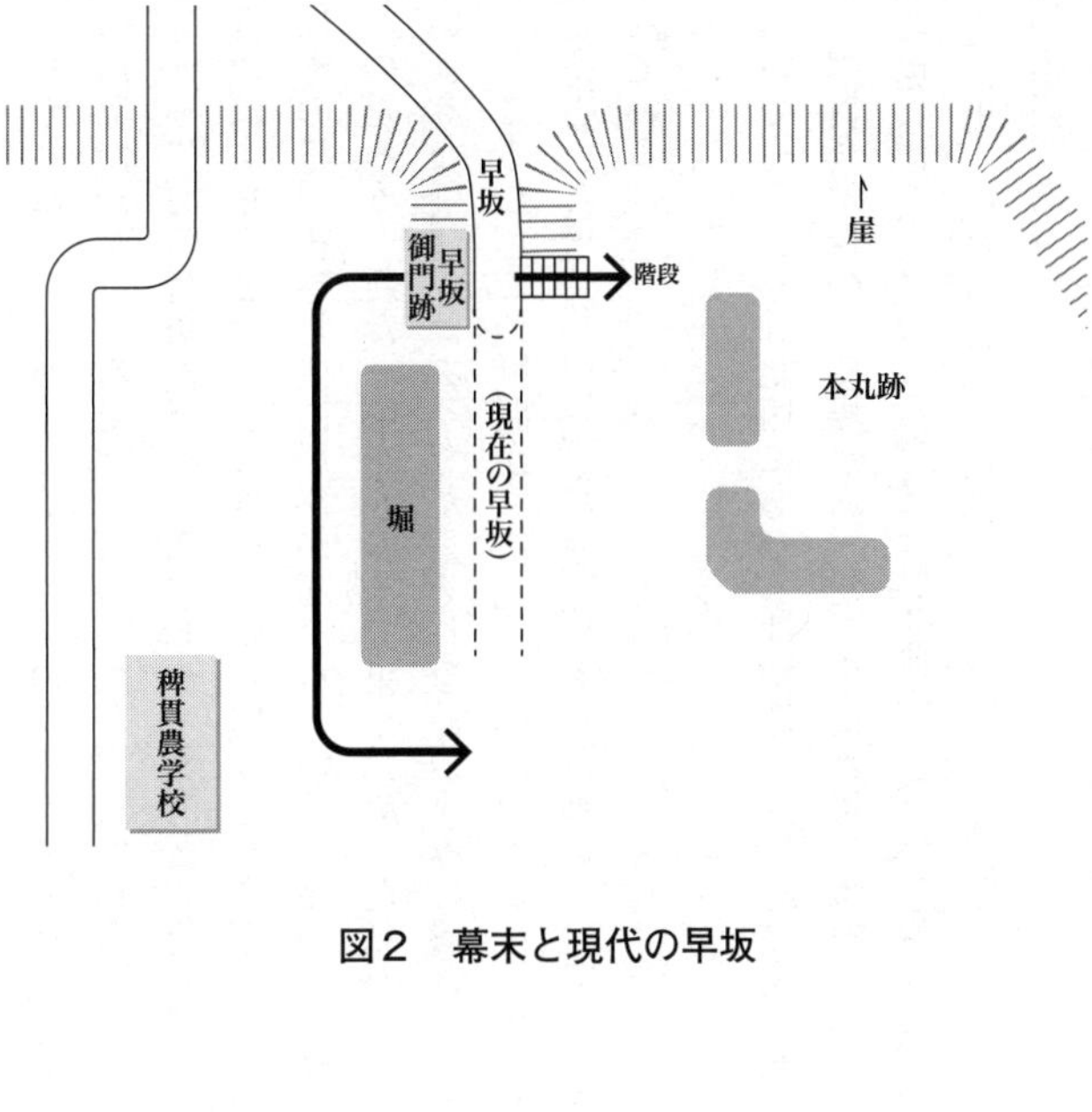

図２　幕末と現代の早坂

本丸跡の崖っぷちからは、スーパーマーケットの平たく広大な建物や駐車場が見えた。昔は、瀬川《せがわ》の川原だったところだ。しばらくたたずんでいる間に、新たな謎が浮かんできた。自宅からにしろ稗貫農学校からにしろ、城あとへ行くには、岩手軽便鉄道に沿って東へ行けばすむこと。わざわざ早坂から切り通しを攀じ登って行ったということは、賢治はその日、花巻町側に用事があったということかもしれない。花巻町に何をしに行ったのだろう。新たな謎をかかえて東京に戻った私だった。

取るに足りないような疑問ではあったが、それを頭のすみに置きながら、資料を読む日々が続いた。ところが、この疑問が、決定的な進展をもたらしてくれたのである。『証言 宮澤賢治先生』には、賢治の稗貫農学校での行動について、教え子たちの証言などが収められている。

《農学校より歩いて約二〇分、北側にあたる沖積地、四日町《よっかまち》の東、瀬川の近くにその他の（注＝稗貫農学校の）農場があった。生徒は毎日鍬《くわ》をかついで実習に通った。（中略）農場（注＝実習地）に通うには北側の急な坂をおりて、現在の花巻小学校に通う道に出、一日市町《ひといちまち》の東裏通りから小舟渡《こぶなと》路に出る。（中略）この実習指導は賢治の担当であった。》

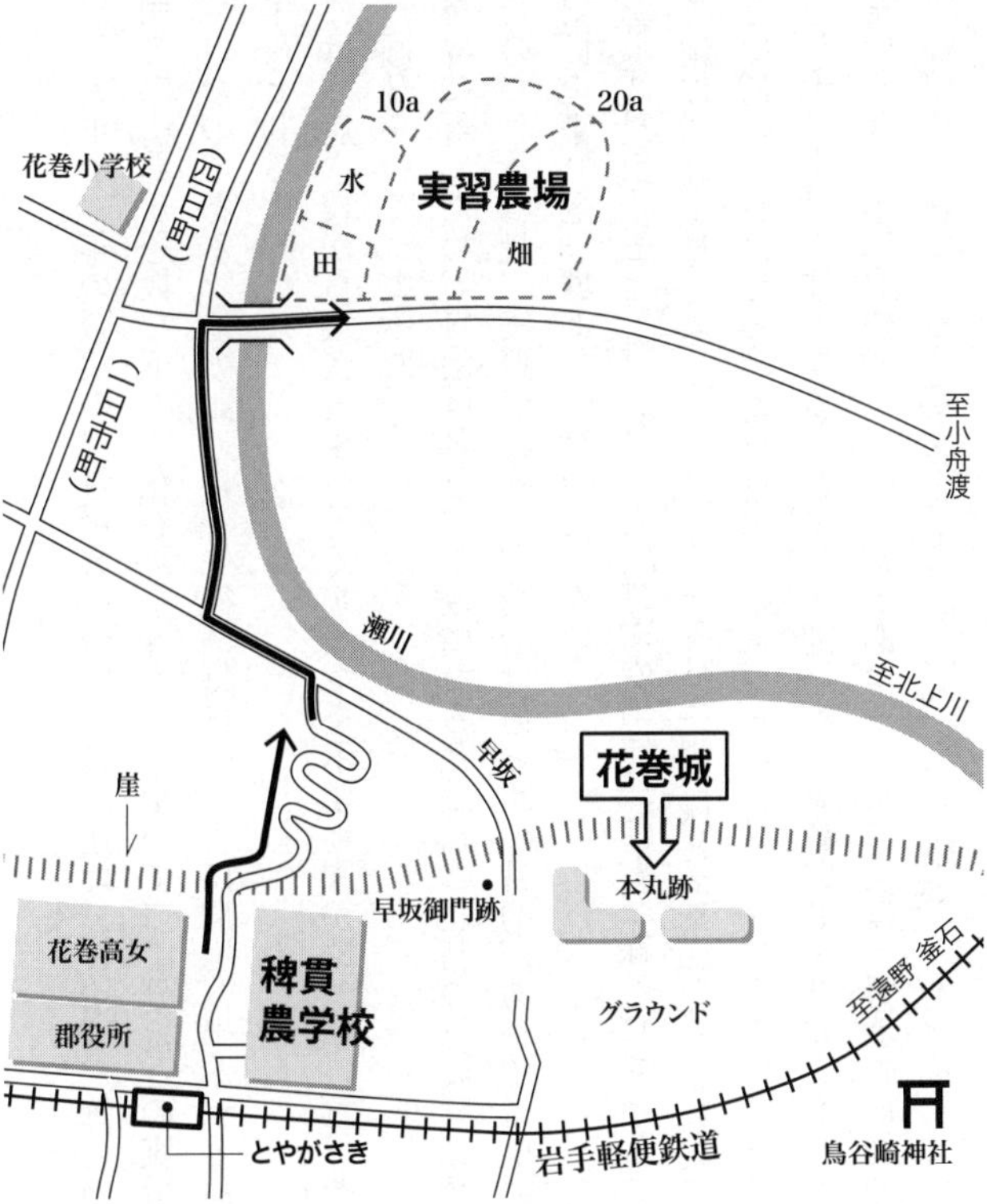

図3　稗貫農学校と実習農場

これは、大正十一年の賢治の実習授業についての記述だ。賢治は、毎日のように段丘の北側の崖にある急坂を下り、花巻町を通って、歩いて二十分ほどの実習用の農場に通っていたのである。他の記述に「午後は毎日のように農場へ出る」とあるので、実習は午後と判る。

同書には、農学校から実習農場へ行くルートを示す地図が載っていた。それを参考にして、図3をつくってみた。

実習農場に行くため、賢治は毎日、午後になると段丘の北側の急坂をジグザグに下っていたのだ。その日、実習が終ると、賢治は何らかの目的があって、早坂から切り通しの斜面を攀じ登り城あとへ行ったのか。

『証言 宮澤賢治先生』には、月ごとの賢治の創作活動も記録されている。大正十一年十月の創作活動を見てみると、「マサニエロ」「栗鼠《りす》と色鉛筆」とあった。「マサニエロ」とは何だ。気になって新全集の「年譜」を見た。「マサニエロ」は詩だった。大正十一年十月十日の作である。新全集・別巻の「詩篇題名・初句索引」で「マサニエロ」を引くと、第二巻の一三二ページとあった。第二巻は、賢治の最初の詩集『春と修羅』が収められている。「マサニエロ」のページを開く。

最初の二行が目に入った瞬間、胸が高鳴った。詩は次のように始まっていたのだ。

《城のすすきの波の上には
　伊太利亜製の空間がある》

「城」と「すすき」。この風景はまさしく〔猥れて嘲笑める〕の「しろあと」と紅く燿く「すすき」ではないか。

そして、その何行かあとに、次の一行があった。

《　（お城の下の桐《きり》畑でも、ゆれてゐるゆれてゐる、桐が）》

これは〔猥れて嘲笑める〕の下書稿（一）—Cの「この城あとにとめくれば／寂まる桐のかれ上枝《ほずえ》」の「桐」ではないか。

「マサニエロ」の三行で、この口語詩は大正十一年十月十日の昼間の出来事を、そして文語詩〔猥れて嘲笑める〕は同日の夕刻の出来事を詠んだもの、と私は直感した。

「マサニエロ」は、〔猥れて嘲笑める〕の関連作品に違いない。しかも、詩の中ほどに

「なんだか風と悲しさのために胸がつまる」という一行がある。これは、〔猥れて嘲笑める〕の下書稿（一）—Aの「あゝまた風の中に来て／かなしく君が名をよべば」と同じ情景だ。

ついに、文語詩の謎を解く重要な手がかりを見つけたのだ。

2　「マサニエロ」とは何か

詩の全文を掲げておこう。

《マサニエロ

城のすすきの波の上には
伊太利亜製の空間がある
そこで烏《からす》の群が踊る
白雲母《しろうんも》のくもの幾きれ
　〔濠と橄欖天蚕絨《かんらんびろうど》、杉〕
ぐみの木かそんなにひかつてゆするもの

七つの銀のすすきの穂
　（お城の下の桐畑でも、ゆれてゐるゆれてゐる、桐が）
赤い蓼《たで》の花もうごく
すゞめ　すゞめ
ゆつくり杉に飛んで稲にはいる
そこはどての陰で気流もないので
そんなにゆつくり飛べるのだ
　（なんだか風と悲しさのために胸がつまる）
ひとの名前をなんべんも
風のなかで繰り返してさしつかえないか
　（もうみんな鍬や縄をもち
　崖をおりてきてい丶ころだ）
いまは鳥のないしづかなそらに
またからすが横からはいる
屋根は矩形《くけい》で傾斜白くひかり
こどもがふたりかけて行く

羽織をかざしてかける日本の子供ら
こんどは茶いろの雀どもの抛物線《ほうぶつせん》
金属製の桑のこつちを
もひとりこどもがゆつくり行く
蘆《あし》の穂は赤い赤い
　（ロシヤだよ、チエホフだよ）
はこやなぎ　しつかりゆれろゆれろ
　（ロシヤだよ　ロシヤだよ）
烏がもいちど飛びあがる
稀硫酸の中の亜鉛屑《くず》は烏のむれ
お城の上のそらはこんどは支那のそら
烏三疋《びき》杉をすべり
四疋になつて旋転する》

一読して、新たな疑問が浮かぶ。この詩につけられている題名「マサニエロ」とは何だ。詩の内容と「マサニエロ」という題名は、どんな関係があるというのだ。『宮澤賢治語彙辞典』で調べてみると、マサニエロとは人名で、トマソ・アニエロ・マサニエロのこと。十七世紀のイタリアの漁夫、とあって、次のような紹介がなされていた。

《かつての小国群居のイタリアは、一七世紀当時強国スペインの影響下にあり、その重圧にあえいでいた。果実や野菜への新たな税を不満として勃発《ぼっぱつ》したのがナポリの反乱であった。スペイン総督を屈服させ、魚屋だった首領マサニエロは「人民の統領」に任ぜられたが、五日後には暗殺されてしまう。》

この史実をもとに一八二八年、フランスのオーベールが作曲した歌劇「ポルティチの啞娘《おしむすめ》」が初演された。兄マサニエロの死を知った啞者《あしゃ》の妹「ファネルラ」が海に身を投じて死ぬという悲劇で、賢治がそのレコードを聞いて「マサニエロ」という詩を書いた、というのが辞典の解説であった。

マサニエロの意味は解った。しかし、その史実をもとにした歌劇のレコードを聞いたであろう賢治がなぜ、「マサニエロ」という詩を書いたのかについては言及がない。

そもそも、大正十一年十月十日という日に、なぜ賢治は、こんな詩を書かなければならなかったのか。

せっかく「マサニエロ」まで辿りついたのに、さらに大きな謎が出現したような感じだ。

ともかくも詩の内容を吟味してみる。

「（なんだか風と悲しさのために胸がつまる）」とある。賢治という詩人は、天文や気象の自然現象や地理などに関して、詩といえど決して誇張や創作などせず、体験した事実を忠実に言葉にしている。この日は、風が強かったのか。「マサニエロ」という詩が、実際の体験から生まれたのだということを確かめるために、まず大正十一年十月十日の、花巻の気象を確かめた。

宮古測候所の十月十日の記録は以下の通りである。

午前十時　西の風　秒速三・三メートル
午後二時　北北東の風　同九・四メートル
午後三時二十分　北北東の風　同十二・五メートル
午後六時　北の風　同四・〇メートル

これは、宮古近辺の気象だ。花巻は内陸にあって宮古からは八十キロ弱西南西に位置する。天気は基本的に西から東へ変化する。低気圧の移動速度は、標準的に言って、毎時二十キロから三十キロである（東京管区気象台調べ）。花巻の天候は、宮古のそれの三時間から四時間前に現出していたとみていい。仮に三時間前で風速も変らなかったとすれば、十二・五メートルの風が花巻に吹きつけていたのは、午後零時二十分となる。午後一時少し前の農学校実習農場には、かなりの風速の風が吹いていた。賢治が実習農場で、鍬や縄を持って急坂を下ってくる生徒たちを待っていたのは、その時間であったろうから、口語詩「マサニエロ」の風の表現と符合する。

題名の「マサニエロ」と関係がありそうなのは、冒頭の二行「城のすすきの波の上には／伊太利亜製の空間がある」だけだ。歌劇「ポルティチの唖娘」の舞台であるナポリの街並か建物でも連想したのであろうか。でも、なぜ――。

この日賢治は、胸のつまるような悲しみをかかえて、風の強い農場に立っていた。しかし、その「悲しみ」と「マサニエロ」の関係が解らない。

「ひとの名前を何べんも繰り返していいか」と賢治は、誰かに許しを乞《こ》うている。「ひとの名前」とは誰のことで、誰に許しを乞うているのか。これも解らない。

そして詩「マサニエロ」の最も大きな謎が、詩の後半で、唐突に挿入される次の三行である。

《（ロシヤだよ、チエホフだよ）
　はこやなぎ　しつかりゆれろゆれろ
　（ロシヤだよ　ロシヤだよ）》

「チエホフ」が、ロシアの作家アントン・チェーホフとは判る。「はこやなぎ」は別名を「やまならし」という。はこやなぎは、葉の形が、わずかな風でもゆれるようにできていて、風が吹けば大きくざわめく。

それにしてもなぜ、「チェーホフ」と「はこやなぎ」なのか。

〔猥れて嘲笑める〕の謎を解く手がかりになると思った「マサニエロ」は、それ自体が新たな謎を生んでしまった。賢治が城あと近くの実習農場にいたことは確かだが、いつ、何の目的で城あとへ行ったのか、「マサニエロ」に手がかりはないように思えた。

東京で鬱々《うつうつ》としていても進展はない。もう一度、花巻へ行って「マサニエロ」の現場に身を置いて考えよう、と私は思った。

3 無風でゆれる「はこやなぎ」

平成二十四年の初秋、農学校の実習農場を確かめるために、再び花巻へ向かった。前出の地図（図3）で示したように、稗貫農学校跡から北へ向かっていくと段丘の北側の崖に出る。急な坂を下って住宅街を通り、十字路を右折すると、瀬川に出る。橋を渡って左側の住宅街が、実習用の水田があったところだ。その道を少し行くと、自動車学校の看板が目に入ってきた。二反歩の畑があったところだ。

私は右、すなわち南を見た。段丘の崖が真正面に見えた。崖の縁には、銃眼が幾つも並んだ城の塀が連なっていて、その左に西御門が見える。西御門も塀も平成七年に復元されたもので、賢治が実習農場から城あとを見たとき、遮るものは何もなかった。大正十一年十月十日に見えたのは、「城のすすきの波」である。賢治は、そのすすきの波の上に「伊太利亜製の空間」を見た。

崖の中央、やや右にゆるくカーブする早坂が見えた。そのさらに右に、私が下ってきた急坂がある。

午後の授業である実習を受けるために、あの坂から生徒たちが鍬や縄を持って下りてくるのを賢治は農場で待っていた。カーキ色の作業衣、つば広の麦わら帽子、「ゴムのダルマ靴」姿で。待っている間、賢治は「風と悲しさのために胸がつま」って「ひとの名前」を繰り返し呼ぼうとした。ここが「マサニエロ」の現場なのだ。

実習を終えた賢治は、生徒たちと一緒に農学校には戻らず、早坂を上って城あとへ寄ったのではないか。一体、何のためなのだろうか。

私は、「マサニエロ」のコピーを広げると、冒頭からゆっくり読んでみた。まん中あたりで、「風」という字と「しづかな」という言葉が同時に目に入った。左記の六行だ。

《ひとの名前をなんべんも
風のなかで繰り返してさしつかえないか
　（もうみんな鍬や縄をもち
　崖をおりてきてい丶ころだ）
いまは鳥のないしづかなそらに
またからすが横からはいる》

最初の二行には風が吹いている。そのあとの（　）内も、その風の中のことであることは前に確認した。
その次の「いまは鳥のないしづかなそら」になっている。生徒を待っている時は、風が吹き「鳥の群が踊」っていた。「いまは」鳥はおらず風もやんでいる。あきらかに時間が経過しているのである。それは、場所も変っていることも意味しているのではなかろうか。そのあとを注意深く読んでみる。

《屋根は矩形で傾斜白くひかり
　こどもがふたりかけて行く
　羽織をかざしてかける日本の子供ら》

実習農場から見た段丘の上にはすすきが茂る城あとがあるだけで、農学校や高等女学校などの建物は奥に隠れて見えない。ここでいう「屋根」は、農場に向かう途中の一日市町と四日町の建物の屋根以外にない。「矩形」というのは、上からの視線で初めてわかる屋根の形だ。賢治は段丘の上の城あとに立って、実習用農場や一日市町や四日町の建物を見下ろしているのだ。

「こどもがふたりかけて行く」とある。四日町に花巻小学校があった。小学校の授業が終った子供たちは、農場のすぐ横の道を通って、北上川河岸の小舟渡《こぶなと》の集落へ帰っていく。賢治は、城あとからこれらの情景を見ているのだ。

詩の前半で農場にいた賢治は、後半では城あとへ移っている。まさしくそれが、賢治のこの日最初の城あとへの立ち寄りなのだ。

実習を終えた賢治は、城あとへ立ちよった。彼は、眼下に広がる農地や瀬川やその川原などを見下ろしながら、こう心の中で叫ぶためにそこへやって来たのだ。

《（ロシヤだよ、チエホフだよ）
　はこやなぎ　しつかりゆれろゆれろ
　（ロシヤだよ　ロシヤだよ）》

おかしいではないか、はこやなぎ（やまならし）がゆれているのは。風はやんで「しづかなそら」のはずではなかったのか。再度、宮古測候所の記録を確かめてみる。

午後三時二十分　北北東の風　秒速十二・五メートル
午後六時　北の風　同四・〇メートル

先に、花巻の気象状況が宮古より三時間前に現出していた、と仮定した。宮古、午後六時の風速四・〇メートルは、花巻の午後三時頃だ。ちょうど実習の終った頃である。賢治は実習のあと、そのまま城あとへ行った。その城あとから、崖下のはこやなぎが見えた。そこは風が弱かった。揺れないはこやなぎにむかって、賢治は「はこやなぎ　しつかりゆれろゆれろ」と声をかけていたのだ。

賢治の行動が、かなりはっきりしてきたようだ。大正十一年十月十日の実習前に農場に行って口語詩「マサニエロ」の前半の想を得た。実習後に城あとへ行き、「マサニエロ」後半の詩作をした。そのあと農学校に戻り、仕事を終え夕刻にまた城あとへ行った。その夕刻の情景と思いは、後年、文語詩〔猥れて嘲笑める〕となった――。

賢治のその日の行動は判った。しかし、詩の内容に関しては、どこから手をつけていいのか皆目見当がつかない。

『宮澤賢治語彙辞典』によれば、賢治は歌劇「ポルティチの唖娘」のレコードを聞いて、詩「マサニエロ」を書いた可能性がある、という。東京に戻った私は、そのレコードがどんなものだったのかを調べ始めた。

賢治と音楽の関係については、佐藤泰平の『宮沢賢治の音楽』に詳しい。そこに、「マサニエロ」に関わりのある記述を見つけた。それによると――。

賢治の童話「イギリス海岸」の中に、農学校の生徒が「スイミングワルツ」という曲を口笛で吹くという場面がある。著者の佐藤は、賢治が当時楽器やレコードも扱っていた洋品屋の蓄音器で「スイミングワルツ」を聞き、そのレコードを買って生徒に聞かせたのかもしれないと推測して「スイミングワルツ」のレコード探しを始める。そして、親戚《しんせき》の家の蔵にあった大正七年の「ニッポノホン鷲《わし》印レコード目録」のなかの「ピアノ・ヴァイオリン」の部に「スイミングワルツ」の名を見つけるのだ。佐藤は、東京・神保町の「富士レコード」のレコード部長に「スイミングワルツ」のレコード探しを依頼する。ある日、部長が「佐藤さん、あなたがお探しのレコードはこれでしょう。裏は『マサニエロ』です」といって一枚のレコードを手渡した。昭和五十八年ごろの話である。

「スイミングワルツ」の裏面が「マサニエロ」だった（註7）。童話「イギリス海岸」は、大正十一年八月九日の作である。賢治は、その頃すでに「スイミングワルツ」を生徒に教えていただろう。とうぜん、「マサニエロ」も聞いていたはずだ。

佐藤に話を聞きたい。できればレコードを聴いてみたい。ふつうに考えれば、レコードジャケットには「マサニエロ」の解説があったと思われる。賢治はそれを読んで、歌劇「マサニエロ」の物語を知ったのではないか。

『宮沢賢治の音楽』の奥付を見た。佐藤泰平はニューヨーク・ユニオン神学校宗教音楽科修士課程を了《お》えていた。刊行時の平成七年時点では、立教女学院短期大学教授とあって、専門が合唱指揮だった。

私の親しい知人に望月廣幸《もちづきひろゆき》というパイプオルガン・ビルダーがいる。宗教音楽にも通じていた。もしかしたら佐藤を知っているかもしれない。尋ねてみると、佐藤は昔からの知合いで、大学はすでに退職し今は仙台に住んでいるという話だった。

望月の仲介で私は直接、佐藤と話すことができた。電話とファックスのやりとりで、たちどころにいくつかのことを教えられた。

「佐藤が入手したレコード『マサニエロ』のジャケットは、もともとのものではなかったので、『マサニエロ』の解説があったかどうかはわからない」

「レコードの『マサニエロ』は、歌劇『ポルティチの唖娘』、別名『マサニエロ』の八分ほどの序曲で、ピアノとバイオリンの演奏だった。レコードは、今は佐藤の手もとにはない」

ジャケットを確認することはできなかった。しかし賢治は、レコードジャケットの解説で「マサニエロ」の簡単な紹介は読んでいたはずだ。

あきらめきれなかった私は、国立国会図書館音楽・映像資料室に出かけていって、大正年間に日本で歌劇についての本が出版されていたか尋ねた。職員は、大正十四年に音楽評論家・大田黒元雄による『歌劇大観』が出ていると教えてくれた。賢治が詩「マサニエロ」を書いたのは、大正十一年。大正十四年では遅すぎる。が、念のため閲覧してみた。

その序に「此の本は歌劇に関する一般的知識を与えようとして千九百十七年に発行された私の旧著を改訂したものである」とあった。一九一七年は大正六年である。ページを開いた私の目に、「オウベル Auber」と「ポルティチの啞娘」の文字がとびこんできた。「オウベル」は、作曲家オーベールのことである。さらに、「ポルティチの啞娘」は大正十四年版で増補されたものではなく、大正六年版から入っていたことが確認できたのだ。

賢治はレコードジャケットで「マサニエロ」を知り、大田黒の「歌劇大全」を読んで「ポルティチの唖娘」のあらすじを知った可能性が高い。賢治の蔵書には、大田黒の別の著書もあることが判っている。

以下は、大正六年に大田黒元雄によって書かれた「ポルティチの唖娘」のあらすじである。文中の「ネエプルス」とあるのは、イタリアの都市「ナポリ」の英語名である。

《ネエプルスの漁夫マサニエロの妹のフェネラ（注＝現在ではフェネッラと表記。前出のファネルラと同じ）という唖娘が土地の代官（注＝植民地の長官、総督のこと）の息子アルフォンゾのために操《みさお》を弄《もてあそ》ばれた上、牢屋《ろうや》の中に幽閉されていた。ところが彼女は隙を見てそこを脱した。其の時代官の暴政に憤慨したマサニエロは同志を集めて一揆《いっき》を起す。そして士官の一人であるセルヴァが其《そ》の妹を再び捕えて牢に送ろうとするのを見てこれを刺殺す。これを合図に一揆の者は奮い立った。アルフォンゾは其の許婚《いいなずけ》のエルヴィラと共に逃れて敵の首領の家とも知らずマサニエロのところに来て庇護《ひご》を乞う。マサニエロは二人の何者であるかを知ったがよく言葉を守って彼等を危険から救った。ところが彼はピエトロという男から嫉妬《しっと》のために毒を盛られて狂人と成る。其の時アルフォンゾは大軍を率いて一揆の平定に来た。マサニエロはここに果敢《はか》ない戦死を遂げる。すると彼の死んだ知らせを聞いたフェネラは決然として海中に躍り入ってしまう。

この作はオウベルの大歌劇作家としての名声を確固なるものたらしめた。これは別名を「マサニエロ」とも呼ばれる。》

賢治は、遅くとも大正十一年夏ごろまでには、「マサニエロ」の原題が「ポルティチの唖娘」であることを知っていた――とすると、問題はこうである。歌劇「ポルティチの唖娘」が兄と妹の物語であると賢治が知っていたとして、それが詩とどういうかかわりがあるのか。また、詩の後半に出てくる「チエホフ」はどういう意味なのか。そもそも大正十一年十月十日になぜ詩「マサニエロ」が書かれなければならなかったのだろう。

何週間か、無為の時が流れた。

私は時々、自宅から勤め先の会社まで歩くことがある。二時間十五分の道のりである。歩きはじめてちょうど一時間ほど経つと、まったく頭の中のことだけに集中して、気がつくと三十分近くも、いわゆるウォーキング・ハイ状態になっている。

平成二十四年初冬のその日もそんな状態で、ふっとある考えが湧《わ》いてきた。

「マサニエロ」が兄と妹の物語なら、詩の中に出てくる「チエホフ」も兄と妹の物語を暗示しているのではないか。二つの物語に共通するものがあれば、それが賢治が詩「マサニエロ」を書く動機になったのではないか。

私はそのまま国立国会図書館へ向かった。そして、アントン・チェーホフの作品がいつどのように日本に紹介されたかをいくつかの資料で調べはじめた。何日か通っているうちに、次のようなことがわかった。

チェーホフが亡《な》くなったのは明治三十七年、日露戦争が始まった年である。没したのは七月二日だが、その三カ月後の十月に「露国文豪チエホフ」と題されたエッセイが、文芸雑誌「新小説」に載った。賢治はまだ小学校二年生で、八歳である。

明治四十一年、瀬沼夏葉《かよう》の訳になる『チエホフ傑作集：露国文豪』が刊行された。それが日本におけるチェーホフの小説の最初の紹介であった。以後、明治期には、同書を含めて五つのチェーホフ作品が翻訳出版されている。

賢治が「マサニエロ」を書いた大正十一年十月までの大正期には、さらに十点が確認できた。そのうち初期の四点はいずれも大正二年刊で、列記すれば、『女天下』（伊東六郎訳）、『近代戯曲』（小山内薫訳）、『チエエホフ集：短篇十種』（前田晁訳）、『桜の園』（瀬沼夏葉訳）。

そして、五点目が日本で最初のチェーホフ全集で、大正八年十一月から昭和三年までの間に全十巻が、新潮社から刊行された。詩「マサニエロ」が書かれた大正十一年十月までには六巻が発売されている。

賢治が読んだチェーホフ作品は大正期に出版されたものであろう。大正二年は、賢治は盛岡中学五年生、十七歳の年である。堀尾青史著『年譜 宮澤賢治伝』に、この年九月「ツルゲーネフなどのロシア文学を耽読《たんどく》」とある。

私は、大正二年刊の四冊から目を通すことにした。兄と妹の物語はなかった。大正八年からの『チエホフ全集』の第一巻の冒頭に、訳者・秋庭俊彦《あきばとしひこ》の「チエーホフ小伝」が載っていた。

《トルストイ、ドストエーフスキイ、ツルゲーネフ、この三つの星座は露西亜文学に於ける新らしい光栄である。そしてこの光栄の中には、其処《そこ》に他の偉大なる一つの星座があることを忘れてはならない。それはアントン・パウロウィッチ・チエーホフである。露西亜文学に於《お》けるチエーホフの地位は、トルストイの驚嘆すべき力、ドストエーフスキイの博大なる愛、ツルゲーネフの至純なる完全さの間にあって、往々にして稍《やや》狭小なるものとせられ、力弱いものとせられている。併《しか》し（中略）寛大な、謙遜《けんそん》な、静粛な、そして凡《あら》ゆる人間を理解し、凡ゆる人間に同感するところ余りに深かったチエーホフは、トルストイの如く人を叱責《しっせき》したり教誡《きょうかい》したりはしなかった。ドストエーフスキイの如《ごと》く使徒のような愛を説かなかった。またツルゲーネフの如く自然の殿堂に精神を捧《ささ》げて了《しま》うと云うようなことも無かった。チエーホフは人間の弱い心、人間の虚偽、無慈悲、不遜、驕慢《きょうまん》、不信、冒瀆《ぼうとく》——凡ゆる人間の精神の病をより深く、より深く理解した。そして凡ゆる人々の前に温い心をもって涙を流した。取るにも足りない酔いどれの馬丁からも、粗暴な農夫からも、愚かな下婢《かひ》からも（中略）美しい心を看出《みいだ》した。（中略）チエーホフ程深く凡ゆる人間を理解した作家は他にない。弱い人間がどんなに深い欠陥のためにこの世に悲しむべき生活を送っているか、人間の精神の病がどんな有様にあるか、チエーホフ程それをはっきりと人々の前に示した作家は他にない。》

「小伝」はそのあと、チェーホフの父親がもともとは農奴であったが若い時にお金で自由権を買って解放されたこと、チェーホフは医科大学を出て医者となったこと、彼の博物学や生理学の知識や科学的訓練が彼の作品の上に鋭い解剖の力を与えたことなどを明らかにしている。

全集の出はじめた大正八年に賢治がチェーホフを読んだとすると、賢治は二十三歳。この年、稗貫郡立農蚕講習所（のちの稗貫農学校）に出講している。まだ本格的な執筆ははじめていないが、「小伝」を読んで自分との同質性を敏感に感じとったのではないか。

4　妹という共通項

『チエホフ全集』の第一巻には八編の小説が載っていた。最初は「退屈な話」。兄妹の話ではない。二番目は「隣人」（秋庭俊彦訳）。物語はこう始まっていた。

《ピョートル・ミハーリッチ・イワーシンはひどく不機嫌になっていた。それはまだ若い娘である彼の妹が、家出をして、妻君のあるウラシイッチと同棲《どうせい》してしまったからであった。》

「隣人」は、まさしく、兄と妹の物語であった。

イワーシン家は、母親、息子（ピョートル）、娘（ジナイダ、愛称ジーナ）、叔母、乳母、そして園丁（庭師）などの下僕からなる、十九世紀末ロシアの農村の地主であった。妹が家出して男と同棲しはじめたことに対して、下僕や百姓たちまでも、ピョートルに対して「妹が誘惑されたのになぜ放っとくのだ」と非難の眼差《まなざ》しをあびせた。ピョートルは二十七歳になったばかりで、大学を出ているが、今まで一度も恋をしたことがなかった。彼は晩春の野や林を歩きまわりながら、「どうすればいいんだ」と自問する。

そんなピョートルを叔母の言葉が動かした。「お前のお母さんは今日も食事をしなかったよ。どうにかしてあげなければ」。ピョートルはウラシイッチの家へ出向くことにし、馬に乗って家を出た。自分の所有地を出て、荒野にさしかかる。空に黒い嵐雲が出てきた。そして稲妻が光り、雷が鳴りはじめ、風が出てきた。雨まで降ってきた。ウラシイッチの領地に入ると、ふいに風がやんだ。

「隣人」は、こう続く。

「そして濡《ぬ》れた土の匂《におい》や白楊《ポプラ》の匂がした」

多くの植物図鑑で、「はこやなぎ」の項には「別名やまならし」とともに「漢名白楊」と出ている。「白楊」は「はこやなぎ」のことなのだ（註8）。ピョートルの耳には、それまで聞こえていた樹々のざわめきのなかに、はこやなぎ（やまならし）の音が聞こえていた。はこやなぎの生えているその地点が、ウラシイッチの家の屋根が見えるところであり、その家に妹がいま住んでいるのである。

霊感を得たように、私は新全集・第十六巻（下）を書棚から取りだした。大正十一年十月十日に妹とし子が病臥《びょうが》していた下根子桜の別荘の図面が出ている。別荘跡は、「羅須地人《らすちじん》協会跡」とされていた。とし子の死後、賢治は別荘を「羅須地人協会」の拠点としたのだ。

略図には、別荘の敷地の樹々の名が記されていた。「松の木」「ギンドロの木」「杉の木」「シラカバの木」「栗の木」、そして「ヤマナラシ（白楊）の木」とあった。二本のヤマナラシ（はこやなぎ）の位置も示されていた。賢治は、その頃、とし子の療養を助けるために、妹シゲなどとともに、別荘に寝泊りしていた。賢治は十月十日の朝、二本のヤマナラシのすぐ近くの道を通って登校したのだ。観測記録から推測するに、午前七時で風速は三メートル以上だったろう。「はこやなぎ」は、ざわめいていたはずだ。

（ロシヤだよ、チエホフだよ）

はこやなぎ　しつかりゆれろゆれろ

兄と妹の物語であるチェーホフの「隣人」を賢治はたしかに読んでいる、と私は確信した。

以下は、「隣人」の要約である。

ピョートルを家の中へ招き入れたウラシイッチは「君の妹とのことは秘密にしていたわけではなく、突然のインスピレーションのように起ってしまったので話せなかった。君の寛大さには感謝する」と静かな口調で語る。ピョートルは反論した。「ぼくは君が好きなので、ぼくの妹の相手として君よりいい人はいないとぼくが思っているのを君は知っている。だが、こんどのことは恐ろしい。なぜなら母親がいいようもなく可哀相《かわいそう》なんだ」。ウラシイッチはそれを認めたうえで「ジーナは妻というよりずっと以上のもの、神聖の中の神聖なんだ」と言った。

ピョートルは考えた。この男のどこが自分の妹を魅惑したのだろう。瘠《や》せて長っ鼻で鬢《びん》には灰色がまじっている。ぼそぼそ物を言い、気のぬけた微笑を浮かべ、ハンサムでもなければ男らしくもない。詩にも絵画にも音楽にも何の関心もなかった。しかも貧乏だった。わけもなく欺《だま》されたりペテンにかけられたりする弱い人間だった。
チェーホフは、ウラシイッチについて、これでもかというぐらいにその駄目さ加減について詳述したあとに、ようやく、その男を愛したピョートルの妹ジーナを紹介する。

《ジーナは若くって――彼女はやっと二十二であった。美しかった。優雅であった。快活であった。彼女は笑う事や、饒舌《おしゃべり》や、議論や、情熱的な音楽やが好きであった。彼女は服装にも、道具にも、書物にも好い趣味をもっていた。（中略）それが如何《どう》してウラシイッチのようなものと恋に落ちたのだろう？》

ピョートルの前にジーナが現われる。ウラシイッチと、この家で死んだ祖父や神学生の話をする。彼女は少しも変っていなかった。ピョートルの眼は涙でいっぱいになった。ジーナは、ウラシイッチを促して立ちあがると、窓のところへ行って、囁《ささや》き声で何か話しはじめた。お互いの顔を見ながら話す二人の様子を見て、ピョートルは、もはや何をどう言おうと取りかえしがつかないのだ、と思った。三人で苺《いちご》を食べていると、雨がやんだ。ジーナは「母の許しを得るために、自分たちが悪いことをしたと謝ることはできない」と言った。「私たちは五年でも十年でも待ちますわ。そうすれば神様が好《よ》くして下さるでしょう」。

別れ際《ぎわ》、ピョートルは思わず知らずジーナに言う。「お前は正しいんだ、ジーナ！お前はうまくやったんだ」。

チェーホフの小説「隣人」も歌劇「マサニエロ」（「ポルティチの唖娘」）も、兄と妹の物語である。「隣人」の兄ピョートルは、妹ジーナとその相手の男を、不本意ながらも許してしまう。「マサニエロ」の兄マサニエロは、妹フェネッラを裏切った男アルフォンゾに復讐《ふくしゅう》しようとする。

二つの共通点は何だろう。それは……私自身の心の内に、ゆっくりと言葉が立ちあがってくる……「妹の恋」だ。ピョートルにとってもマサニエロにとっても、妹の恋は予想外のことであった。そして、これらに触発されたであろう賢治の詩「マサニエロ」は、「とし子の恋」を暗示しているのではないのか。賢治は、はからずもピョートルのような立場に、あるいはマサニエロのような立場に立たされたのではないのか。

賢治が詩「マサニエロ」に込めた思いを知るためには、とし子の恋を知らなければならない。それは、「マサニエロ」の延長線上にある文語詩〔猥れて嘲笑める〕の背景にも重なる。「妹の恋」が〔猥れて嘲笑める〕の謎《なぞ》への突破口となるかもしれない、と私は思った。

第二章　「妹の恋」という事件

1　優等生の初恋

宮沢とし子は、明治三十一年十一月五日生まれで、兄賢治とは二歳違いの長男と長女である。小学生の時から学業の成績が抜きんでていて、花巻高等女学校時代には卒業式で生徒総代として送辞を読み、卒業生総代として答辞を読んだ。日本女子大学校家政学部へ進学し、最終学年（三学年）時、病気のため三学期の授業をすべて欠席したが、学校側が卒業を認めた。

それほどの秀才であり、また性格も真面目《まじめ》で淑《しと》やかであったため、誰しも、艶《つや》めいた話のひとつもないまま、二十四年の短かい生涯を閉じたのだと思ってきた。

平成元年、賢治の末妹クニの長男・宮沢淳郎《あつお》が、伯母とし子が書いたと思われる約三十枚のノート用紙を、著書『伯父は賢治』（八重岳書房）の中で全文公表した。紙箱の中から発見されたそのノート用紙には細字用万年筆でびっしりと文章が書きこまれていた。記述者の名前はなかった。淳郎は母クニのものかと思ったが、末尾に記された執筆年月日が大正九年二月九日とあることや、書かれていることがらが大正四年ごろであることから、母ではなく、とし子のものではないかと推測し、母クニを含む兄姉五人（賢治、とし子、シゲ、清六、クニ）で唯一《ゆいいつ》存命だった清六に文字鑑定をしてもらったところ、たしかにとし子の文字であるとされたのだ。とし子の死後の形見分けで、末妹のクニがもらったのであろう、と淳郎は推測した。

細かい字を苦心して読んだ淳郎の最初の感想は、次のようなものであった。

《一読して、同じ内容のくり返しが多いことにうんざりさせられる。何が言いたいのか、その要点をつかむのがむずかしい。途中でいきなり「彼」と「彼女」の話に変わるので面くらってしまう。ところどころに挿入される英単語が、いかにもぎこちない。実名が出てこないのでいらいらしてしまう。徹頭徹尾、自己中心的な内容で、その我の強さに辟易させられる。》

それでも淳郎は、次のようなことが解《わか》って、今後の賢治研究に資するかもしれない、と全文の公表を決意したのだった。

《(一)トシは花巻高等女学校四年生のころ、たぶん初恋と思われる恋愛を体験した。

(二)それが地元の新聞記事となり、家族に心配をかけた。

(三)トシが日本女子大学校に入ったのは、旺盛《おうせい》な進学意欲もさることながら、むしろ故郷を追われてそうせざるを得なかった面のほうが強い。》

淳郎は付言として、こう述べている。

《かなり長文の自省録の中に、個人としての賢治がまったく登場せず、「家族」というあいまいな表現になっている点にも興味をひかれる。》

「自省録」とは、淳郎がとし子の文章に仮につけたタイトルである。また淳郎は、気になる事項について自ら調べ、「注」として次のように記していた。

《「音楽」とか「男の先生」とかいう言葉から、とし子の恋の相手は、当時の花巻高等女学校の音楽教師「鈴木竹松」ではないか。また、とし子の恋愛事件を報じた「真偽とりまぜた記事」については、大正三年十月から同四年二月までの「岩手日報」を調べたが「発見できなかった」――。》

賢治の「マサニエロ」や〈猥れて嘲笑める〉という不可解な詩の背後に、「妹の恋」があると直感した次の瞬間、私の脳裡《のうり》に浮かんだのは、この「自省録」である。『伯父は賢治』は刊行時に読んでいた。が、私は、とし子には関心がなかった。賢治に関するエピソードは読んだが、付録のように載っていた「自省録」は流し読みしただけだったのだ。読後感は著者の淳郎と同じだった。文中に賢治の名が一度も出てこないことも、私の関心を呼ばなかった大きな理由であった。

しかし、事態は一変した。私は、「とし子の恋」を知る必要にせまられた。「自省録」は、そのための重要な資料だった。

二十数年ぶりに読み直してまず解ったことは、発見した淳郎が、「徹頭徹尾、自己中心的な内容で、その我の強さに辟易《へきえき》させられる」と酷評した理由である。「自省録」には、恋愛事件をめぐる事実関係についての具体的な言及はほとんど見当たらなかった。内容は、そのとき自分は何を考えていたのか、なぜそう考えたのか、だけなのである。それが淳郎には「徹頭徹尾、自己中心的」「我の強さ」と映ったのだろう。

しかし、再読した私の感想は違った。

とし子の初恋事件ともいうべきものは、花巻高女四年生の時のことである。「自省録」の中でとし子自身は、「学校から逃れ故郷を追われた」と述べている。事件は花巻高女卒業あたりまでのことと推定できる。とすれば、大正三年四月から大正四年三月までの時期である。「自省録」が書かれたのは、大正九年の二月。事件からおよそ五年の歳月が流れている。とし子は、その間、自分の初恋事件とは何であったのかを考え続けたのだろう。自己弁明を許さず、容赦のない冷徹さで自分の心の動きを見つめ、その意味を考えようとした。そして、誰に見せるつもりのない、自己省察の記録が残った。自分のための記録である。したがって、「事実」について言及する必要はなかった。

たしかに、そこに書かれているのは、「自己」のことではある。しかし、決して「自己中心的」なものではない。むしろとし子は、初恋に我を忘れた「十六歳の自分」をつき放した眼で観察してもいた。

私は胸をつかれた。「自省録」を真に理解するには、初恋事件の具体的な事実関係について知らなければならない。何が、どのようにして起こったのか。とし子が「自省録」で、「真偽とりまぜた記事」と記しているその新聞を、まず探してみることだ、と私は思った。

大正時代に岩手県で発行されていた新聞は、昭和五十五年から国会図書館新聞資料室や岩手県立図書館で閲覧できるようになっていた。県立図書館へ行ってみることにした。新聞以外に、参考になるものが見つかるかもしれない。

「音楽教師と二美人の初恋」と題されたその記事は、「岩手日報」ではなく、「岩手民報」に載っていた。大正四年三月二十日から三日間にわたる連載記事だった。さらに、花巻高女の校史もあった。校史には、音楽教師の名前も載っていた。

以下、「自省録」「新聞記事」『花南六十周年史』（含・花巻高女史）、「宮沢トシ・その生涯と書簡」（堀尾青史「ユリイカ」一九七〇年七月号）ほか数点の文献をつき合わせ見えてきた、とし子の初恋事件の経緯を記すことにしよう。

2　「危険な泥濘《でいねい》」

明治四十四年四月、とし子は、その年開校した花巻高等女学校に入学した。十二歳と五カ月だった。一学年終了時、全十五科目の平均点が九十一点だった。最も低かったのは、裁縫と音楽の八十三点だったが、二学年からはその二科目も九十点となった。一年から四年まで常に学年の首席だった。

大正二年十一月十五日、三学年の学芸発表会（学級会）があった。とし子は、開会の辞を告げる役を担《にな》うとともに、オルガンを独奏した。他にオルガンを独奏したのはひとりだけで、演《だ》し物の大半は「談話」「感想」などだった。

明けて大正三年二月二十八日、第一回の卒業生を送る「全校会」（全学年合同で発表する会）が催された。ちなみに、第一回卒業生は、明治四十四年の開校時に二年生として入学したので在校三年で四年生として卒業することになっていた。

花巻高女第一回の全校会の開会の辞を読みあげたのは、三年生の宮沢とし子であった。この全校会では器楽演奏はなく、三年生全体の「春の歌」の合唱、一、二、三年生による送別の合唱、朗読などが行われ、最後に全員による校歌斉唱で終った。

合唱の指導をしたのは、音楽教師・松井ヒロ。松井は、開校時に東京音楽学校（現・東京芸術大学音楽学部）を卒業してすぐに着任していた。三年間教鞭《きょうべん》を執ったあと、四月で転任することになっていた。後任は、やはり東京音楽学校の新卒、鈴木竹松である。彼は、三月から勤務していた。三月二十三日に行われた第一回卒業式に鈴木竹松も出席し、生徒総代のとし子の送辞を聞いたと思われる。

《流れ流れて息《やす》まぬ歳月の瀬は吾等《われら》が本校最初の入学生として此《この》校門をくぐりしより早くもみとせの星霜《せいそう》をば隔《へだ》てぬ。今や世は冬の眠りより覚めてまさに陽春の候とならんずる時、我等が敬愛してやまざる四年生の姉君達には三年の間雨の朝、風の夕にも撓《たゆ》まず倦《う》まず、学びの庭に下り立ちて幾多苦辛を積まれし甲斐《かい》ありて、めでたく第一回卒業生の御栄之《これ》を荷《にな》い給《たま》いぬ。》

と始まるとし子の送辞は、後輩としてあとをつとめることを誓ったのち次のように終る。

《さらば姉君達よ、浮世の波はいかに荒くとも松の操《みさお》のとこしえに変らざるが如《ごと》く、而《しこう》して桜の花のうるわしき心もて世に処せられん事をひとえに願い奉《たてまつ》るになむ。

ここに御別れに臨み拙《つたな》き筆もて心に思う一ふしを述べて、本校生徒一同に代り謹みて送辞にかえ奉る。

本校生徒総代　宮沢とし》

「松の操のとこしえに変らざるが如く、而して桜の花のうるわしき心もて……」と、このときとし子は卒業生を送った。疑うこともなく純粋に、とし子はこの言葉を書いたのだろう。

花巻高女の音楽教師・松井ヒロが、のちに花巻高女時代をふり返って次のように述べている。

《創立の花巻校に奉職の事となり、生徒の学力不揃《ふぞろい》のため、音楽会など催す事出来ず、残念でした。猶《なお》、昔は学級数も少なく（殊《こと》に花巻の如きは特に）音楽の教師は大抵皆国語の授業を担当させられました。》（註9）

後任の鈴木竹松がどのような気持で花巻に来たかはうかがいしれないが、生徒たちの音楽的レベルが不揃いであることに変りはなかったろう。

大正三年五月、四年生になっていたとし子らと三年生の合同修学旅行が行われた。行先は東京だった。訪問先の一つに、上野の東京音楽学校が入っている。

生徒の筆になる六日間の修学旅行の報告が残っている。無署名だが、生徒を代表して報告を書く役割が、生徒総代だったとし子である可能性は高い。上野に到着したその日の午後、上野で開催されていた大正博覧会を見学、二日目も午前中博覧会を見学し、午後に東京音楽学校を訪れている。

《それより音楽学校に赴きて演奏を聴く。何《ど》れも皆其《そ》の妙を尽くし、聞くものをして恍惚《こうこつ》として殆《ほと》んど吾を忘るるに至らしむ。軈《やが》て時移れば、名残惜しくも別れを告げて此処《ここ》を立去り、夫《そ》れより歩を進めて帝国大学の宏壮なる建築を眺め（後略）》

このとき、生徒たちの応対をしたのが東京音楽学校の弘田龍太郎《ひろたりゅうたろう》だった。弘田は、自分の伴奏で他の教師や学生の声楽を聞かせた。自らもピアノ独奏を披露したと思われる。はじめて生で聴くクラシック音楽にとし子をはじめとする生徒たちは、われを忘れるほどの恍惚感に浸ったようだ。

とし子の中にクラシック音楽、ひいては芸術というものに対する憧憬《しょうけい》と渇仰《かつごう》の気持が生まれただろう。それが「初恋」への前奏曲であった。のちに「自省録」の中で、彼女は音楽教師への恋心が生まれた原因を自らこう記している。「彼女の漸《ようや》く目醒《めざ》めはじめた芸術に対するあこがれと渇仰と」。

修学旅行から帰ってすぐに、とし子は父親にせがんでバイオリンを買ってもらった。新任の音楽教師鈴木竹松が生徒に対して、「とくに習いたい者があればバイオリンを教える」と告げていて、すでに何人かが、放課後に、あるいは日曜日に、鈴木の指導を受けていた。とくに熱心だったのは同じ四年生の大竹いほだった。彼女は、オルガン演奏にも秀《ひい》で、歌もうまかった。

とし子が鈴木にバイオリンを習いはじめて二カ月余りたった七月初旬、鈴木がとし子に「東京音楽学校の弘田龍太郎が、東北旅行の折に花巻高女に立ち寄るので、それを機に音楽会をやりたい。ついては四年生を中心に手伝ってくれないか」と協力を求めた。新任早々の鈴木としては、何としても音楽会を成功させたかったのだろう。それには、生徒たちの協力が必要だった。生徒総代の宮沢とし子の力を借りようと思ったのは、自然な成り行きだった。

とし子が書いたと思われる、音楽会についての報告がある。鈴木から弘田の花巻来訪と音楽会のことを聞いたときの気持がこう書かれている。「再び先生（注＝弘田）の演奏を伺う事の出来る幸福を有することを知った私共は只《ただ》夢かとばかり狂喜いたしました」。

「音楽練習会」は、七月二十四日の午後二時から催された。二十一日の夜に来花した弘田龍太郎は、当日までの二日間、生徒の指導にあたった。

「音楽練習会」という名のもとに開かれた音楽会は、次のようであった。

第一部は、主に各学年ごとの合唱で、他に四年生・佐藤ふさのオルガン独奏（「おさらば」）と、同じく四年生・大竹いほのオルガン独奏（「楽しき農夫」）。

第一部の後半は、鈴木竹松の独り舞台だった。独唱、ピアノ独奏、そしてバイオリン独奏（「アベ・マリア」）。

第一部の締めは、弘田のピアノ独奏である。

第二部は、弘田と鈴木の演奏を聴く時間だった。ピアノ連弾、二部合唱、弘田の独唱（鈴木のピアノ伴奏）、鈴木のピアノ独奏、さらに、三年生の合唱をはさんで、鈴木の独唱（ヴェルディの歌劇「リゴレット」）、最後が弘田のピアノ独奏（ウェーバーの「嵐《あらし》の曲」）。

とし子の出番はなかったが、この日の「音楽練習会」の報告（前述したように、とし子の筆になると思われる）に、弘田の「嵐の曲」についての次のような感想が記されている。

《アア弘田先生の謹直確実なる御演奏振り。アノ妙《たえ》なるピアノ一高一低銀盤に玉を転すような妙技は今尚《なお》耳の底に残って居《お》ります。忘れようとして忘れる事が出来ましょうか。家路に急ぐ牧童の笛の音が美しい曲節に伴《つ》れて進んで行きます。私は自分を忘れて只恍惚にして牧童の笛の音を追うて居りましたが急に空模様が変りまして何処《どこ》からともなく嵐がゴーゴーきこえて来ました。と思う間もなく忽《たちま》ち木は裂け水は鳴り雷落ち恐ろしい世界となりまして警戒の鐘の音までが諸方から鳴り渡って来ました。

それでも未だ遠くの方に可憐な牧童が羊を追いつつ帰り行く笛の音はかすかに聞えます。だんだん嵐も静かになりまして、空は拭《ぬぐ》うたような平和に帰りました。私共は只息喘《は》ずませて夢路をたどって居りました。中にはすすり泣きしている方も沢山ありました。こんな立派な大曲で、そして私風情《ふぜい》に解する事の出来る音楽を又と再び拝聴することが出来ましょうや。七月二四日、幸福な一日として忘れる事が出来ません。》

この文章が誇張ではないことは、その続きが証《あか》している。

《校長先生からの閉会の御挨拶《あいさつ》があっても生徒の全部は胆を取られたように立つ事を知りません。尚《なお》も先生に御依頼して「汽車の旅」や「旅愁」を歌って戴《いただ》きました。そして泣いたり飛んだりして熱狂して居りました。》

「音楽練習会」は圧倒的な成功を収めた。クラシック音楽に対する生徒たちのこの熱狂は、彼女らが豊かな感受性と充分な知性と、そして純粋さを持っていたことの証しであった。そして、おそらく、その熱狂は、弘田にだけ向けられたものではなく、弘田とともに舞台に立った鈴木竹松にも向けられたものであろう。

熱狂が憧《あこが》れに、そして憧れが恋心に変るまで時間はかからなかった。音楽への恋と鈴木への恋慕は分ちがたく結びついていた。課外授業でバイオリンを習いながら、とし子が鈴木に示すようになった好意の言葉や行為は、大胆なものだった。それは、男女のつきあいについての無知からでもあり、一方では、彼女の純粋さからでもあった。とし子は、鈴木の下宿を訪ねるようにもなった。鈴木の下宿は、とし子の家のある豊沢町の通りから一本西側の通りの大工町の富沢という家だった。ほんの数分の距離である。富沢の家の裏庭へ、あるたそがれどき、トシが人形をだいてあらわれ、「センセー、センセー」と「夕顔のような声」で呼ぶのを同級生のひとりが見てしまったのだ。それがいっとき噂話《うわさ》として広まった（註10）。

「夕顔のような声」となったのは、その裏庭に夕顔の白い花が咲く晩夏のたそがれどきのことだったからであろう。以下の文中の「 」は、「自省録」に書かれていたとし子自身の言葉である。

秘《ひそ》かに下宿で会うようになってからのこと。とし子の示す親愛の情に対して、鈴木が返す行為は、彼女に「享楽《きょうらく》」をもたらした。音楽から与えられるものとは違っていたが、それに対してお返しをするのは「当然の義務」と自らに言い聞かせて、彼女は大胆で「放縦」に振舞い、「享楽」の世界に導かれていった。

とし子が、「自省録」で、「危い淵《ふち》」といい「危険な谷」といい「危険な泥濘」と告白した「享楽」が何を意味するのかは明らかではない。ただ、「自省録」を読む限り、鈴木は、とし子の無知に乗じて男女の一線を越えるようなことはなかった。

とし子は、先生と自分がそのように親密な関係になったことを、他人に言わずにはいられなくなった。彼女は、鈴木との交際を「信頼するある人と友だちとに告げ」た。

一方でとし子は、鈴木が、自分と同じようにバイオリンを習っている大竹いほと親しくしているのが気になっていた。先に記した「音楽練習会」第二部で唯《ただ》ひとり、オルガン演奏をした四年生である。大竹は第一部でもオルガンを独奏している。大竹の演奏技術は生徒の間にあっては抜きんでていたのであろう。

鈴木は大竹に好意を抱いていることを隠さなかった。そのことを知らされたとき、とし子は「心の隅のどこかに『それがあたりまえだ』とも思えた」のだ。

とし子は、小さいときから頭のよさを褒められてきたが、きれいだとか美人だとか言われることはなかった。大竹いほは美人だった。オルガンもバイオリンも、とし子より上手だった。「それがあたりまえだ」と思いつつ、とし子はとっさに、鈴木が大竹を好きだなんて考えてもみなかったとばかりに、大げさに驚き悲しんでみせた。それがとし子の自尊心だった。

とし子は、鈴木への「あこがれの夢を捨て兼ねた」。これから鈴木とどうつきあえばいいのか――。彼にはこれからは何も求めず、自分は今までと変らず、「好意と愛とを持ち通そう」と決めた。「せめてどうか卒業まで。卒業まで何事もない様に。互いに別れてさえしまえば美しい夢は安全にいつまでも美しく保つ事が出来る」。それがとし子のただひとつの望みであった。

しかし、とし子の鈴木への相もかわらぬ接近は、それを快く思っていなかった生徒たちの妬《ねた》みや反感を買うようになった。とし子の友だちの中にも、とし子と鈴木のことを言いふらす者が出てきた。それまで他人からの「好意と称賛」に馴《な》れていたとし子にとって、「非難冷笑」ははじめてのことだった。

何より彼女を傷つけたのは、鈴木がとし子を遠ざけるようになったことだった。なぜ、と戸惑うとし子は、クラスの中でもあまり親しくなかった生徒から、その理由を告げられる。

とし子が、鈴木との交際のことを「信頼するある人と友だちとに告げていた事」が、彼の自尊心を傷つけ怒らせた、というのだ。その生徒は、鈴木がとし子に対して放った「侮辱と憎しみ」の言葉を告げた。とし子の心痛は「絶頂に達した」。自分は、信頼する人と友だちには話したが、それ以上に言いふらしたりはしなかった。それを直《じか》に訴えたいと思っても鈴木は会ってくれなかった。

大正四年三月二十日、卒業式を三日後に控えたその日、「岩手民報」の第三面に、二段にわたって「音楽教師と二美人の初恋」と題する記事が載った。教師や女生徒は仮名であったが、記事冒頭の「H学校」が「花巻高等女学校」であることは誰にでもわかることだった。また、音楽教師が鈴木竹松を指すことも明らかであった。記事は、卒業式前日まで三日間にわたって掲載された。この記事は、心痛が「絶頂に達し」ていたとし子に「致命傷を負わせた」。

3　スキャンダル

記事の中で「音楽教師」は「春木松夫」とされ、その「美男子と言う程でもない」「春木」の音楽的技量について、記事は、「オルガンの真白き鍵《けん》にふるる十指の動くにつれて歌い出す時、何人も恍惚として聞き惚《ほ》れる程魅力を持っている」としている。それはあたかも、前年夏の「音楽練習会」での鈴木竹松に対する生徒たちの熱狂を思わせる。

さらに、「春木」のバイオリンの課外授業を受ける生徒の中で抜きんでていたのが、「園田貴美子」。「貴美子」は秋田の財産家の娘という。花巻高女の「音楽練習会」で、ただ一人、二度もオルガン独奏をした生徒、それが大竹いほである。いほは、とし子と同学年で、とし子が「自省録」の中で「Oさん」としている女生徒に符合する。「園田貴美子」は大竹いほでまちがいない。「花の蕾《つぼみ》もはやふっくらとふくらんで一夜吹く風の荒《すさ》まじからんには無理にも咲き出《い》でん風情」、と記事は「貴美子」のことを伝える。実際の大竹いほが、そのような雰囲気の持主であったかどうか、確かめるすべはない。

やがて、「春木」と「貴美子」のいる課外授業の部屋からは、時に二重唱の声が聞こえてくるようになる。生徒たちの間で二人の仲が口《くち》の端《は》にのぼるようになった。そんなときに現れたのが、「花澤文子」である。文子は「盛岡にも相当に名を知られた、財産家」の末っ娘《こ》として登場する。

この設定は、とし子の実際とは異なる。父・政次郎を当主とする宮沢家は、盛岡にまで名の知られるような財産家ではなかった。家業は、質屋兼古着商で、所得税や営業税の納税額は、県内百位以内に入っていなかった（大正五年『岩手県紳士録』による）。政次郎は花巻町議会の議員で、この地方の有力者ではあったが、盛岡にまで名の知られるような人物ではなかった。

「花澤文子」について、記事は次のように書いている。「入学以来只の一度も『組長』と言う名義を外《よそ》の女に譲った事のない」、つまり「花澤文子」は入学以来、ずっと級長だった。これは、宮沢とし子を措《お》いてほかにない。

「文子の心の中には」「秘めに秘めた恋の炎が焔々《えんえん》と燃え上って居た。其《その》恋の炎の主こそ誰あろう、同じ想《おもい》に憧るる貴美子が相思の間柄なる春木松夫その人」と記事は伝える。

「文子」は、相思相愛の春木と貴美子の間に割って入るかのように登場するのだ。

「文子」はしかし、自分の気持を「春木」に告げることができない。つのる思いをラブレターに託して渡そうとするが、その機会がつかめず、ラブレターを落としてしまう。それを同級生に拾われてしまい、全校に噂が広がる。「春木先生は寝耳に水の驚き」で、文子は「蒼白《まっさお》になって其処《そこ》に卒倒せん許《ばか》りであった」。

「文子」の狼狽《ろうばい》ぶりを、記事は、揶揄《やゆ》するかのようである。「学術優等品行方正と麗々敷《しく》書き記された幾枚かの賞状を重ねて、人からは後ろ指一度指された事のない文子も、一朝恋い焦《こが》れた先生に、一筋に思いつめた心の届かぬのみか、ただ先生を驚かした許りで永久にぬぐうべくもあらぬ黒雲に包まれた儘《まま》文子の恋は哀れ片恋《かたおもい》に終って了《しま》ったのである」。

「違う、違う」と、とし子は叫びたかったであろう。「私は鈴木先生に愛されていました」。そう言いたかったであろう。とし子は、鈴木竹松と「危い淵」と自ら言うほどのきわどい交情を重ねていた。

たしかに、嬉《うれ》しさのあまり思わず親しい友に先生との交際を打ち明けてしまい、その友の口から噂が全校に広まって、先生の怒りをかってしまったことは事実だった。

記事はこう続く。「文子」は「貴美子と先生の交情《なか》が益々《ますます》濃くなりまさり行く」のを見て、「抑え難い恋心と嫉妬《しっと》の炎に身を焼きつくさん許りに悩み入った」と。

「抑え難い恋心」と「嫉妬の炎」――。それは、あながち嘘《うそ》と否定しきれるものではなかった。はじめての恋と嫉妬。この時、とし子は十六歳と五カ月の少女だった。三日間の新聞連載が終った翌日、大正四年三月二十三日が卒業式だった。大勢の参会者を前に、とし子は卒業生総代として答辞を読まなければならなかった。

この記事によって、とし子と鈴木竹松、そして大竹いほの「恋愛事件」は学校の枠を超えて、花巻の全町へ広まり、家族にも知られることとなった。自尊心を打ち砕かれ大きな傷手《いたで》を負ったとし子だが、自分が「家族のない天涯の孤児であったなら」「世間の非難を甘んじて受けたかも知れな」かった。しかし、彼女の過《あやま》ちが「彼等(注＝家族)に悲しみを与えた」ことが、彼女にとってそれ以上ない「痛い打撃」となったのである。「家族の心がこれによってどれだけいたんだか、それは正視するのも彼女には恐ろしすぎる事であった」。

この記事はしかし、私の中にある疑問を生じさせた。このとき、とし子は十六歳である。「岩手民報」なる新聞は、いかなる目的でこれを報じたのか。私には、真意が測りかねた。

調べてみると「岩手民報」と「岩手日報」という県内二紙が対立していたことが判《わか》

った。それぞれが特定の政党を支持していたこと、さらに、花巻という城下町の歴史的な事情も背景にあるようだった。

大正四年三月は、たまたま、総選挙の時期であった。「岩手民報」は、前年の大正三年十一月に「岩手民友新聞」として創刊された後発の新聞だった。当時の大隈重信《おおくましげのぶ》内閣を支える政党・立憲同志会を支持し、対立する保守政党・政友会を批判する激越な論調を展開していたが、「民友」という紙名が「政友会」を支持しているかのように誤解されるのを嫌ってか、翌大正四年二月に「岩手民報」と改題し、三月の選挙を迎えて政友会批判とともに、政友会支持の「岩手日報」に対しても露骨な非難を浴びせていた。ちなみに、この時の政友会総裁は、岩手県出身の原敬《たかし》であった。その原敬に対して「岩手民報」は、連日のように憎悪《ぞうお》むき出しの悪口雑言を浴びせていた。その一例を見てみよう。

《原政友会総裁（六）

御都合主義の人

（前略）世に娼婦《しょうふ》なるものあり。朝に呉《ご》（注＝中国の古代の国名）客《かく》を送り夕べに越《えつ》（呉の敵国）客《かく》を迎うと云う事である。是《こ》れ即ち娼婦の商売である。原サンの遣《や》り方は即ち是れではないか。長（州）を送り薩（摩）を迎え節を一二にし二三にする事は原サンの商売である。営業である。我が郷党の士之《これ》を知るや》（大正四年三月十七日）

公党の総裁、しかも郷土の偉人を娼婦《しょうふ》にたとえる激越さである。「岩手民報」（民友）は、敵対する「岩手日報」に対しても容赦ない。

《吐《ほ》ざいたり日報紙

一日の日報紙上に阿部勇治氏（注＝立憲同志会候補）は大浦農相の推薦を待って候補に立つのは男らしくないと吐ざいて居たが（中略）盲《めくら》観察も斯《こ》うなっては愛《あい》嬌《きょう》過ぎる（中略）生意気に低能児的筆を弄《ろう》して識者の嗤笑《ししょう》を招くより柄《がら》相応に雑誌の焼直しでもして居るが可《い》い》（大正四年二月三日）

当時の新聞は、現在私たちの知っている新聞とは、まったく異なる。新聞は政党の機関紙的存在だった。

一方の「岩手日報」は、明治九年創刊の「巖手《いわて》新聞誌」を祖とする由緒《ゆいしょ》ある新聞だったので、さすがに「岩手民報」のような罵詈雑言《ばりぞうごん》で言い返すようなことはなかったが、政友会候補を公然と支持し、相手候補を貶《おとし》めるような記事もとうぜん載せていた。「岩手民報」の「音楽教師と二美人の初恋」は、こうした激しい選挙戦の中で報じられたのである。それにしても民報は、なぜ、宮沢とし子を生贄《いけにえ》にして宮沢家に打撃を与えようとしたのか。とし子の父・政次郎は町議ではあったが、政党的な立場で活動していた気配はない。

この謎を解く鍵《かぎ》となるような記事が三月二十二日付、すなわち「初恋」記事第三回と同じ日の同紙紙面にあった。三日前の三月十九日、花巻町で選挙演説会があった。花巻町は、花巻城のあった〝鳥谷ヶ崎段丘〟の北側に形成された城下町から発展してできた町である。当時の人口は四千人程度。賢治・とし子らの家のある豊沢町は、段丘の南側に形成された花巻川口町の中心部にあった。当時の花巻川口町の人口は六千人余である。演説会は花巻町で行われた。「岩手民報」はこう伝えている。

《十九日花巻町に開催せる床次《とこなみ》氏（政友会の応援演説に来た政治家）一行の演説会は未《み》曾《ぞ》有《う》の紛擾《ふんじょう》を極《きわ》め各弁士は野次党の為《た》め碌々《ろくろく》論旨を尽す能《あた》わざる程野次り倒され、殊に工藤氏（政友会候補）の如きは気の毒にも立往生の止むなきに至れるが、云う迄《まで》も無く同地は同志会の地盤として非政友熱の旺盛なる、他に比類なく政友派の演説会としては固《もと》より予定の事実なりと云うも不可《ふか》なかるべし（当然だろう）》

このとき野次り倒された政友会派が「あれは、警官が先頭に立って野次をとばして同志会に味方したためだ」と非難した。それを「岩手日報」が報じた。それに対して同志会派の「岩手民報」が「下劣な中傷だ」と日報に反論したのが、この記事である。

この記事は、「花巻町は立憲同志会の地盤だ」と断じている。当時、花巻町の住民は同志会、花巻川口町の住民は政友会、と明確に分かれていたのだ。すなわち、立憲同志会＝「岩手民報」＝花巻町であり、政友会＝「岩手日報」＝花巻川口町という構図だったのである。

それを裏づけるものが、『証言　宮澤賢治先生』にも載っていた。花巻川口町出身で徳富蘇峰《とくとみそほう》の秘書を務めたこともある、八重樫祈美子《やえがしきみこ》の「花巻の人と町のプロフイル」という一文だ。

《この二つの町はまるで犬と猿の様に仲が悪かったものでした。花巻衆、川口衆と呼びあって、寄ると触ると喧嘩《けんか》腰でした。政党的にも花巻衆は憲政会（立憲同志会）が優勢で川口衆は断然政友会系でした。

大人が睨《にら》み合っているのですから子供たちまで仲が悪く、なかなか盛んな喧嘩をしたものでした。（中略）そんな風でしたから、秋祭りの山車《だし》や、見世物小屋の多い寡《すく》なさえ、喧嘩の種でした。ですから私なども、年に何回か花巻町の知り合いの家へ行くときには、その境界線の様になっている軽便鉄道のガードを越すと、異国に来た様な物珍らしさと、何となく敵地に行く様な緊張を覚えたものですからほんとに莫迦《ばか》々々しい話でした。》

『図説 宮沢賢治』の編者のひとり、上田哲は、対立の遠因について、同書のなかでこう述べている。


《藩政時代、この地方の政治的中枢《ちゅうすう》機能は花巻側（のちの花巻町）の地域にあった。（中略）有力者に士族が多く（中略）、隣接の同じ花巻城下の村々に優越感をもっていた。

里川口（のちの花巻川口町）の人びとの花巻（町）の人びとに対する長年蓄積された反感は、根深いものとなっていた。》

大正四年三月が選挙だったということと並んで、もうひとつの偶然が、「音楽教師と二美人の初恋」という記事誕生の背景にあった。選挙戦のさなかの三月十二日、「岩手民報」の花巻支局が花巻町に開設されたのである。花巻町は立憲同志会の町であり、支局は販売店も兼ねていたから、配達の便からも民報の支局設置はとうぜんのことだった。花巻町はもともと士族の町で、政治への関心が高く新聞もよく読まれていたのだ。

とし子は、件《くだん》の記事を書いた記者を知っていた。「彼が享楽主義者で、物質上の貧窮が彼に思うままの享楽を許さないのを人生最大の不幸な運命としてのろうて(呪って)いる様な人である事は彼の書く感想文などからうかがわれた」と「自省録」にある。

記者は、開設したばかりの民報花巻支局の者だった。支局にはおそらくこの記者ひとりだったろう。彼は、多少筆が立つ文学青年のような遊び人で、時折、同人誌や地元の雑誌などに寄稿していて、とし子はその文章を読んだことがあったのだ。支局に期待されるものが何かは明白だった。選挙での同志会の勝利に資することである。社内で脚光を浴びるための、この記者の張りきりぶりが目に浮かぶ。取材を始めた記者の耳に、花巻高女で秘《ひそ》かに広まっていた音楽教師と二人の教え子の〝三角関係〟の噂話が届いた。そのうちのひとりが、花巻川口町の宮沢とし子であった。宮沢とし子の実家は、盛岡にまで名を知られるような資産家ではないが、花巻川口町の有力な資産家で母方の祖父である宮沢善治につながる。善治は、所得税の納税額で当時、県内十八位であった。宮沢善治が政友会派の後盾にちがいないと記者が考えたであろうことは、想像に難くない。とし子があたかも善治の娘であるかのような記事を仕立てるのに、ためらいはなかったろう。その方がインパクトがある。

さらに、もうひとつ。取材の途中、花巻高女の卒業式の来賓に「岩手日報」の「花巻主任」（花巻支局の記者と思われる）が入っていることを知った可能性がある。各学校は事前に、卒業生の名前や来賓の名前を新聞社に知らせていた。各紙はそれをもとに卒業式の記事を載せるのが恒例だった。立憲同志会系の民報の記者は、花巻高女の卒業式に招かれていなかった。自らの新聞が軽んじられたと感じたそのとき、記者の良識の最後のタガが外れたのかもしれない。そうとでも考えなければ、花巻高女の卒業式について民報が一行の記事も載せなかったという事実を説明できない。

失恋、学校や世間からの冷笑や非難、好奇の眼、そして家族のおどろきと悲しみ。「重ね重ねの打撃に魂を打ち砕かれて」いるとし子を見かねて、父・政次郎は、とし子をこのまま花巻に置いておくわけにはいかない、と思った。政次郎の叔父・徳四郎の末娘の宮沢はるが当時、東京・目白の日本女子大学校に在学していた。そのため、日本女子大学校に入学試験制度はなく、内申書で合否を決めることは知っていた。また、同校には、学生のために多くの寮があって下宿先を探す手間も不要だった。とし子の成績なら文句のつけようがない。難なく入学が決まった。ただし、修業年限が足りず、とし子が進んだのは予科だった。入学式は四月十三日だったが、前日に入寮式があるので、上京は四月十二日となった。上京、登校にははるが同行したものと思われる。卒業式からわずか二十日、慌《あわ》ただしい上京だった。とし子の寮は、はると同じ責善寮だった。

教師への初恋、そして失恋――。誰しもが体験するようななんでもない出来事が、いくつかの偶然が重なって十六歳の聡明《そうめい》で心やさしい少女の運命を大きく狂わせ、少女は過酷な人生を歩むことになったのである。

この時期、賢治は花巻にいなかった。盛岡高等農林学校を受験するため、大正四年一月から盛岡で下宿生活をして勉学に励んでいた。三月末に入学試験があり、四月初旬に合格発表があって、四月八日から授業が始まった。賢治は事件について何も知らされなかった。

とし子は、この五年後の大正九年二月に、その自己省察の経緯を記録した。それが「自省録」である。

賢治の文語詩から口語詩「マサニエロ」を経て、歌劇やチェーホフの作品に至り、とし子の「自省録」と新聞記事に辿《たど》り着いた私は再度、考え直してみる。詩「マサニエロ」が書かれたのは、十一年の十月十日だった。おそらく賢治はその直前、とし子の「自省録」を読んだ。そしてはじめて、妹に何が起こったのか、妹がそれをどう受けとめてきたのかを知った。

そのとき賢治の頭をよぎったのは、歌劇「マサニエロ」のフェネッラであり、チェーホフの小説「隣人」のジーナであったろう。フェネッラの兄は、ジーナの兄は、どう行動したか、賢治は、おのれに問うたはずである。

大正五年から十年の間に、賢治は、狂乱ともいうべき「恋」をし、痛切な「失恋」を経験している。つまり、賢治は、失恋体験の共有者として、とし子の「自省録」に出会ったのである。

「賢治の恋」を知り「賢治の失恋」を知ってはじめて、賢治がとし子の「自省録」を手にしたときの共感と情動が解るのだ。その情動こそが「マサニエロ」を生み、〔猥《な》れて嘲笑《あざ》める〕を生んだのだ、と私は思った。

第三章　そのとき賢治も恋をしていた

1　血の盆をおよぐ蛭《ひる》

盛岡中学校を卒業した大正三年の四月中旬、賢治は盛岡の岩手病院（現・岩手医科大学附属病院）で鼻の手術を受ける。二、三日後に高熱を発し、「疑似チフス」の疑いで長期の入院治療となった。高熱の続くある日の夜、賢治はふしぎな夢をみた。

「まっ白なひげをはやし、白いきものをきた岩手サン（注＝岩手山の山神）がお出でになったす。手にもった剣でおれは腹をうんと刺されたもす」

これは、賢治がのちに母に語ったこととして伝えられている（註11）。この夢を詠《よ》んだ短歌がある。

《白樺《しらかば》の老樹の上に眉《まゆ》白きをきな住みつゝ熱しりぞきぬ》

眉毛の白い翁《おきな》は白樺の老樹の上にいた。岩手山の山神だ、と賢治は直感した。賢治は盛岡中学時代に何度も岩手山に登っている。賢治にとって岩手山は霊山だ。こともあろうに、その山神に刺されたのである。ふしぎなことにそれによって熱が下がり、賢治はみるみる回復していった。

看護してくれた岩手病院の看護婦たちを詠んだ歌が一首ある。

《まことかの鸚鵡《おうむ》のごとく息かすかに看護婦たちはねむりけるかな》

夜中に小用のため病室を出たとき、ふと覗《のぞ》いた看護婦詰所の様子である。オウムのようにかすかな寝息をたてている看護婦たちの中に、賢治の初恋のひとがいた。

《すこやかにうるはしきひとよ病みはてゝわが目黄いろに狐《きつね》ならずや》

若々しく健康で美人の看護婦に対する賢治の劣等感が素直に歌われている。入院中に詠まれた初恋の歌はこの一首だけだ。五月中旬に退院した賢治は翌月、花巻の自宅に帰る。十七歳の片思いの初恋は、あっけなく終りを告げた。

初恋の看護婦について、賢治は手帳にメモを残している。「芝　赤十字ノ看護婦」。初恋をうたった文語詩「公子」の下書稿には、看護婦の年齢は賢治と同じとある（註12）。当時の年齢は数え年なので大正三年で十九歳だ。当時、看護婦免許を取得するには、数え年十八歳以上で①地方長官の指定した看護学校を卒業するか、②地方長官の行う看護婦試験（検定試験）に合格すること、が必要だった。

日本赤十字社の本社は、東京・芝にあった。日赤の当時の看護婦養成制度から考えると、賢治の初恋の看護婦は、日本赤十字社岩手県支部の運営する盛岡赤十字看護専門学校で二年間の教育を受けたあと、東京・渋谷の日赤病院で一年間の実習教育を終え、大正三年三月に盛岡赤十字看護専門学校を卒業して資格を取得した新人看護婦だったと思われる。同年の卒業生は四名で、その名は卒業生名簿に記されている。その四名の中から岩手病院に赴任した看護婦が賢治の初恋の人である。岩手病院に大正三年の新人看護婦の資料がないため、名前は特定できない（註13）。

六月、賢治は家業手伝いのため、花巻に戻った。賢治に家業の質屋兼古着商を継がせたい父は、賢治の上級学校への進学を許さなかった。

とし子は、五月頃から音楽教師の鈴木竹松にバイオリンの課外授業を受けていた。夏には鈴木の下宿を訪ねて、噂《うわさ》が広まる。が、賢治がとし子の様子に関心を払っていたようにはみえない。賢治は、家業を嫌悪《けんお》していた。どうにかして家業から逃れたかった。そのためにも、盛岡高等農林学校へ進学したかったのである。賢治はノイローゼ気味になった。その頃に作られた不思議な短歌がある。

《蛭《ひる》が取りし血のかなだらひ
日記帳
学校ばかま　夕ぐれの家

　血の盆を
　蛭およぎゐて
この家に
夕陽は黄なり
夕陽は黄なり》

蛭は口が吸盤状になっていて、けものや人の皮膚に張りついて血を吸って生きてゆく。その習性を利用して、鬱血《うっけつ》した患部に吸いつかせて悪い血を吸いとらせるという民間療法があり、家族の誰かがそうした療法をやっている情景を詠んだのだろう、と私は思っていた。

しかし、よくよく考えてみると、「日記帳」「学校ばかま」とあるから、この部屋は賢治の部屋であろう。

自分の部屋には、血のたまった器の中を泳いでいる蛭がいる、賢治にはそれが見える。その蛭は——自分だ。賢治のこの歌は、そう言っているのだと気づいて、私は思わず「あっ」と声をあげた。

窮民から血をしぼりとるようにして暮らしている自分、という罪の意識は、「何分にも私はこの郷里では財ばつと云《い》われるもの、社会的被告のつながりにはいっているので」という、晩年に書いた彼の手紙などからも推測はできていたが、「人の生き血を吸って生きている蛭」に自分を重ねていたのだとするなら、嫌悪を超えた過剰な罪の意識に言葉がない。

私はあらためて、大正三年の短歌を読み直してみた。その百五十首の中に、得体の知れない奇怪なイメージの歌がかなりあって、むしろその歌こそが、当時の賢治の心を映しているのではないか、と感じた。

《つゝましく午食の鰤《ぶり》を装《よそお》へるはたしかに蛇の青き皮なり》
（昼食の皿の鰤は鰤の振りをしているが、ほんとは蛇の青い皮なのだ）

《ちばしれるゆみはりの月わが窓にまよなかきたりて口をゆがむる》
（血走ったような赤い三日月が真夜中に窓に来て口をゆがめている）

《そらはいま蟇《がま》の皮にて張られたりその黄のひかりその毒の光り》
（がま蛙《がえる》の皮で張られた空、その黄色い毒の光り）

《なにの為に物を食ふらんそらは熱病馬はほふられわれは脳病》
（物を食べようとすれば空は熱病で馬は屠《ほふ》られ自分は脳病だ）

《あかまなこふしいと多きいきものが藻《も》とむらがりて脳をはねあるく》
（赤い眼をした、関節のたくさんある生きものが藻にむらがって、そいつらが自分の頭の中を

跳ね歩いている）

《秋風のあたまの奥にちさき骨砕けたるらん音のありけり》

（秋風の吹いている頭の中で小さな骨の砕けたような音がした）

《たそがれの町のせなかをなめくじの銀の足がかつて這《は》ひしことあり》

（たそがれの町を覆《おお》うように巨大ななめくじの銀色の足が這っていたのを見たことがある）

入院時の高熱のせいかとも思ったが、退院後にも奇怪な短歌は作られている。

同年九月、ノイローゼ状態の賢治の様子に父も折れて進学を許した。賢治は勇躍、受験勉強にはげむことになったものの、賢治の頭の中では依然として小さな骨が砕けるような音がしたり、巨大ななめくじが町の上を這っていったりと、得体の知れない何かが湧《わ》きあがってきていたのだ。これらのイメージは何なのか、その疑問が私の頭のすみを占めるようになった。

翌大正四年一月から、賢治は花巻を出て盛岡市の教浄寺に下宿し、入学試験にそなえた。三月、とし子にとっても家族にとっても、想像だにしていなかったとつぜんのスキャンダル記事が出た。賢治は、受験勉強の最後の追いこみの最中だ。とし子が卒業式で答辞を読んだ翌日（三月二十四日）、賢治は学科試験に先立つ口頭試問を受けた。二十七日から二十九日までが学科試験だった。

賢治は、盛岡高等農林学校農学科第二部の合格者十三名中、首席で入学した。十八歳と七カ月だった。入学者の総数は八十九名。四月八日に入学式、その日から授業が始まる。校規で一年生は全員寄宿舎に入った。寄宿舎で同室となった農学科第一部の高橋秀松《ひでまつ》の記憶によれば、賢治は四月十日の土曜日に宮城県出身の高橋を盛岡市内に連れだして自ら案内したという。

東京の日本女子大学校予科に入学したとし子は、賢治の合格を家からの手紙で知った。同じ寮にいた親戚《しんせき》の宮沢はるの回想によると、四月のある日、とし子が嬉《うれ》しそうな顔をしているので「敏子様、大変お嬉しそうでいらっしゃいますね」と声をかけると、「うちの兄が盛岡高等農林の受験にパスしたとうちから手紙がまいりまして」とにっこりしたという（註14）。

2　兄の恋、妹の恋

高等農林の寄宿舎で同室であった者たちの回想によれば、賢治の生活は「入学当初から土曜日の午後から日曜の夕方まで、泊りがけで鉱物等の標本採集に出かけ、持物は五万分の一の地図、星座表、コンパス、手帳、懐中電灯、ハンマー、食料はビスケットをポケットに詰めこむことにしていた」。山行と野宿の機会は、中学時代よりはるかに多くなった（註15）。

賢治の許《もと》に、東京で学生生活を始めたとし子から、ひんぱんに手紙が届くようになった。同室の高橋秀松の手記にこうある。

《妹敏子さんが目白の女子大から一週間に必ず一度の消息をよこすと私の前で開き読み合う。ここに三人の兄妹が出来上った。敏子さんの文章と文字は賢治のそれとは比べものにならぬ程優れたものであった。》（註16）

賢治は、とし子の手紙を、同室の高橋に読ませた。手紙は、あの雅《みや》びな美文調の、そして、第三者に読ませてもいいようなあたりさわりのない内容だった、ということなのだろう。高橋がとし子の美文調に感心するのを、賢治は無邪気に喜んでいたようだ。

とし子が東京に出たのは「一日も早くこの苦しい学校と郷里とからのがれ度《た》い」と願い、「文字通り」「学校から逃れ郷里を追われ」(「自省録」)てのことであったはずだ。そのとし子が兄あてに、あたりさわりのない手紙を、それも一週間に一度という頻度で寄越す。

おそらくとし子は、賢治が自分の初恋事件のことを知って、心配しているだろうと思い、私は大丈夫です、という意味をこめて自らの様子を細々と書き送ったのではないだろうか。事件を知らない賢治は、とし子が元気に新しい生活になじんでいっているると素直に受けとり、同室の高橋に嬉々《きき》として見せていた——。

大正四年のこの年六月下旬、賢治はとし子あてに葉書を書いた。「私は壮健で田植えをもう済ました」。その一学期にとし子あてに出した賢治の書簡は、これしか残されていない。

七月二十一日からは夏休みである。八月一日から十五日まで農業実習があったので、賢治が花巻に帰省したのは、八月中旬だった。しかし、この夏休み中の短歌にも、当時つけていたノートにも、そのほか手紙にも、賢治がとし子の事件を知ったという気配はない。

夏休み後の十月に、とし子は、盛岡の賢治あてに手紙を出した。その手紙は残っていないが、十月二十一日付の賢治の返事から察するに、手紙は、それまでのありきたりの近況報告ではなかったようだ。家政学部予科で六カ月学んだとし子は、来年進学する本科の授業内容が解《わか》ってくると、いま自分が必要としているのは、もっと精神的な勉強だと気づき、他学部への転部を考えはじめた。転部には、親の許可が必要だった。とし子は、その相談を賢治にしたのであろう。

とし子の希望は、修養の向上を求めるものだから悪いこととは思わない、賢治はこう返事を書いた。転部には競争もあるだろうが、それは運のようなものだからどうなっても気落ちしないように。とにかく、自分で一番いいと思う方向に向っていけばたいてい大丈夫だ。ただ、今は、父も家族も、花巻銀行の不祥事発覚で忙しい日々を送っているので、言いだすのは暫《しばら》く控えた方がいい。冬休みまでには、私の方から父に、とし子の気持を伝えるようにする——。

その夏、硫黄鉱山への過剰融資と行員の使いこみが発覚した花巻銀行は、取りつけ騒ぎが起こるのを恐れて休業をくり返していた。母方の祖父・宮沢善治は花巻銀行の専務取締役であり、賢治の家も花巻銀行の株主だった。

とし子は賢治の助言を受けいれ、待つことにした。とし子にしてみれば、入りたくてやってきた学校ではなかった。学びたくて選んだ学部ではなかった。ただただ花巻から逃れるための手段だったのだ。

日本女子大学校は、キリスト教の牧師を務めたこともある成瀬《なるせ》仁蔵《じんぞう》が、様々な宗教の枠にとらわれず、学問と日常生活を通して精神修養し、自立的な人格の形成を目指す場として創立した私立学校であった。

成瀬の教育方針に則《のっと》り、学生寮も自立と修養の場であった。寮ごとに、「お主婦様」と呼ばれる二人の上級生が、寮生の生活全般を、リーダーとして仕切っていた。朝夕には冥想《めいそう》の時間もあった。

成瀬は週二回、全学部生に対して「実践倫理」と題する講義を大講堂で行っていた。そのうちの一回は、予科生も聴講する。予科生たちは、最後部で成瀬の訓話を聞いた（註17）。成瀬が究極的に目指したのは「宇宙自我」であった。それは、国家、文明、宗教を超越した新しい信仰ともいえた。右も左も解らず学生生活を始めざるをえなかったとし子が、一学期を終え、二学期を迎えた頃には、自分を救ってくれるのは、成瀬の説く「信仰」だ、と思うようになっていた。

賢治の返事を読んでから数日後、とし子は、花巻高女校友会から依頼されていた会誌に載せる「近況だより」の執筆にとりかかった。校友会から卒業生への近況報告の依頼は恒例のものだった。とし子の「武蔵野《むさしの》より」は、次のように書き出されている

（註18）。

《八つ手の花に蜂が集って居ります。森には落葉の雨が降り始めました。教室の窓からは雑木林の色づいたのが見え花壇には秋草も咲きまして秋は此処にも訪《おとな》いましたけれども去年までのそれと較《くら》べられません。近況と申しまして別に取り立てて申上げる程の事はございません。平凡な寮舎生活を致して居ります。》

とし子は、この時期、初恋事件の傷手《いたで》から何とか立ち直ろうとあがき、成瀬仁蔵の思想に救いの道を見出《みいだ》そうともがき、転部まで考えるほどに、不安定な精神状態にあったのではなかったか。「平凡な寮舎生活を致して居ります」と書いたとし子の真意は、どこにあったのか。

「武蔵野より」は、お主婦様制度など、寮生活や大学校のことなどを淡々と記し、最後はこう締めくくられている。

《此の頃の冴えた空も自修時間故呑気《ゆえのんき》には見る事は出来ませんけれど休んでから紺《こん》青《じょう》の空と小さい星とは金網戸の網の目から一晩中覗《のぞ》いて居ります。今月は運動会も御座いました。何かにつけまして母校が思われるので御座います、（中略）母校の御恩には只今後《こんご》一生懸命に勉《つと》め尽します事によって御報恩の幾分がなされる事と存じます、母校の発展を心から御祈り申し上げます。至ってまとまりませんもの乍《なが》ら先ず《ま》は右御返《おかえ》しのしるしのみ申しあげます。かしこ》

「今月は運動会も御座いました」とある。東京の秋の名物といわれたほどの華やかな日本女子大学校の運動会は、例年、十月二十日前後に行われていた。とし子が「武蔵野より」を書いたのは、まぎれもなく十月の末のことである。この時期のとし子の気持を、じっくり考えてみよう。

校友会から原稿の依頼が来た、ということは、学校側が「岩手民報」の記事を問題にせず、とし子を卒業生総代として扱ったからだろう。新聞が報じたことに照らせば、当時の常識からして、鈴木竹松もとし子も学校を逐《お》われてもおかしくはなかった。であるなら、とし子も学校の態度に合わせて何事もなかった、と振舞うことを求められているのだ。聡明《そうめい》なとし子なら、それをすぐに理解しただろう。「平凡な寮舎生活を致して居ります」という言葉は、とし子の熟慮のうえの言葉であったに違いない。

もうひとつ、気になる言葉があった。それが、「今月は運動会も御座いました。何かにつけまして母校が思われるので御座います」である。

花巻高女の運動会も十月に催されていた。ここでのとし子は、花巻高女の運動会をまず想《おも》い出している、と解釈するのが自然だろう。運動会では、花摘み、頭上玉送り、達磨《だるま》遊びなど、多くの競技が行われたが、白眉《はくび》はなんといっても三、四年生全員による西洋のダンス「カドリール」だった。カドリールは本来、男二人女二人が組になって踊るのだが、女学校なので男役も女生徒が行う。着物に袴《はかま》姿の女生徒たちは、校庭一杯に広がってステップを踏んだ。


《東方遥《はる》かを眺むれば小田の稲穂黄金の波を漂《ただよ》わせ（中略）吹く風も静かに夕景又麗《うら》やかにピアノの音も又一段賑《にぎや》かに聞《きこ》ゆ。》（『花南六十周年史』）

カドリールはピアノの演奏に合わせて踊られた。一年前の秋の運動会でピアノを弾いたのは鈴木竹松だった。「今月は運動会も御座いました……」ととし子が書いたとき、想いだしているのは、去年の秋の花巻高女の運動会だった、と私は確信した。

あのとき鈴木先生は、全校生の視線を一身に集めてピアノを演奏していた。その鈴木先生に私は愛されている。カドリールを踊りながら、とし子は胸が熱くなるような幸せを感じた――それが去年の秋だった。

原稿を依頼されたとき、それが次の年（大正五年）の三月発行の号に載ることは知らされていただろう。鈴木竹松の退職は大正五年三月である。後任選考も考えると、前年の秋には、退職は決まっていたのではないか。東京にいるとし子に知らせる者もいただろう。三月なら、鈴木先生が読むかもしれない。「今月は運動会も御座いました。何かにつけまして母校が思われるので御座います」。これが、もう一生会えないかもしれない鈴木への、断ちがたい未練を伝えるメッセージだとしたら――。私の思い込みかもしれないが、鈴木への思慕の念を断ちきれず、この後もそのことに苦しみ悩んだことは、とし子自身が「自省録」で告白している。

一方、賢治のほうは、十二月二十四日に二学期が終り、花巻に帰省した。冬休みに父に話すと約束していたとし子の転部の件は、立ち消えになっている。手紙でか帰省した直後にか、とし子は、転部はやめた旨《むね》を賢治に告げたのだ。家政学部のままでも、成瀬の「実践倫理」を学ぶことはできる。そう思ったのだろう。

明けて大正五年、宮城県に帰省していた高橋秀松あてに賢治から葉書が届いた。一月一日付の葉書にはたった二行、「何んにも無い。／みんな何でもないそうな」と書かれていた。

後年、この文面の意味について高橋は、「「みんな」とは、トシを中心にした家族の消息のこと」と説明した。察するに高橋は、冬休み前に、とし子についての風評を耳にしたのだろう。高橋は賢治に「妹さん、高女で何かあったのか」とでも聞いたのかもしれない。とし子の初恋事件について何も知らなかった賢治は、帰省して、とし子や両親に尋ねる。高橋あての葉書は、その報告だったと思われる。本当のことは賢治には知らされなかったのだ。

大正五年三月、音楽教師・鈴木竹松は、とし子の思いに応《こた》えることなく花巻を去った。生涯、とし子に会うことはなかった。とし子の初恋はこうして終った。賢治が、大正四年四月から大正五年の二月までの間に詠んだ短歌は、わずか二十五首だった。賢治の初恋の歌も、奇怪な歌もなかった。こうしてとし子は日本女子大学校予科を了《お》え、賢治は盛岡高等農林学校の一年を了えた。二人とも、互いの初恋について、知ることはなかった。

賢治の二十五首の最後の歌は、

《大ぞらはあはあはふかく波羅蜜《はらみつ》の夕つ丶たちもやがて出でなん》

であった。「波羅蜜」とは仏教用語で、此岸《しがん》を渡って涅槃《ねはん》（悟り）を得るため彼岸に至ることである。「淡い大空の色が深みをましていって、やがて、悟りを開いてこの世から天上に昇った星たちが、夕べの空に輝きだすことだろう」という内容だ。

3　出会い

熱心な浄土真宗の檀家《だんか》に育った賢治は、父の主宰する仏教講習会に小学生の頃から何度も参加していた。大正三年の秋、父の友人から島地大等の『漢和対照　妙法蓮華経』を贈られた。「妙法蓮華経」（法華経）は、釈迦《しゃか》の言葉を集めた仏典である。他の仏典と異なる大きな特色は、宇宙の真理を説いているところにある。たとえば、宇宙の経てきた「時間」は無限ともいえる長さであり、その「空間」もまた同じように無限である、と書かれている。その真理は、当時の最先端天文学の理論とも合致していた。賢治が熟読していたといわれるアーサー・トムソンの『科学大系』に、「私たちの銀河系小宇宙のような螺状《らじょう》星雲が、全宇宙には何十万と存在するからには、その広さは、私たちの理解を超える」という旨の記述があるのだ。賢治は、妙法蓮華経に深く傾倒していく。「波羅蜜」の歌は、その頃に賢治が作ったものであった。

新たな信仰への道を探りはじめた十九歳の賢治の前に、新たな「恋」の相手が現れる。大正五年四月に入学した新入生の中にその人はいた。

「賢治の恋」をはじめて具体的に論証したのは、菅原千恵子《すがわらちえこ》である。菅原は、平成六年刊の著書『宮沢賢治の青春　〝ただ一人の友〟保阪嘉内をめぐって』において、大正五年四月に盛岡高等農林に入学してきた保阪嘉内《ほさかかない》への賢治の友愛の情は、その究《きわ》まるところで恋愛の情となり、賢治自身がそれを自ら認めざるをえなくなったときから賢治の苦悩が始まった、と指摘している。

その大筋において、私は菅原の見解に同意する。そのうえで私なりの見解や解釈を示して、「賢治の恋」の実相をさらに明らかにしていきたい。主な資料は、保阪嘉内の日記や保阪あてに賢治から届いた書簡などを編んだ『宮澤賢治　友への手紙』である。

山梨県の甲府中学を大正四年三月に卒業した保阪嘉内は、東北帝国大学農科大学（札幌）の受験に失敗し、翌五年盛岡高等農林に合格、四月に盛岡へむかった。

四月十三日、盛岡に着いた保阪は、この日、自啓寮の室長であった宮沢賢治に初めて出会う。「トルストイを読んで百姓の仕事の崇高さを知り、それに浸ろうと思った」と入学理由をのべた保阪に、「トルストイに打込んで進学したのは珍らしい」と賢治が評したと言われる。農業技術者になろうとは思っていたが、百姓になることまでは考えていなかった賢治にとって、保阪の言葉は新鮮に聞こえたのだろう。

保阪の言葉に嘘《うそ》はなかった。四月十七日の日記に保阪は「授業開始、実習服を着て心いさめり」と記した。十九日には「農場実習、其中に面白味を感ず」とある。同じ頃、賢治も「あらひたる実習服のこゝろよさ草に臥《い》ぬれば日はきらゝかに」と詠んでいる。

四月二十二日、賢治は保阪を盛岡中学校に案内し、バルコニーに並んで立った。歌人・石川啄木が盛岡中学時代に立ったバルコニーである。後年、啄木は「手すりにも一度われを倚《よ》らしめ」と歌った。保阪は啄木のファンだった。盛岡へ来る前の四月九日の短歌日記に「「やはらかに柳青める北上《きたかみ》」にわれむかはんと心勇めり」と、啄木の短歌を引用して盛岡に行く喜びを詠んでいた。そのバルコニーに案内されて、保阪は、驚くとともに感激した。「宮沢氏と盛岡中学のバルコンに立ちて天才者啄木を憶《おも》いき夕陽赤し」、その日の日記にこう記した。そのとき二人は、お互いが短歌日記をつけていると知ったであろう。

保阪は、四月三十日に、盛岡市内北山の願教寺に『妙法蓮華経』の著者・島地大等の講演を聞きに行っている。賢治の誘いであるのは間違いない。保阪は、浪人時代からキリスト教に親近感を抱いていた。仏教とキリスト教をめぐる二人の交流はこうして始まった。

五月十七日の午前中、一年生は、雨の中で農場実習があった。保阪は「雨の中にて働らく百姓の幸」と日記に書いた。同日、「人間のもだえ」と題する原稿用紙九枚の短い戯曲を、一気に書きあげる。登場人物は六人だった。同室の六人全員で演じようというのが保阪の目論見《もくろみ》だった。戯曲には配役が記されている。主役の全能の神アグニは自らが、同じく主役の全智《ぜんち》の神ダークネスは賢治が演じることになっていた。「人間のもだえ」は、五月二十日、寮の懇親会で上演された。『宮澤賢治　友への手紙』に載っている戯曲の要約は、以下の通りである。

《アグニ以下三神はそれぞれの立場から人間を救わねばならぬと考えている。（中略）そこへ、鰐《わに》に追われて力を欲する土人、己が生涯に欠けていた愛を求める英雄、わが身の弱さを嘆く女が次々と登場、互に他を羨《うらや》む。神たちは、他を羨まず、自分の道を行け、「永遠の国」へ向えと説く。（中略）「お前たちは土の化物だ」「土に心を入れよ」「人間はみんな百姓だ。百姓は人間だ。百姓しろ」と導いた神々は、それぞれが人間に力・智・恵を与える。その力・智・恵を受けて、人間

は「永遠の国、百姓の国」へ喜び向ってゆく。》

同書は、この戯曲を「全体の調子は白樺派的な理想主義に満ちた、明るい、楽天的なもので、特に農業讃美の言に溢《あふ》れている」と評している。

賢治が保阪に対して、自らの信仰を熱心に打ち明けはじめた様子が、上演三日後の五月二十三日の保阪の日記に窺《うかが》われる。「宮沢氏集ヨリ」として、二首の短歌がメモされている。賢治が、ノートか何かに手書きした〝短歌集〟の中から保阪が写したものだろう。

《新緑の小枝吹き折るあらしにも
　高鳴ける鳥　ハラミツの鳥》

《そらくらく木々のわかめはゆるげども
　われは無明《むみょう》をいつぞはなれん》

「ハラミツ」は「波羅蜜」のこと。急いで写したのでカタカナにしたのかもしれない。

「無明」は、欲望や執着心など、煩悩《ぼんのう》にとらわれ迷っている状態のことだ。賢治は、自分の進むべき道と、そのための精神的拠《よ》りどころを保阪に語り、最近作の短歌を見せたのだろう。保阪は、心うたれて「波羅蜜」と「無明」の二首を書き写した。

六月十日、保阪たち一行は八人で岩手山に出かけた。十日の保阪の日記には、「曇、夕立、同行八人岩手山に向う、麓《ふもと》小舎に野宿火を焚《た》きにけり」と、十一日には「曇、大雨、前二時半麓発頂上六時頃着、雪を食《くら》い木とりて石をとりて裾《すその》野を経てかえる」とある。

山麓《さんろく》の小屋の前で火を焚き、午前二時半に出発して山頂に六時頃着いた。「雪を食い」は、「雪に出会った」の意である。この八人の山行に賢治が加わっていたかどうかは記されていないが、「年譜」は「同行八人の中に賢治もいたか」と推測している。

おそらくは賢治に誘われた山行であったが、印象が強かったとみえて、保阪は、この山行を詠んで三十五首もの短歌を作り日記に記している。

七月に賢治は、土、日をかけて寄宿舎で同室の高橋秀松と姫神山に登った。同室の他の学生とも岩手山に登っている。「年譜」の七月五日の項には「保阪嘉内と岩手山登山、神社参拝、誓願」とあるが、保阪の同日の日記は「岩手山神社祭典見物」となっている。神社の祭典を見たのは確かだが、二人で岩手山に登ったのかどうかは、はっきりしない。しかし、保阪が寮に入ってから七月の一学期終了までの間に、彼という人間のおおよそを賢治は理解していたと思われる。ロシアの文豪トルストイの農本主義に共鳴し、百姓になりたいと本気で考えている、白樺派のような理想主義者であること、農業を志しているにもかかわらず短歌で日記をつける文学青年であること、演劇好きで、とくに歌舞伎《かぶき》に通じていること、毎日曜日、教会に通うほどキリスト教に親近感を持ちつつも、仏教にも関心を寄せる柔軟な宗教観を持っていること、さらに山好きで登山の経験があり、技術的にも体力的にも、自分に比肩《ひけん》するほどであること――などである。もっとも、保阪は芸妓《げいぎ》遊びも好きで、盛岡での二年の間に馴染《なじみ》の芸妓ができるほどだった。また、ラジカルな思想の持ち主であって、大正七年には退学処分を受けている。彼の「遊び」や「思想」まで、賢治は知っていたであろうか。いずれにせよ、賢治がそれまでに出会ったことのない若者であったことは事実だろう。

4　「地獄にしか行けず候《そうろう》」

大正五年のこの年、賢治は、夏休み中の八月一日から三十日まで、「東京独逸《ドイツ》学院」でドイツ語の夏季講習会を受講するために、七月三十日には花巻を発《た》つ予定だった。花巻にいられるのは十日程度しかない。そんなにもドイツ語の習得に意欲を燃やしている兄に、帰省中のとし子が、ドイツ語を聞かせて、と頼んだのだろう。賢治は、教科書の「Des Wassers Rundreise」（水の周遊）の一部を朗読した。ドイツ語を知らないとし子であったが、その朗読があまりにもたどたどしいものだったので、思わず笑って、「尋常一年生、ドイツの尋常一年生」とからかった（註19）。

そのようなことがあったあと、賢治は、とし子が六月末に東京から家族あてに出した長文の手紙を読むことになる。その手紙は、とてもややこしい。ややこしいけれど、ひるまず紹介してみようと思う。

話は六月にさかのぼる。とし子は、六月二十三日付の手紙を東京から花巻の自宅にあてて出した。手紙は、二通あった。一通は、祖父・喜助あてで、巻紙二メートル半にも及ぶ長大なものだった。これを本文としよう。もう一通は家族の「みなさま」あてで、これは添え文ともいえる。本文は、とし子が、死後の世界というものがあるかどうかについて、祖父に自分の考えを示したものである。とし子は、本文を「別紙」として扱っていて、「みなさま」あての添え文で、その取り扱いについて、次のように述べている。

《別紙をお祖父《じい》様にさしあげた方がようございましょうか、余り生意気らしくてそれに私も未だ信仰は持ってない事であり随分書き渋りましたがやっとかきました、もしあげた方がよい様でしたら少しお直し下さいますなりどうなりしてさしあげて下さいませ》

祖父に手紙を書いたのだが、それを祖父に読んでもらった方がいいかどうか、家族みんなで判断してくれ、という内容である。自分で書きたいと思ったら直接祖父あてに出せばいいものを、なぜこのようにしたのか。

添え文の中に、そうなったいきさつを窺わせる次のような言葉がある。「御手紙を一昨日有難くいただきました」。一昨日、すなわち六月二十一日に、とし子は、父・政次郎からの手紙を受けとったのだ。祖父あての手紙は、その政次郎の要請によって書かれたものだ、と推察できる。自らの発意でなかったことは「随分書き渋りましたがやっとかきました」という、とし子の言い方からも窺える。

新全集の「年譜」によると、このとき祖父・喜助は七十五歳、「中風を病む」とある。脳出血による後遺症で療養中だった。それが契機で、祖父が死後の世界に不安を持ち、父がとし子に、祖父を安心させるような手紙を書いてくれ、と頼んだのか、と一瞬思ってしまう。

しかし、よく考えてみると、まだ十七歳にしかならない世間知らずの少女が、七十五歳の祖父に死後の世界のことを教えるというのは、どうにも不自然だ。ほんとうに祖父が、死後の世界について不安を持っていたのなら、花巻仏教界のリーダーとして毎年のように仏教講習会を開催してきた父の政次郎こそがその役を担《にな》うべきではないのか。あるいは、熱心な妙法蓮華経（法華経）の信奉者となっている兄の賢治がその任にあたるのがふつうではないか。なぜ、とし子なのか。

この手紙を祖父に見せていいかどうかの判断を任せられた家族とは、実際には祖父を除いた、父、母のイチ、賢治の三人だけである。次女シゲはまだ花巻高女の三年生で、「死後の世界」を語れるような年齢ではない。小学生の清六やクニは論外である。

賢治はこのとき盛岡にいた。とし子の手紙をすぐ読むには、父が手紙を転送するか、知らせを受けて花巻に帰るかのいずれかだが、政次郎はそうはしなかった。夏休みに賢治が帰省するのを待つことにしたようだ。

以下は、帰省した賢治が読むことになった、とし子の、祖父あての手紙の内容である（原文は候文）。

《人はどうせ一度は死ぬべきものです。私もいつ死ぬのか少しも先はわかりません。人先に死ぬのとあとに死ぬのとの区別こそあれ、死なない人は一人もいません。人の世はたかだか五十年から七十年、その間に喜んだり悲しんだりしても、ちょっとの間の夢のようなものではないかと思われます。その短い間のことだけを人は熱心になんのかんのと騒いだりしても、死んだあとこの自分がどうなるか考える人が少ないということは誠にまちがったことだと思います。人は怒ったり喜んだり悲しんだり苦しんだりするのも、つまりは自分というものをもとにして考えているからだと思います。みんな自分をかばい自分のためを思う心から発することだと考えられます。自分が立派な人だと言われたい、よい目にあいたいというのもこれと同じことです。

こうまで自分を可愛《かわい》がっているものが、この世の命を終えるとともにまったくなくなり消えてしまうものということを、お祖父さまはほんとうだとお思いになることができますか。私はできません。人の身体はなくなっても自分の魂はいつまでもあるもの、と私は信じております》

この書き出しから察するに、やはり父はとし子に、「お祖父さんを安心させるような手紙を書いてやってくれ」と依頼したのではないだろうか。

手紙は次のように続く。

《それならどういうふうに死後の世界に私たちがいるのかということを考えると、居ても立ってもいられない苦しい思いがします。仏さまは因果応報をお説きになっていると聞きます。善いことをした者は死んだあとによい報いを受け、悪いことをした者は悪い報いを受けて苦しまなければならない、ということをお教えになっています。それなら私はこの世でよい事だけしたかとよくよくこれまでのことを考えてみると、どうしても恐ろしくてたまりません。朝起きてから寝るまで一つとしてよい事はしていません。人を不足に思い、憎み、うらみ、怒り、たまたまよい事をしたようにみえても、実は自分を第一に考えてのことで、つきつめれば、他人をおしのけても……という考えと同じことなのです。こういう考え方は、とりもなおさず地獄にしか行きどころのない、悪いことこのうえない自分、ということになります。お祖父さま、どうかお願いです。一日の終りに、よくよく「私はいいことばかりしただろうか」とお考え下されば、私はとてもありがたく思います。（中略）悪いところだらけの私が、もし今晩にでもとつぜんの天災にあって死ぬようなことがあったらどうなるでしょうか。ただ悪いことのみの一生を送った報いとして地獄に堕《お》ちるよりほかしかたないのです。しかし、この罪深くて地獄に行くべき私を哀れと思って助けてやると言って下さる方があるとすれば、私たちはその方にすがるよりほかないのです。そのお方は、仏さまであって、ずっとずっと永い間私たちを助けようとして呼んでいらっしゃるのだと聞いて、罪の塊の私でも感ずるところがあるのはとうぜんです》

そして、最後はこう締めくくられている。

《私も大切なる死後の事一刻も早く心にきめる様にと思ひ居り候《そうら》へど未《いま》だ確かな信心もなく、このまゝに死ぬ時は地獄にしか行けず候　何卒《なにとぞ》御一緒に信心をいたゞく様に致し度く候　先づは夏休みに帰るに先立ち申し上げ候　かしこ

六月廿三日　　　　　　　　　　　　とし

御祖父上様》

とし子は懸命に、こまやかに、自分の考える死後の世界について書き綴《つづ》っている。

人間というものは、善いことばかりするとは限らない。それでも一心に信心すれば、仏さまは救ってくださる。私はまだ信心が足りないので、このままでは地獄にしか行けませんが、これから一心に信心すれば極楽に行けるのではないか。どうか、私と一緒に信心の道を歩んでください。

これが、とし子の結語である。しかし、とし子の説いている死後の世界は、浄土真宗の説く「往生」の考え方そのものである。どんな悪人でも南無阿弥陀仏《なむあみだぶつ》（阿弥陀さまに心身を捧《ささ》げおすがり致します）と念仏を唱えていれば、死後は極楽に往《い》って生まれ変わる、すなわち、往生できる。これが真宗の教えである。代々、真宗の檀家《だんか》であった宮沢家の人間なら、誰でも知っている。祖父・喜助が孫娘にわざわざ教えてもらわなければならないことではない。

これは妙な手紙だ。賢治はそう思っただろう。賢治でなくても誰でもそう思う。なんでこのような手紙を書くことになったのだ、とおそらく賢治はとし子に聞いた。その問いに対するとし子の反応を詠んだと思われるものが、賢治の短歌にある。

《雲ひくき峠越ゆれば
（いもうとのつめたきなきがほ）

丘と野原と。》

この短歌は、新全集一・短歌・短唱の「大正五年十月より」の項にある。夏休みが終って、二学期から寮で同室となった近森善一や山中泰輔《たいすけ》は、しょっちゅう賢治につれられて鉱物採集や登山に出かけた。この歌はその山行での作である。山中泰輔によれば、賢治とよく歩きまわったのは、鬼越山（鬼古里山《おにごりやま》）から小岩井農場を通って繋《つなぎ》温泉に至るルートであったという。「雲ひくき峠」は滝沢村の鬼古里山から小岩井農場へ至る途中の峠のことである。「野原」は小岩井農場、「丘」はその南に遠望される「七つ森」のことであろう。

「いもうとのつめたきなきがほ」が（ ）でくくられているのは、心の中に浮かんだものであることを示す賢治特有の書き方である。峠ごえのときに浮かんだ妹の泣き顔。夏休みに見てしまったあの泣き顔が、ずっと消えずに残っていたのだ。

とし子は、自分が祖父あてに書いた手紙について賢治に問われ、答えるなかで泣きだしたと仮定して、では、とし子はなぜ泣かなければならなかったのか——。

「みなさま」あての手紙の中で、とし子はいかにも楽しそうに、「この二週間さえ通り越せば、あとは面白い面白い休みになります」と書いている。

「面白い面白い休み」などと、とし子は、はしゃいでいるが、私にはむしろ、無理をしているとみえる。「自省録」の中で、とし子は、当時の自分の精神状態について、こう述べている。

《広い世界に身のおきどころのない不安に始終おそわれて私は（中略）救いを求めて居た》

《とにかく現状を突破して新生を得たい》

《渇望するものも亦《また》新生である。甦生《そせい》である。新たな命によみがえる事である》

これがとし子のほんとうの気持のはずだ。とし子は、初恋事件で負った深傷《ふかで》からまだ立ち直れずにいた。身のおきどころのない不安におそわれ、新たな道を求めてもがき苦しんでいた。はしゃいでる場合ではない。

とし子が快活にみせているのは、両親に対してである。「みなさま」あての手紙は、実際には両親しか読まない。

とし子が心の内を隠して、両親にはしゃいでみせているということは、すなわち両親がとし子の心情を察して心配したからだ。初恋事件で思いつめているとし子の様子が、正月休みに帰った時も、春休みに帰った時にも垣間見《かいまみ》えた。両親は、娘が自ら死を選ぶのではないかとまで心配したのかもしれない。父の政次郎は、祖父が中風で床に臥《ふ》すようになったのを口実に、とし子が死をどう考えているかを聞き出そうとした。祖父が死後の世界のことに不安を持っていて、とし子の考えを聞きたがっている。それが六月二十一日の父からの手紙だった。聡明なとし子は、すぐ父の目論見を悟った。父や母は私のことを心配しているのだ。安心させるために、両親あての手紙ではしゃいでみせた。祖父あてには、小さい頃から聞いている浄土真宗の往生の考え方を取り急ぎ書いた。このままでは地獄にしか行けないので、いっそう信心します、と書いて安心させた。祖父あてのその手紙を家族に読んでもらうために、あえて、みんなで読んで判断してください、とつけ加えた。

とし子は賢治に、祖父あての手紙について問われたとき、以上のようないきさつを説明しなければならなかったろう。そのためには、まず、初恋事件を兄に説明しなければならない。しかも、兄に心配をかけないように最小限の言葉で。

音楽教師に恋慕の情を抱いたこと、卒業間際《まぎわ》にそれが学校じゅうに知られ、さらに新聞記事にもなったこと、それで世間の目から逃れるために東京に出たこと、今はもう元気になったこと——。

とし子の涙は、こう話してしまいたい衝動にかられるなかでこぼれたのだろう。

賢治が、この時とし子に信仰上のことで助言を与えた、と示唆《しさ》する資料がある。夏休みが終ってすぐの九月下旬のことである。大学校の成瀬仁蔵の「実践倫理」の講義のあと、宿題が出た。「信仰トハ何ゾヤ教育トハ何ゾヤ」。この宿題に対するとし子の答案の中に「敬愛スル兄ヨリ或《ある》暗示ヲ得タ」という言葉があった。

宮沢家は代々、親鸞《しんらん》が開いた浄土真宗を信仰してきた。とし子は、小さい時から賢治とともに「南無阿弥陀仏」と念仏を唱えてきた熱心な門徒であった。「南無阿弥陀仏」とは、「阿弥陀仏に帰依《きえ》する」という意味である。そう唱えるだけで、極楽往生できると真宗は、人々に救いの手を差しのべてきた。

一方、賢治が影響を受けた妙法蓮華経（法華経）に重きを置く宗派は、日蓮が開いた日蓮宗である。

両者の一番の違いを簡潔に言えば、死後に極楽浄土に行くか、現世での救済を求めるか、というところにある。

賢治は、来世で救われるという信仰を捨てて、この世で救いを救めるという信仰に傾きつつあった。どのようにして初恋事件の泥沼から這い出るか。そう考えていたとし子にとって、こうした賢治の志向が、大きな信仰上のヒントになったであろう。

とし子は日本女子大学校を卒業したあと、賢治とともに日蓮宗の信徒になったことを考えると、この時の「敬愛スル兄ヨリ」の「暗示」とは、現世でどう生きるかについての示唆だったと私には思われてならない。

しかし実際のところ、賢治はこの時のとし子がどれほど悩み苦しんでいたかに気づかなかったようだ。祖父への手紙の中の「このまゝに死ぬ時は地獄にしか行けず候」という言葉は、表面上はまだ信心が足りないので、と理由づけされている。しかし、「このまゝに死ぬ時は」には「このまま初恋事件から立ち直れずに死ぬ時は」の意もこめられていたとしたら……。のちに賢治は、痛恨の思いで、とし子の「地獄」を想起することになる。

5　もうひとつの初恋

同じ七月末、花巻の賢治あてに、農場実習のため盛岡に残っていた保阪から葉書が届いた。それが、保阪から受けとった最初の書簡だった。七月三十日、賢治は、その葉書を鞄《かばん》の中に入れて、ドイツ語講習会受講のため、夜行列車で東京に向かった。八月一日、投宿先の宿で、保阪あてに返事を書く。「あなたの心持をとても頭から感激の極と云う事に致しました」。保阪の夏休みの過ごし方についての最大級の賛辞が、賢治からのはじめての手紙となった。

『宮沢賢治の青春』の著者・菅原千恵子は、この夏休み以降の賢治と保阪の短歌を仔《し》細《さい》につき合わせて、互いがどのように相手を意識しはじめたかを論証している。菅原の文を引いてみよう。

《実習の終わったその足で八月八日の夜行列車に飛び乗った嘉内は、賢治のふるさと花巻を車窓にみながら二首残している。

　暮れてゆく花巻町はかにかくに北上川の流れ滑らかに
　啄木のうたひたりけん北上も今こそ静か夕やみのうちに

長い夏の夕もいよいよ暮れかけてきた。上野行きの夜行列車は今ちょうど賢治の住む花巻を通過しようとしている。（中略）

一方、賢治はこの夏休みを利用して東京で一カ月間のドイツ語夏期講習会を受講することになっていた。（中略）賢治は東京滞在の印象を短歌にして嘉内に送

った。三十首の東京印象記である。その中に、

甲斐《かい》に行く万世橋《まんせいばし》の停車場をふつとあわれにおもひけるかな。

という一首を入れて嘉内を懐《なつ》かしんでいることを知らせている。当時は甲斐鉄道（注＝甲武鉄道のことと思われる）で甲府に行くには万世橋が始発であった。嘉内が帰省の折、花巻を通過したとき、賢治を偲《しの》んだのに答えるかのようにこんどは賢治が嘉内のふるさと、甲斐に行く駅に想いを深めているのである。》

この夏休みに賢治が保阪に送った三十首の短歌の中に、ニコライ堂を詠《よ》んだ歌があると菅原は指摘する。

《霧雨のニコライ堂の屋根ばかりなつかしきものはまたとあらざり。》

賢治が東京にいる間にニコライ堂に立ち寄ったのは、それが保阪との話の中で話題となっていたからではなかったか、と菅原は言う。

《と言うのも同じ頃、嘉内も八月十七日の日記の中で次のような歌を詠んでいる。

ニコライの司教のごとく手をひろげ曠野《こうや》の夕、神に感謝す

（中略）四カ月後の大正六年一月元日の嘉内宛《あ》て賢治の年賀状に再びニコライ堂が登場する。

遥《はるか》にあなたの御壮健を祈り又雪の中に立ち出でましてニコライの司教のやうに手を広げる人をおもひます。

これは八月十七日に作った嘉内の短歌をしっかり意識して書かれた年賀状である。（中略）

夏休みも終わりに近づいてきた。賢治はドイツ語の夏期講習会も終わり、東京を去る日が来た。賢治はこのまま上野集合の秩父《ちちぶ》土性地質調査の旅行へ行くことになっている。農学科二部二年生の夏であった。賢治はあわただしくも上野駅か

ら再び嘉内に便りを書いて送っている。

あなたが手紙を呉《く》れないので少し私は憤《いきどお》つてゐます

とあり、これからしばらく旅行に行くので、今度は旅行の便りを送るだろうということをつけ加えているのだが、賢治がいかに嘉内の手紙を待ち望んでいたかが想像できて面白い。あたかも恋文を待っていた人のようである。》

保阪がキリスト教に深い関心を持ったのは、最初の受験に失敗した浪人時代で、盛岡に来てからもキリスト教への関心は続き、日曜日ごとに「下の橋教会」へ通っていた。賢治は保阪に出会うことで真のキリスト教に触れたのだろう。菅原はそう推測している。

こうして賢治と保阪は親しくなっていったわけだが、賢治の、同性の友人へのこうした親交の深め方は、保阪がはじめてではない。

賢治は保阪を啄木の母校であり自らの母校でもある盛岡中学校に案内し、保阪は大いに感激したようだが、前年の四月に入寮し賢治と同室になった農学科第一部の高橋秀松は、最初の土曜日に賢治に盛岡市内を案内され、くわしい説明をうけたという。

また、保阪がキリスト教に関心を持っていて賢治に影響を与えたということについて言えば、高橋は宮城県増田町の教会の牧師の息子であったようで、高橋あての賢治の手紙に「私の霊はたしかに遥々《はるばる》宮城県の小さな教会までも旅行して行ける位この暗い店さきにふらふらとして居ります。（中略）優しき兄弟に幸あらんことを　アーメン」という言葉もみえる（大正四年十二月二十七日付葉書）。

賢治が保阪と二人で岩手山神社に行ったのが大正五年七月五日で、高橋とは前年の六月に二人で南昌山《なんしょうざん》に登っている。

大正五年の夏休みに上京した折、賢治は保阪の故郷・甲府へ向かう鉄道の始発駅である万世橋を見て保阪を思い、歌を詠んだ。それと同じように、同年の三月、東京から関西地方への修学旅行のあと有志だけの旅をし、花巻へ帰る列車が高橋の住む増田町（仙台市の南）に差しかかったとき、賢治は、先に帰省した高橋を思って葉書を送っている。「旅労《づか》れに鋭くなった神経には何を見てもはたはたとゆらめいて涙ぐまれました。こんなとき丁度汽車があなたの増田町を通るとき島地大等先生がひょっとうしろの客車から歩いて来られました。仙台の停車場で私は三時間、半分睡《ねむ》り又半分泣いていました」（大正五年四月四日付）。

仙台駅で花巻行きの列車を待つ間、賢治は高橋を思って泣いていたのだ。
そして四月、保阪らが入寮してきて、すぐに彼が戯曲「人間のもだえ」を書いたことは前述したが、同じ頃、賢治はつぎのような歌を作っている。

《爽《さわや》かに朝のいのりの鐘鳴れとねがひて過ぎぬ君が教会》

「君が教会」の「君」は、入寮したばかりの保阪ではなく、高橋の通う教会であるとみるのは、時期からいって妥当であろう。高橋の通う教会を「君が教会」（君の教会）と詠んだ賢治が、その年の夏休みには、保阪を思って「停車場」を詠み、「ニコライ堂」を詠んだということになる。

八月三十日までのドイツ語夏季講習会を終えた賢治は、九月二日、関豊太郎教授らの秩父地方の「土性・地質調査」に参加するため、上野駅に出向いた。上野駅で保阪あてに出したのが、菅原千恵子の著書にある〝憤りの便り〟である。

五カ月前の三月末に、仙台駅で高橋を思って泣いていた賢治が、ここでは手紙をくれない保阪にすねている。

こうみてくると、賢治は高橋秀松とのつきあいをほぼなぞるように、保阪嘉内とのつきあいを深めていったことがわかる。ちなみに、この年（大正五年）の賢治から高橋への書簡は七通、保阪へは五通であった。このあとの賢治の保阪への思いが「恋」になっていったとすると、高橋への思いは、賢治の「もうひとつの初恋」であったのかもしれない。

6　「友よ、まことの恋人よ」

賢治と保阪の交情が高橋のそれと違う次元になったのは、文芸同人誌「アザリア」の発行が契機であった。誌名の「アザリア」は「西洋つつじ」のことで、盛岡高等農林の植物園に植えられたばかりの、当時としては珍しいハイカラな花であった。

同誌は大正六年七月一日、同人十二名、賢治と保阪を含む四人が中心となって創刊された。謄写版《とうしゃばん》摺《ず》りで、発行部数は同人と同じ数の十二部だった。

賢治は創刊号に「みふゆのひのき」と題する十二首と「ちゃんがちゃがうまこ」と題する八首を、保阪は「春日哀愁篇」と題して十七首の短歌を載せている。

賢治は「「旅人のはなし」から」と題する童話のようなものも寄稿している。ひとりの旅人がいろんな国を旅する話である。その中にこんな一節がある。

《この多感な旅人は旅の間に沢山の恋を致しました、女をも男をも、あるときは木を恋したり》

賢治自身をモデルにしたと思われる旅人は、女にも男にも、そして植物にさえも恋する多感な若者である。

創刊号がでてすぐに同人が集まって合評会が開かれた。その様子が「アザリア」第二号に紹介されている。

《七月七日夜皆集る、丁度栗の花がまっ白く咲いていい香がして来る時だった、（中略）会者十名、（中略）会閉会後、雫石《しずくいし》に旅行する馬鹿者《ばかもの》もあった》

夜中に盛岡を発って秋田街道を西へおよそ十七キロの雫石まで歩いた「馬鹿者」たちは、賢治、保阪ら四人だった。その様子が、賢治の「秋田街道」に記されている。

《道が悪いので野原を歩く。野原の中の黒い水潦《すいろう》（注＝水たまり）に何べんもみんな踏み込んだ。けれどもやがて月が頭の上に出て月見草の花がほのかな夢をただよわしフィーマス（注＝腐植土）の土の水たまりにも象牙細工の紫がかった月がうつりどこかで小さな羽虫がふるう。》

冒険と抒情《じょじょう》が一体となった、青春特有の高揚感が伝わってくる文章である。この夜の徒歩旅行については保阪も「馬鹿旅行日記」と題して、多くの歌を詠んだ。この「馬鹿旅行」から一週間後、賢治と保阪はふたりで岩手山へ登った。その夜、ふたりは山頂である誓いをかわす。「この夜の誓いこそが、内密といえるほどの二人の友情の原点だった」（菅原）。「銀河の誓い」と菅原が名づけたその誓いとは何だったのか。いささか長くなるが、菅原の論証を見てみることにする。

《この旅行（注＝馬鹿旅行）の一週間後の七月十四、十五日に二人は岩手山登山を行っている。「岩手山紀行より（心の中の）」として嘉内の日記には七十九首の歌が記されている。「馬鹿旅行」で心を開き合った後、今度はそのおもいを確認するために、二人だけで行った、いや二人だけで行きたかったのだ。それは嘉内にとっては「心の中の」大切な岩手山登山であり、賢治にとっても、後の嘉内宛て手紙の中で、何度も何度もくり返し語られるほどの心に残る山登りであった。

一体、この山登りが二人に何をもたらしたというのだろうか。この時の嘉内の歌では、

柳沢のはじめに／来れば真つ白の／銀河が流れ／星が輝やく
松明《たいまつ》が／たうたう消えて／われら二人／牧場の土手のうへに登れり

というような情景が描かれ、賢治もまた、この年の七月の歌の中で、

柏ばら／ほのほたえたるたいまつを／ふたりかたみに／吹きてありけり

と山行の様子を歌っている。「ふたりかたみに」は「ふたりで代《かわ》る代《がわ》るに」の意である。これが二人にとって生涯忘れられない夜の場面設定であるとしたら、そこで一体何があったのか。賢治が嘉内と訣別《けつべつ》するときに悲痛な最後の呼びかけとして書かれた手紙がその答えを暗示している。

夏に岩手山に行く途中誓はれた心が、今荒《すさ》び給《たま》うならば私は一人の友もなく自らと人とにかよわな戦を続けなければなりません（傍点＝菅原）

二人はこの岩手山登山である誓いをたてたのだ。ではその誓いとはどんなものだったのか。嘉内に宛てた賢治の沢山の手紙がやはり私たちのこうした疑問に答えてくれている。（中略）

吾々は曾《かつ》て絶対真理に帰命《きみょう》（注＝身も心も順《したが》うこと）したではないか（大正九年十二月）

曾て盛岡で我々の誓った願

我等と衆生《しゅじょう》（注＝すべての生物）と無上道《むじょうどう》（注＝この上ない悟りの道）を成《じょう》ぜん、

これをどこ迄も進みませう（大正十年一月）

（中略）二人の誓いは、互いの宗教性に裏付けられた真理の道、無上道、理想の国をめざそうというような誓いであり、その道を歩くためならば、自己犠牲も辞さないというものではなかっただろうか。》

「銀河の誓い」が「自己犠牲」ということであったことの証左として、菅原は、賢治が、

《「半人（注＝半人前の人）がかしこくなつてよろこぶならば私共は死にませう。死んでもよいではありませんか」と思っていたし、一方、嘉内も「農村へ行こう、トルストイのように自分を犠牲にしよう」とノートに書いている。》

ことを挙げている。

「アザリア」二号は、大正六年七月十八日に発行されている。

賢治は、「夜のそらにふとあらはれて」と題して叙景的な短歌八首、保阪は「大空がまったく晴れておそろしや」と題して三十二首の短歌を載せていて、なかに次の一首がある。

《大空はあんまり晴れて銀の縞、地上にしけり、草はみな黙る、》

「銀縞」は賢治のペンネームである。保阪は賢治のペンネームを織りこんでこの歌を

作ったのだが、「草はみな黙る」が何を意味しているのか。銀の光のような賢治の才能の前には、凡才の雑草どもはみな恐れいってしまう、という意ともとれる。

「アザリア」三号は、大正六年十月十七日刊。二号から三カ月後である。二人の岩手山登山、すなわち「銀河の誓い」から三カ月後ということでもある。賢治は二十一歳になっていた。

三号で保阪は「序に代《か》う」として短文を書いている。他に「山に向へば」と題する短歌十首と「阿《あ》提《だい》目《もく》多《た》伽《か》抄」と題した七首の短歌を寄せている。その短歌を見て、私はある異変を感じた。七首のうち、四首が異性の恋人をあからさまに歌ったものだったからである。

《真実の　この恋ごゝろ　注ぐべき　白きおもわの　やゝに冷めたし》

《語らへど　そはよそひとの　ごとくなりき　今宵はじめて　君と手握る》

《このまなざし　かすかに君はえみたれば　おろかにも男は　よろこび眼を伏す》

《やゝ足りて君うなづきて別れたり、襖《ふすま》一重の騒ぎあひかな》

どうやら、色白の内気らしい若い女性とのこまやかな情のかよいあいを歌っている。二人の「誓い」で、高揚した気持を確かめあってから三カ月。いま保阪は、女性に気持を寄せている自分をあからさまにしているのだ。

対して賢治は、「心と物象」として九首、「窓」として三首、「阿片光」として二首、「種山ヶ原」として四首、「原体剣舞連《バヒ》」として三首、「中秋十五夜」として三首、計二十四首の短歌を載せている。私はそれに目を通して、あることに気づいた。「青」という字がかなりの頻度で使われているのだ。数えてみると、二十四首中十四首に「青」が使われている（空がトルコ石の色＝青、として使われている一首を含む）。二十四首中六割近くの歌に「青」が登場しているのだ。私は、二号の賢治の歌を調べてみた。二十八首中四首に「青」が使われていた。

創刊号の二十首には一つもなかった。この流れに何か意味があるのだろうか。

三号の「青」の十四首のうち、いくつかを挙げてみよう。

《雲ひくき青山つゞき　さびしさは　百合のをしべにとんぼがへりす》

《阿片光　さびしくこむるたそがれの　むねにゆらげる　青き麻むら》
《青仮面の若者よあゝすなほにも何を求めてなれは踊るや。》
「青」を詠む賢治の心は、沈潜している。
「アザリア」四号は、それから二カ月後の十二月十六日に出た。四号では、賢治と保阪の間に異変のあったことがはっきり読みとれる。賢治は、「好摩《こうま》の土」と題して十首の短歌しか載せていない。「好摩」は地名で、現在の盛岡市好摩。啄木の渋民村があったところである。
一方、保阪は、「紅隈《べにぐま》の大荒事《おおあらごと》、」「明烏《あけがらす》 春《はるの》 泡雪《あわゆき》、」などと題し、歌舞伎の濡《ぬ》れ場にかこつけて、ふたたび恋歌を詠んでいる。
《あゝくちびる、こはよき人の息すれば、やわらかき手の君のはにかみ、》
《京染《きょうぞめ》の君がまあかき、長襦絆《ながじゅばん》、しどろもどろに君はいきせり、》

《つんとして雪の降る夜にかざしたる蛇《じゃ》の目の傘と君の唇、》

前号よりはるかに官能的な歌である。二号つづけての恋歌の寄稿に保阪がこめた意図とは、何だったのか。この号に併せて寄稿された保阪の長いエッセイがそれを明かしている。

「打てば響く（小説）」と題されたそれは、小説と銘うっているが、内容はエッセイである。はじまりはこうだ。

《『おんみしかするはかれとより離るることにあらずや』私はこの言葉のいずこより発せられたるやを知らない。またいかなる人のいいしことなりや知らない。しかしなんと怖しい、何と厳《いか》めしい諭《さと》しの言葉だろうよ。》

「おんみしかするは」は「御身《おんみ》然《しか》するは」。「あなたがそのようにするということは」の意だ。この一文を意訳すれば、こうなろうか。

「こんな格言がある。『あなたがある人に近づこうと、いろいろしていることは、かえってその人から遠ざかることになっている』。私はこの言葉がどこから発せられたのかは知らない。またどんな人が言ったことなのかも知らない。しかし、なんという恐ろしい、なんという厳しい教訓の言葉であろうか」

保阪が冒頭に掲げた格言のようなものは、自身が創作したものであろう。小説（虚構）と銘うって、保阪は、自らの「格言」を通して、自分の気持を賢治に伝えようとしたのだ。「御身」とは、賢治のことにちがいない。

そうまで言わざるをえなくなった保阪の立場を、私はこう推測した。

七月中旬の岩手山でふたりは、生き方に共感し互いに誓いを立てた。以来、賢治は保阪に、妙法蓮華経（法華経）を信奉するよう熱心に誘っていた。保阪はその賢治の迫り方に、自らへの恋情を嗅《か》ぎとったのだ。「アザリア」の同人の中に、それと気づく者も出てきた。

保阪は「アザリア」三号に恋歌を寄稿することで、賢治に対して婉曲《えんきょく》に「ノー」を表明した。しかし、賢治の態度は変わらなかった。保阪は、同人たちに誤解されるのを避けるためにも、自分の立場をはっきりさせる必要があった。三号につづいて四号には、さらに官能的な恋歌を載せた。さらに「打てば響く（小説）」と題した文章で、賢治に対する自分の気持をいっそう明確にした。

保阪は「打てば響く」の冒頭の言葉に続けて「友よ、まことの恋人よ倚《よ》り来よ」と、大胆な呼びかけをして、自分の真意を伝えている。「まことの恋人よ」という言葉をそのままストレートに受けとって、保阪が賢治を恋人として受け容《い》れた、と早合点してしまう人もいそうだが、その真意は別のところにあるようだ。

呼びかけは、賢治の思いを知ったうえで、この誠実で感性豊かな友を傷つけまいとするぎりぎりの叫び、と私には聞こえる。身をよじるような保阪の叫びに耳を澄ませてみよう。

《友よ、まことの恋人よ倚り来よ。

われと思うさま泣こうではないか、地が固く氷って身を切る様な風の吹き荒《すさ》ぶ夜なら、北海のはなれ島、月下に二人よりそいて泣こう、心ゆくまでに泣こう。友よ、まことの恋人よ、まだ泣き足りないのか。そんなら泣こう、泣こう。あの椰子《やし》の木の茂る熱帯の森でも、二人で泣こう。そして泣いて泣いて泣き死んだら恨はないであろう。そうだ恋人よ。おお恋人よ。まことの国はその時より我らの眼のまえに展開せられて来るのではないか。

友よ、梅川忠兵衛《ちゅうべえ》のうるわしい物語を御存じだろう。小春治兵衛のはなしも知っ

てるだろう。ロメオとジュリエット。（中略）

恋人よ、そうだ、今夜はゆっくり語り明そう、おまえまさか私がいたずらにこんな事を云うのでない事を御存じだろうね。

恋人よ、私はほんとうに命懸けで言っているのだ。》

近松門左衛門《ちかまつもんざえもん》の「冥途《めいど》の飛脚《ひきゃく》」の、飛脚屋忠兵衛と遊女梅川も、同じく近松の「心《しん》中天網島《じゅうてんのあみじま》」の、紙屋治兵衛と遊女小春も、シェークスピアの「ロメオとジュリエット」も、恋は成就《じょうじゅ》せずみな死んでいく。

このあとに保阪は、こう続ける。

《勿論おまえと二人差し向きだもの何の遠慮をしよう。

またおまえも心から私の心を汲《く》んでくれるだろうね。

恋人よ、私はおまえが時々私の言う事をまちがえて取って、すねるのを見て悲観するよ、そりゃ体が別れて居るから二人の呼吸の度数から脈搏《みゃくはく》の数まで仝《おな》じような事はないだろう。しかし恋人よ。もう云うまい、おんみはげに我恋人なんだ。なんにもみんな今は解ったろう。もうそんな水臭い事は止《よ》そうね。》

「おまえと二人差し向きだもの何の遠慮をしよう」と、同人誌で公表することの意味を、保阪は計算している。もはや話は二人だけのものでなくなっているのだ。保阪は、賢治が自分の心を汲んでくれないと訴えている。私の言うことを間違えて受け取っている、とも言っている。さらに、もうそのことは言うまい、恋人であると言うなら解ってくれるだろう、と突き放す。そして、最後をこう締めくくる。

《ああしかし誰がほんとうに私の心を汲んでくれるだろうか。ああ恋人よ、おんみより他に我を知る人はない。
ああおんみ　恋人よ、まじめだ、しかしりこうものではない。
ああ恋人よ、より来よ、われとよき歌をうたおうではないか。》

「歌」とは「創作」のことだろう。「一緒に創作の道に励もう」と保阪は呼びかけている。これが彼の真意だ。

次の「アザリア」五号（大正七年二月二十日発行）における賢治の反応は、衝撃的なものだった。「黒い足」を持った「青い蛇」が現れるのだ。それは「復活の前」と題されていた。

《私はさびしい、父はなきながらしかる、かなしい、母はあかぎれして私の幸福を思う。私はいくじなしの泣いてばかりいる、ああまっしろな空よ、

私はああさびしい

黒いものが私のうしろにつと立ったり又すうと行ったりします、頭や腹がネグネグとふくれてあるく青い蛇がいます、蛇には黒い足ができました、黒い足は夢のようにうごきます、これは竜です、とうとう飛びました、私の額はかじられたようです

（中略）

（今人が死ぬところです）自分の中で鐘の烈しい音がする。何か物足らぬ様な怒ってやりたい様な気がする。その気持がぼうと赤く見える。赤いものは音がする。だんだん動いて来る。燃えている、やあ火だ、然《しか》しこれは間違で今にさめる。や音がする、熱い、あこれは熱い、火だ火だ

（中略）

なんにもない、なぁんにもない、なぁんにもない。

（中略）

私は馬鹿です、だからいつでも自分のしているのが一番正しく真実だと思っています、真理だなんとよそよそしくも考えたものです》

もし、前号の保阪の「打てば響く」が、賢治を「まことの恋人」として受けいれてくれるという文意であったなら、賢治はこんな絶望的なエッセイを書くだろうか。賢治は、はっきりと保阪の意図を理解したのだ。

黒い足をもった青い蛇、自分の中で烈《はげ》しく鳴る鐘、動いてくる赤い火——賢治がこの時に見た不気味なイメージは、十七、八歳の頃の短歌で描いた奇怪なイメージや過剰な青への執着を否応《いやおう》なく思いださせる。

保阪の運命は、「アザリア」五号に書いた次の文章「社会と自分」で思わぬ急変をとげる。

《ほんとうにでっかい力。力。おれは皇帝だ。おれは神様だ。
おい今だ、今だ、帝室をくつがえすの時は、ナイヒリズム。》

「ナイヒリズム」は「ニヒリズム」、すなわち「虚無主義」である。皇室転覆の虚無思想の持主として、大正七年三月、保阪は退学処分を受けた。帰省中だった保阪は、それを知らずにいた。

賢治は大きな衝撃を受けた。妹シゲの回想によれば「或《あ》る日突然帰宅した兄がただならぬ気色で学校を止めると言い張って父をはじめ私達を驚かせました」（註20）。賢治は、すぐに保阪に処分を知らせる手紙を出した。

《今聞いたらあなたは学校を除名になったそうです。（中略）勿論あなたの事ですからこれからの立つ道はきまった事です。ただ私は呉々《くれぐれ》も御願致します。これから二十年間一緒にだまって音なく一生懸命に勉強しようではありませんか。（中略）いつか御約束した願はこの度一生で終る訳ではありませんから今度も又神通力によって日本に生れやがて地をば輝く七つの道で劃《くぎ》り一天四海、等しく限りなきの遊楽を共にしようではありませんか。（中略）今年の夏東京か御宅の近くで御目にかかれましょうか。》

手紙の最後に賢治は、妙法蓮華経（法華経）の「如来寿量品《にょらいじゅりょうぼん》」の中から、釈迦が現世に現れて、この世を極楽と化すときの描写を引用している。手紙の原文は漢訳だが、その一部を島地大等の和訳で示す。

《園林　諸《もろもろ》の堂閣　種種の宝をもつて荘厳《しょうごん》し
宝樹華果《けか》多くして　衆生《しゅじょう》の遊楽する所なり
諸天天鼓《てんく》を撃ちて　常に衆《もろもろ》の伎楽《ぎがく》を作《な》し
曼陀羅華《まんだらけ》を雨《ふら》して　仏及び大衆に散ず》

「荘厳し」は「厳かに飾り」、「曼陀羅華」は花の名で、「天妙華」とか「白樺」と訳されている。天からさまざまの音楽が聞こえ、聖なる白い花が人々の上に舞いおちている、ということである。
保阪は急ぎ盛岡に戻った。処分は覆《くつがえ》らなかった。保阪は盛岡を去る。賢治は、島地大等の署名入りの『漢和対照　妙法蓮華経』を贈った。そして、次の便りで「どうか諸共に私共丈《だ》けでも、暫らくの間は静に深く無上の法を得る為に一心に旅をして行こうではありませんか」と呼びかけ、「あの赤い経巻」（注＝島地の『妙法蓮華経』）を「本気に一品でも御読み下さい」と、妙法蓮華経に帰依することを勧めている。

同年同月、賢治は盛岡高等農林学校を卒業し、同校の研究生となった。

賢治の、処分を知らせる手紙を一通目とすると、大正十年七月のふたりの再会まで、保阪あての手紙は三年余で五十六通にのぼる。大半が妙法蓮華経を奉ずるように勧める手紙である。岩手山山頂での「誓い」を想起させようとする手紙もある。会いたいという申し入れも何度もしている。いずれにも保阪の返事は、はかばかしくなかった。

賢治の手紙の語調は激しくなる。保阪の母の死を知った時に出した大正七年六月二十七日付の賢治の手紙から引いてみる。

《地ではあなたが母上を失う。又私は不思議な白雲を感ずる。私は目をつぶっていました。睡《ねむ》る前ですから。白い雲が瞭々《りょうりょう》と私の脳を越えて湧《わ》きたちました。(中略)そしてこの雲は私のある悲しい願が目に見えたのでした。その願はけだものの願であります。白雲よ。わが心の峡《はざま》を徂徠《そらい》する悲みの白雲よ。(中略)不思議の白雲よ。あなたの心の中に入って行ってはおっかさんの死をも純に悲しみ得ぬ陰影を往来させる。》

頭の中に湧きあがり外に溢《あふ》れていく雲は、賢治の意識にある欲望のようにもみえる。それはけだものの願いだ。白い雲は、保阪の心に入っていく。保阪の心の内の悲しみを、白い雲は感じることができない――。

やがて、あの「青」が、現れだす。

大正七年十月一日付の葉書。

《私の世界に黒い河が速《すみやか》にながれ、沢山の死人と青い生きた人とがながれを下って行きまする。青人は長い手を出して烈しくもがきますがながれて行きます。青人は長い長い手をのばし前に流れる人の足をつかみました。また髪の毛をつかみその人を溺《おぼ》らして自分は前に進みました。あるものは怒りに身をむしり早やそのなかばを食いました。溺れるものの怒りは黒い鉄の瓦斯《ガス》となりその横を泳ぎ行くものをつつみます。流れる人が私かどうかはまだよくわかりませんがとにかくそのとおりに感じます。》

この手紙から二カ月後、同年十二月十日前後に出された手紙には、一転して、澄明《ちょうめい》な岩手山登山の思い出が綴《つづ》られる。賢治の追想は、その細部にわたって驚くほど鮮明で詩的である。

《今わたくしは求めることにしばらく労《つか》れ、しずかに明るい世界を追想してみました。それはあなたに今さっぱり交渉のない（注＝関係のない）ことかもしれません。けれどもあの銀河がしらしらと南から北にかかり、静かな裾野のうすあかりの中に、消えたたいまつを吹いていたこと、そのたいまつは或《あるい》は赤い小さな手のひらのごとく、あるいはある不思議な花びらのように、暗《やみ》の中にひかっていたこと、またはるかに沼森というおちついた小さな山が黒く夜の底に淀んでいたことは、私にこころもちよい静けさを齎《もたら》します

さてまた、あけがたとなり、われわれは、はや七合目かの大きな赤い岩の下にたどりつき、つめたい赤い土に腰をおろし、東だか、北だかわからないそらを見れば、ああこれは明るい冷たい琥珀《こはく》の板で上手に張られ、またはこれは琥珀色の空間であって夢の様な中世代の大とかげらがうかびたち、また頂にいたり、一人の人は感激のあまり皮肉のあまりゲートルを首に巻きつけ、また強い風が吹いて来て霧が早く早く過ぎ行きわたくしの眼球は風におしつけられて歪《ゆが》み、そのためかまたはそうでなく本統にか白い空に灼熱の火花が湧き、すみやかに散り、風を恐

れる子供は私にすがりついたのでした。

また私はおとうとやいとこをつれて行きました。低く低くうすしろい雲が裾野《すその》にひくく平らかにかかり、その上で夜中かみなりが鳴っていました。裾野を四時頃行けばもはや空ははれわたり星が満天にひかっていましたが、さらにあやしいのは山がしろびかりしてどうも雪が降ったらしいことです。ひとみをさだめてよく見るとたしかに雪にちがいなく私共は躍《おど》ったりはねたりして進みましたがいつか道をまちがえて丁度山の北東の方へまわっていました。

雨がふり出しわたくしどもはかけながら柳沢にもどり火をたいて暖まっているうちに東のそらはびろうどのようにひかりだしもう明るくなったとき私共はまた外へでました。

弟といとこはかがやく山の姿白樺の美しさに叫んではしり出しとうとう見えなくなりました。

勝手にわたくしのきもちのよいことばかり書きました。

さよなら。》

「私は求めることに疲れ」とは、「保阪に妙法蓮華経を信仰するよう求めることに疲れた」ということであろう。ところで、賢治の克明なこの回想は、いつの岩手山山行のことだろうか。「消えたたいまつを吹い」たのは、保阪と二人で登った大正六年七月十四、十五日の山行である。回想は「さてまた、あけがたとなり、われわれは」と続くが、この「われわれ」とは、「一人の人は感激のあまり」とか「風を恐れる子供は私にすがりついた」などの言いまわしから察するに、保阪と二人の山行ではなさそうだ。

賢治は同年の六月に、十三歳の弟・清六と、ほぼ同年のいとこ二人を連れて岩手山に登っている。天候の様子からしても、「われわれ」とはこの四人のことと思われる。賢治の回想は、何の断りもなく、別の山行に移っているのだ。さらに、「また私はおとうとやいとこをつれて」以下の回想は、同年十月の同じメンバーによる山行のようなのだ。雪が降ったこと、弟といとこが叫び声をあげて走り出すところは、のちに清六が回想している大正六年十月の山行と重なる（註21）。

保阪と二人で登った岩手山の思い出のあとに、保阪とは何の関係もない岩手山山行の思い出をつけ加えて書き送った賢治の意図は何だったのだろうか。

「勝手にわたくしのきもちのよいことばかり書きました」と締めくくられた平明で詩的なこの手紙には、もしかして、岩手山山頂での二人の誓いを忘れないでくれ、という賢治の執念がこめられているのかもしれない。

この手紙の直後、日本女子大学校責善寮の寮監から、とし子が高熱を発して入院した、という知らせが届く。母イチと賢治は急遽《きゅうきょ》、上京し病院の近くに宿をとった。

7　身体《からだ》を蝕《むしば》む心

十二月に入り、大学校の二学期の終業式が二十四日と決まったので、その日の夜行列車で帰る、ととし子は家に手紙を出した。が、二十日、急に高熱が出て近くの東京帝大医学部附属病院小石川分院に入院した。母イチと賢治は二十五日の夜、花巻を発《た》った。

とし子の様子から伝染病のチフスが疑われたが検査は陰性で、伝染病専用の病室から一般の病室へ移ることになった。しかし、熱は下がらなかった。病状から肺炎と診断された。

上京して六日目の大晦日、賢治は山梨の保阪あてに手紙を出した。

《私は一月中旬迄《まで》は居なければならないのでしょう。

あなたと御目にかかる機会を得ましょうかどうですか　若《も》し御序《おついで》でもあれば日時と場所とを御示し下さい。夜は困ります。母の前では一寸《ちょっと》こみ入った事は話し兼ねます。》

上京を好機と思ったのか、賢治は急《せ》くように保阪に再会を乞《こ》う手紙を出したのだ。病院の外で二人だけで会いたい、と。転校先の明治大学もやめて、農業に専念しようとしていた保阪は断わった。

とし子の入院が長びくと判《わか》って、母イチはいったん花巻に帰ることになり、明けて大正八年一月十五日、上野駅を発った。看病は、派出看護婦会から付添看護を雇って泊りこみであたってもらうことにした。

一月の中ごろから賢治は、毎日のように図書館へ通いはじめる。何のためか。一月二十七日の父・政次郎あての手紙には「色々鉱物合成の事を調べ候処殆《ほと》んど工場と云ふものなく実験室といふ大《おお》さにて仕事には充分」とある。鉱物合成、すなわち人造宝石の製造と販売という仕事の計画書を作るために図書館へ通っていたのだ。一月末には父にその計画を打明け「何卒《なにとぞ》私をこの儘《まま》当地に於て職業に従事する様御許可願ひ度《たき》事に御座候」と、その気持を吐露している。東京からの手紙のうち最も長いのは、この事業計画書の手紙である。

ただし、何通もの手紙に書かれている賢治の計画なるものはかなり場当り的で、真意は事業を口実に東京に滞在していたかっただけと思われる。保阪に会う機会をつくりたかったのかもしれない。

とし子の病状は不可解なものだった。肺炎と診断されたあと、インフルエンザが疑われた。年が明けて、結核の反応はないと判った。その後、小康を得たので退院と決まったが、二月下旬になっても歩行もままならない状態だった。

とし子は二十歳になって間もなかった。自身の体調不良が何によるものか自覚しはじめていたことを示す言葉が、「自省録」に残されている。

《私の日記には統一を求め調和を求め、自己を精進の道に駈《か》り出す励ましの言葉がくりかえし繰り返し書かれた。そして私は疲れて来た。弱い糸を極度まで張った様な一昨年末（注＝大正七年末）の状態はついに、身体の病となって現われた。それは当然の結果である。》

初恋事件から逃れよう、救われようとする張りつめた精神状態が身体の病いとして現れたことを、とし子はそのとき自覚していたのだ。二カ月ほどの入院期間中、賢治が父あてに出した手紙は四十六通にのぼる。とし子の病状報告は毎回なされているが、とし子がかかえていた精神的苦悩に気づいていたと思われる節はない。

退院したとし子は、母や賢治と三月三日、花巻へ帰った。奇《く》しくも、とし子が帰郷した日の翌三月四日、日本女子大学校の成瀬仁蔵が病死した。九日に告別式が行われたが、とし子は出席できなかった。

三月末に寮監の西洞《さいどう》タミノが、花巻にとし子の卒業証書を届けに来た。三学期をまるまる欠席したとし子に対し、大学校は卒業を認めたのだ。成瀬の死によってとし子は、ようやく成瀬の〝呪縛《じゅばく》〟から解放され、自分の心に真正面から向きあうことができるようになった。

同じく三月、賢治が知ったなら愕然《がくぜん》とするような行動を保阪がとっている。四日から十二日まで、盛岡高等農林時代の同級生の送別会に出席するため、盛岡を訪れていたのだ。そのことを賢治に知らせた形跡はない。保阪の、賢治から距離を置こうとする態度は、この一事から明らかである。保阪のノート「盛岡紀行」には、幾人かの友と酒を酌《く》み交わし、懐《なつ》かしい芸妓《げいぎ》らを呼んだ、と記されている。

退院後も体調が戻らなかったとし子は、七月から花巻の西鉛《にしなまり》温泉・秀清館に滞在して療養生活を送りはじめた。この間にとし子は賢治の短歌を浄書した。

8 修羅の恋

大正七年、保阪への賢治の手紙は二十四通だった。保阪からも手紙や葉書がよく来ていた。賢治の、妙法蓮華経を説く調子もおだやかで、焦《あせ》りはみえなかった。大正八年の夏頃から賢治の手紙は、時に哀願調であり、時に叫びのようであり、時に自虐的《じぎゃくてき》にもなっていく。保阪が会ってくれないこと、返事もあまり来なくなったことによるのであろう。

《わが友の保阪嘉内よ。保阪嘉内よ。わが全行為を均《ひと》しく肯定せよ。善行は善果悪行は悪果無量劫《むりょうごう》を経て滅せず。然《しか》も、すべては善にあらず悪にあらずわれなく罪なく、果《か》を受くるひともなしと。》(大正八年七月)

《東京は飛んで行きたい様(な気持)です。飛んで行きたいのは東京ばかりではありません　岩手山などは今年の春から何返飛んで行ったことでしょう　山を考え

殺してしまうのです。》（大正八年八月）

《おお、邪道 O, JADO! O, JADO! 私は邪道を行く。見よこの邪見者のすがた。学校でならったことはもう糞をくらえ。（中略）さあ保阪さん。すべてのものは悪にあらず。善にもあらず。われはなし。われはなし。われはなし。われはなし。われはなし。すべてはわれにして、われと云わるるものにしてわれにはあらず総ておのおのなり。》（大正八年八月）

こうした手紙を受けとった保阪は九月、歌稿を二首書きつけた。

《花巻の／賢治がしけん秋の野の／空のまんなかの／雲を打つ槌《つち》》
（空のまん中の秋の雲が四方に散っている。花巻の賢治が怒って大槌で打ったのかもしれん）

《空は八重雲いきり立ち／賢治が泣ける／平原は青》
（空には群雲《むらくも》がいきり立っている。賢治が泣いているその野原は青だろう）

平原の「青」は、「アザリア」三号で、「青」を多用して作った賢治の短歌を思いだしてのことかもしれない。いずれにしろ、保阪は、賢治の怒りを察している。そして賢治の悲しみを知っている。

年があらたまり、大正九年となった。その二月ごろの保阪あての手紙にこうある。

《古い布団綿《ふとんわた》、あかがついてひやりとする子供の着物、うすぐろい質物《しちもの》、凍ったのれん、青色のねたみ、乾燥な計算》

ちょうどこのころとし子は、私たちが「自省録」と呼んでいる自己省察のノートを書いていた。その作業は一月二十五日に始まり、十六日間を要して二月九日に終った。極度の集中力を要した十六日間だったと思われる。

同年六月から七月ごろの賢治の保阪あての手紙で、賢治はこう言う。

《机へ座って誰かの物を言うのを思いだしながら急に身体全体で机をなぐりつけそうになります。いかりは赤く見えます。あまり強いときはいかりの光が滋《つよ》くなって却《かえっ》て水の様に感ぜられます。遂には真青に見えます。確かにいかりは気持が悪くありません。（中略）私は殆んど狂人にもなりそうなこの発作を機械的にその本当の名称で呼び出し手を合せます。人間の世界の修羅の成仏《じょうぶつ》。》

「いかり」は青くみえる。それは「ほとんど狂人になりそうな発作」だという。そしてそのいかりの正体は「修羅」だと、賢治は書き送った。賢治もまたとし子同様、極度の緊張状態にあった。

《いかりのにがさまた青さ
四月の気層のひかりの底を
唾《つばき》し　はぎしりゆききする
おれはひとりの修羅なのだ》

賢治の、最も重要な作品のひとつといわれる「春と修羅」は、大正十一年の四月に作られた。その中の「いかり」と「青」と「修羅」が、大正九年二月の、保阪あての賢治の手紙に由来するとすれば、「歯ぎしりして行き来する」修羅としての賢治は、保阪との関係から生まれたものであることを了解しないわけにはいかない。つまりは、賢治の保阪への「恋」から生まれたのが「修羅」ということだ。「神でもなく人間でもないもの」という「修羅」に、賢治はどのようなイメージを託したのだろう。

賢治が「青いいかり」と「修羅」の手紙を書いたその夏、とし子は、盛岡に出て寄宿し、仕立ての講習を受けた。洋服を仕立てる仕事をするためではない。母校花巻高女の家事と英語の教師になるためだった。とし子にとって母校への就職は、大いに勇気のいることだったろうが、あえてその道を選んだのである。

賢治の関心は、もっぱら妙法蓮華経（法華経）と保阪にあった。

《来春は間違なくそちらへ出ます　事業だの、そんなことは私にはだめだ　宿直室でもさがしましょう。まずい暮し様をするかもしれませんが前の通りつき合ってください。今度は東京ではあなたの外には往来はしたくないと思います。》（大正九年八月）

《来春早々殊によれば四五月頃久久にて拝眉《はいび》可仕候《つかまつりべくそうろう》》（大正九年九月）

来春の早い時期、ことによると四月か五月頃、お目にかかるつもりです、というのである。賢治は、このとき上京を予告したのだった。

大正九年九月二十四日、とし子は花巻高女の英語と家事の教諭心得となって、教壇に立ちはじめた。

十二月二日、賢治はとつぜん、純正日蓮《にちれん》主義を唱える在家仏教団体「国柱会《こくちゅうかい》」に入会したことを保阪に伝えた。国柱会は、宗教家・田中智学《たなかちがく》が創立した団体で、日蓮を奉じ法華経を至上のものとした。田中は弟子とともに、文筆や講演など、激しい布教活動をくり広げていた。

《今度私は／国柱会信行部に入会致しました。即ち最早私の身命は／日蓮聖人の御物《ぎょぶつ》です。従って今や私は／田中智学先生の御命令の中に丈《だけ》あるのです。（中略）御命令さえあれば私はシベリアの凍原にも支那の内地にも参ります。（中略）至心に合掌してわが友保阪嘉内の／帰正《きせい》（正しい所へ戻ること）を祈り奉る。》

なぜとつぜん、国柱会に入会したのだろう。『宮沢賢治の青春』の著者・菅原千恵子は、保阪が十一月末日で軍隊を除隊したので、その時期をめがけての行動だったと指摘している。それだけ賢治は、焦りを感じていたということなのだろう。賢治より少し遅れて国柱会の会員になった親戚《しんせき》で歌人の関徳弥《とくや》は、その頃の賢治やとし子の信仰生活を手記『随聞』に残している。とし子も、賢治と同時に会員となっていた。

《宮沢家は間口七間ぐらいもある当時はまったく昔風の構えで、夜は板戸を降すような旧式の店でした。そのころは質屋と古着商をやっておりましたので、ことさら薄暗い感じのする店でした。その店に昔風な木の枠をつけた火鉢が置かれてあり、そこへ一尺(約三十センチ)幅の三尺ぐらいの長さの机が置かれて、そこで賢治は終日読書をしておりました。店の入口には色のあせた紺の暖簾《のれん》が掛けてあり、外路を通る時腰をかがめて店の中をのぞくと、賢治はひとり正座して読書していることがたびたびでした。》

「読書」とは、もっぱら法華経についての本を読むことであった。入会時に、本尊とされる曼陀羅《まんだら》をそれぞれ会から貰《もら》った二人は、寺でその曼陀羅を勧請《かんじょう》する式をやってもらう。勧請とは、仏の魂を迎え入れることである。賢治はその曼陀羅を奉じて、関の家で法華経の輪読会を始めた。関の手記にその模様が記されている。関の家は雑貨屋であった。

《私の店の二階のそまつな仏壇に、(その曼陀羅を)奉安し、そこで一週一度くらいみんなが集まって法華経を誦《よ》み日蓮上人の御遺文を輪読しました。》(註22)

集まったのは、賢治、関、そして岩田豊蔵(大正十一年一月に賢治の妹シゲと結婚)、妹シゲ、岩田ナヲ(豊蔵の妹で関が大正十二年に婿《むこ》入り)。ほかに母イチの妹セツなど二、三人と、とし子も参加していた。日本女子大学校時代、成瀬仁蔵のもとで、メーテルリンクやタゴール、エマーソンなどの思想を学んだとされるとし子だが、関の手記にみえる法華経の輪読会は、あまりに土俗的で家族的である。この年の二月に「自省録」を書き終え、母校の教師としての道を歩きはじめたとし子は、どのような心境でこの輪読会に参加していたのだろう。

とし子が、音楽教師・鈴木竹松の下宿の裏庭に入りこんで「センセー、センセー」と呼んだときから六年が経《た》つ。いま私には、せまくるしい関の家の二階で、暗い電灯の下、香の煙りが漂い、ろうそくの炎がゆらめくなか、曼陀羅に見おろされながら、兄の法華経を読む声を聞いているとし子の姿が見える。

国柱会入会を報告したすぐあとで、賢治はこの年最後の手紙を保阪に送った。

《どうか殊に御熟考の上、どうです、一緒に国柱会に入りませんか。一緒に正しい日蓮門下になろうではありませんか。（中略）私が友保阪嘉内、私が友保阪嘉内、我を棄てるな。（中略）吾々は曾《かつ》て絶対真理に帰命したではないか。》

賢治は、三年余り前の大正六年七月の岩手山頂での「誓い」にしがみつく。その誓いを守ってくれ、私を棄てるな、と哀願しているのだ。

翌大正十年は、賢治が保阪と再会する年である。

一月下旬、頭の上の棚から日蓮の御書二冊が背中に落ちてきたのを理由に、賢治は家出する。上京して国柱会を訪ね、理事の高知尾知耀《たかちおちよう》に会って奉仕活動を願い出た。下宿を決め、東大赤門前の出版社で校正や筆耕の仕事をしながら奉仕活動を始めるのである。

保阪への手紙での上京予告は、この家出のことだったのだ。

二月、高知尾のすすめで法華文学の創作を志し、童話を書きはじめる。保阪に日蓮宗への入信をすすめる手紙を送り続ける。また父・政次郎へは日蓮宗への改宗をせまり、改宗するまで帰郷しないと手紙を書き送った。

四月、父が上京。父の誘いで六日間の関西旅行に出かける。門徒である父と、賢治はこれまでかなり激しい宗教論争をしてきた。父は比叡山延暦寺《ひえいざんえんりゃくじ》に賢治を誘った。比叡山は、浄土真宗を開いた親鸞と、日蓮宗（法華宗）を開いた日蓮が修行した地であることから、父は、賢治に二つの宗教に共通するものがあることを教えようとしたのではないか、という説もある。

旅を終えて、賢治は上野駅で父を送り、東京にとどまった。

9　「あるべきことにあらざれば」

保阪に対する賢治の思いを知るため、ここまで短歌やエッセイ、手紙を読んできたが、さらに深く賢治の心情を知る手がかりはないだろうか、と私は考えた。そこでふたたび思い出したのが、〔猥れて嘲笑める〕の先駆形を含む「冬のスケッチ」という短詩群である。これは大正六年の後半、すなわち、保阪との交流が濃密になってきた頃から大正十年頃までに書かれたとされる。「スケッチ」の名の通り、断片的な詩のメモ集で、そこに「こひ」（恋）、「きみ」（君）という言葉が使われている詩がかなり含まれていた。率直な、かつ苦悩の、恋の詩だ。大正六年から十年までの間に、賢治のまわりに親しい女性はいなかった。「冬のスケッチ」における恋愛の対象は、保阪嘉内しかありえない。

再会したとき、賢治が保阪にどのような感情を抱いたのか、それを知るために、「冬のスケッチ」詩群から「こひ」および「きみ」の言葉があるものを選んでみる。

《天河石《てんがせき》、心象のそら
うるはしきときの
きみがかげのみ見え来れば
せつなくてわれ泣けり。》

《ほんたうにおれは泣きたいぞ。
一体なにを恋してゐるのか。
黒雲がちぎれて星をかくす
おれは泣きながら泥みちをふみ。》

（天河石＝青緑色の石）

ここに「修羅」の原型がありそうである。

《おれのかなしさはどこから来るのだ。》

この一行には「こひ」も「きみ」もないが、前の「ほんたうにおれは泣きたいぞ」と同じページにある。

《まことのさちきみにあれと
　このゆゑになやむ。》

「まことの幸をきみに」と真摯《しんし》に願う自分と、その「きみ」に恋する自分がいて「この故《ゆえ》に悩む」のである。

賢治の、ほとんど平仮名の短唱（上段）を、解《わか》りやすいように漢字に置き換えてみた（下段）。

《きみがまことのたましひを
まことにとはにあたへよと
いな、さにあらず、わがまこと
まことにとはにきみよとれ、と。》

《ひたすらにおもひたむれど
このこひしさをいかにせん
あるべきことにあらざれば
よるのみぞれを行きて泣く。》

《まことにひとにさちあれよ
われはいかにもなりぬべし。
こはまことわがことばにして
またひとびとのことばなり。》

《かなしさになみだながるる。》

君が真の魂を
真に永遠に与えよと
否、さにあらず、わが真
真に永遠に君よとれ、と。

ひたすらに思い給れど
この恋しさを如何にせん
あるべきことに非ざれば
夜の霙を行きて泣く。

真にひとに幸あれよ
我は如何にもなりぬべし。
此は真わが言葉にして
またひとびとの言葉なり。

悲しさに涙流るる。

「あるべきことにあらざれば」という賢治は、自分の真情が世の倫理に背いている、と自覚している。「このこひしさをいかにせん」。その悲しみ、苦しみが胸を打つ。この恋はあるべきことではない。それゆえ、霙のなかを歩きながら涙するのである。「春と修羅」にある、「はぎしりゆききする／おれはひとりの修羅なのだ」がすでに始まっていたのだ。

保阪が盛岡を去って三年四カ月、大正十年七月、ついに再会の日が訪れる。見習士官として勤務するため上京した保阪から、その旨《むね》を知らせる葉書が東京在住の賢治あてに届く。大正十年七月三日付で賢治は返事を出した。


《お葉書拝見致しました。

暑くっておひどいでしょう。

私もお目にかかりたいのですがお訪ね出来ますか。

（中略）

どうです、又御都合のいいとき日比谷あたりか、植物園ででも、又は博物館ででもお待ち受けしましょうか。》

再会の日が決まった。保阪の日記の大正十年七月十八日のページ一杯に、

《七月十八日　晴
　　宮沢賢治
　　　面会来》

と記されている。が、その三行全体に斜線が引かれている（『宮澤賢治 友への手紙』）。

その斜線の意味について、新全集の「年譜」は、面会はしたが、両者に対立があって保阪は訣別《けつべつ》の意味で抹消したのだろう、としている。


賢治と思われる「おれ」が、保阪と思われる「ダルゲ」（または「ダルケ」）という男と会う情景を題材とした賢治の作品が三つある。

散文の「図書館幻想」、口語詩の「ダルゲ」、そして文語詩の〔われはダルケを名乗れるものと〕である。

最初の二編は、待ち合わせた図書館の一室の扉を開けて、窓際《まどぎわ》にたたずむ保阪を見

た瞬間の心象である。

その部屋は、十階にあった。こんどこそ会える。賢治の胸は熱くなり溶けんばかりだった。扉を開けて中に入った。天井が高く大きな部屋だった。すぐに、保阪が向う側の窓際に立って空を眺めているのが見えた。賢治は、保阪のたたずまいを見ただけで、自分が拒絶されているのを悟った。それはもはや保阪ではなく、口語詩の題にある「ダルゲ」と呼ぶしかない見知らぬ男だった。

《室はがらんとつめたくて
猫脊《ねこぜ》のダルゲが額に手をかざし
巨《おお》きな窓から西ぞらをじっと眺めてゐる
ダルゲは陰気な灰いろで
腰には厚い硝子《ガラス》の簑《みの》をまとってゐる
（中略）
ダルゲがこっちをふりむいて
おゝ　ひややかにわらってゐる》

賢治の眼に、ダルゲは陰気に見えた。百姓になりたいと言っていた保阪のように、ダルゲもたしかに簑をまとってはいたが、賢治の眼には厚い硝子に見えた。賢治が入ってきたのに気づいたダルゲは、ひややかに笑う。

文語詩［われはダルケを名乗れるものと］には、別れの挨拶《あいさつ》をかわしたあと、賢治が地下室へ水を飲みに行った時の心象が記されている。

《そのとき瓦斯のマントルはやぶれ
焰《ほのお》は葱《ねぎ》の華なせば
網膜半ば奪はれて
その洞《ほら》黒く錯乱《さくらん》せりし》

地下室のガス灯の覆《おお》い（マントル）が壊れていて、ねぎの花のような裸火が、賢治の網膜を焼いた。目は洞穴のような闇《やみ》となり、錯乱した。錯乱したのは眼だけではない。賢治の心も錯乱したのだ。保阪との別れがどれほどの衝撃であったか、この「錯乱」が示している。

法華経への帰依《きえ》を拒絶されただけで、このように錯乱するとは考えられない。

二人の間で何が、どう語りあわれたのかの記録はないが、それを窺《うかが》わせる対話劇が残っている。それは、翌月八月十一日付の関徳弥あてに出された手紙の裏に書かれていた。「この紙の裏はこわしてしまった芝居です」というのが、対話劇についての賢治のコメントだった。

劇は「蒼冷《そうれい》」と「純黒」という二人の若者の対話で成り立っている。内容からして「純黒」が賢治、「蒼冷」が保阪と読める。原稿の前後が欠落していて、「蒼冷」のせりふの途中から始まっている。以下が残されているすべてである。（　）内の「嘉内」「賢治」は著者が補足した。

《**（蒼冷＝嘉内）**（俺は冷）たいエゴイストだ。ただ神のみ名によるエゴイストだと、君はもう一遍、云って呉れ。そうでなくてさえ、俺の胸は裂けようとする。

純黒（賢治）　俺の胸も裂けようとする。おお。町はずれのたそがれの家で、顔のまっ赤な女が、一人で、せわしく飯をかき込んだ。それから、水色の汽車の窓の所で、瘠《や》せた旅人が、青白い苹果（注＝りんご）にパクと噛みついた。俺は一人になる。君は此処から行かないで呉れ。

蒼冷（嘉内）　ありがとう。判った。判っているよ。けれども俺は快楽主義者だ。

冷たい朝の空気製のビールを考えている。枯草を詰めた木沓《きぐつ》のダンスを懐《なつ》かしく思うのだ。

純黒（賢治）　俺だって、それは、君に劣らない。あの融《と》け残った、霧の中の青い後光を有《も》った栗の木や、明方の雲に冷たく熟《う》れた木苺《きいちご》や。それでも　それでも。俺は豚の脂《あぶら》を食べようと思う。俺の胸よ。強くなれ。お里《さと》の知れた少しの涙でしめされるな。強くなれ。

蒼冷（嘉内）　俺は強くなろうともしない。弱くなろうともしない。すべては神のなるが如くになれ。》〔以下原稿なし〕

《**（純黒＝賢治）**（どこで百姓をやろうというんだ。山梨県か）

蒼冷（嘉内）　いや岩手県だ。外山《そとやま》と云う高原だ。北上山地のうちだ。俺は只《ただ》一人で其処に畑を開こうと思う。

純黒（賢治）　彼処《あそこ》は俺は知ってるよ。目に見えるようだ。そんならもう明日から君はあの湿《しめ》った腐植土や、みみずや、鷹《たか》やらが友達だ。白樺の薄皮が、隣りの牧夫によって戯《たわ》むれに剝《は》がれた時、君はその緑色の冷たい靭皮《じんぴ》の上に、繃帯《ほうたい》をしてやるだろう。ああ俺は行きたいんだぞ。君と一緒に行きたいんだぞ。

蒼冷（嘉内）　俺等の心は、一緒に出会おう　俺は畑を耕し終えたとき、疲れた眼を挙げて、遠い南の土耳古玉《トウクオイス》の天末《てんまつ》を望もう。その時は、君の心はあの蒼《あお》びかりの空間を、まっしぐらに飛んで来て呉れ。

純黒（賢治）　行くとも。晴れた日ばかりではない。重いニッケルの雲が、あの高原を、氷河の様に削って進む日、俺の心は、早くも雲や沢山の峯やらを越えて、馬鈴薯を撰《よ》り分ける、君の処へ飛んで行く。けれども俺は辛《つら》いんだ。若し、僕が、君と同んなじ神を戴くならば、同んなじ見えな》〔以下原稿なし〕

この対話が現実の賢治と保阪の対話を反映しているのであるとするならば、賢治が保阪に要求しているのは、信仰問題もさることながら、一緒に暮らそうということだ。その願いをぶつけたとしか思えない。保阪はそれを拒否し、魂の往来だけにしようと伝えている。「君はここから行かないでくれ」。もしどうしても行くというなら、「俺は君と一緒に行きたいんだ」。これが賢治の願いだった。その願いは斥《しりぞ》けられた。蒼冷こと保阪は、北上山地の外山高原で畑を開くつもりだと告げた。

保阪との再会から一カ月半ほどあとの九月、とし子が喀血《かっけつ》する。「スグカエレ」の電報で賢治は花巻に戻った。持ち帰ったトランクには、東京で書いた童話の原稿が一杯に詰まっていた。賢治は二十五歳になっていた。

九月中旬、とし子は花巻高女を退職した。わずか一年の教師生活であった。

十二月三日、賢治は稗貫農学校の教諭となった。担当科目は、代数、農産製造、作物、化学、英語、土壌、気象など。他に畑作と稲作の実習があった。

保阪と別れたあとの賢治の心情については、「冬のスケッチ」の短唱にもうかがえる。

《げにもまことのみちはかゞやきはげしくして
　行きがたきかな。
行きがたきゆゑにわれとどまるにはあらず。
おゝつめたくして呼吸もかたくかゞやける青びかりの天よ。
かなしみに身はちぎれ
なやみにこころくだけつゝ
なほわれ天を恋ひしたへり。》

身体が千切れるほどの悲しみ、心が砕けちるほどの苦悩。なおその先に、自分を救ってくれる光があるはずだ、と前向きに信じる心が、詩を生みだしていく。

賢治が本格的に詩作を始めるのは、保阪との別れから六カ月後の大正十一年一月からである。そして、「マサニエロ」が書かれるのは、この年の十月十日だった。

第四章　「春と修羅」完全解読

1　詩作へ

私の試みは、不可解な文語詩〔猥れて嘲笑《あざ》める〕の謎《なぞ》を解こうというところから始まった。そして、口語詩「マサニエロ」に至った。その二つの詩が生まれた背景には、妹とし子の初恋にまつわる事件があったことをつきとめた。賢治が、いつ、どのようにして、妹の事件を知ったのか——これが次の課題だった。ところが、賢治には妹の一件を知る機会が何度かあったにもかかわらず、結局、知ることはなかった。それは、賢治自身が、自らの恋に心を乱していたからである。

大正十年夏、恋の相手であった保阪嘉内との訣別《けつべつ》を余儀なくされた賢治は、大正十一年の一月から、自らの心を見つめ直すために詩を書き始める（賢治は、自分の書く言葉は詩ではなく「メンタル・スケッチ」、すなわち「心象スケッチ」だと言っている）。「マサニエロ」は、一月から書き始めた詩の四十六番目に当たる。制作された日は、大正十一年十月十日だ。

一月から「マサニエロ」までの十カ月の間に、賢治は、詩人としての代表作である「春と修羅」や「小岩井農場」を書いた。それらの詩は、賢治が自分の心をとことん見つめ、そこから新たな自分を構築し、今までとは違った精神の高みへと自分を解放しようとするものであった。そのような時に賢治は、とし子の初恋事件の全容と、事件以降とし子がどのように悩み苦しんできたかを知ることになった。「自省録」である。ひとりの人間の、赤裸々な心の軌跡に直面したのだ。自分の心だけを見つめてきた賢治にとって、それは、自らの存在をゆるがすほどの衝撃だった。その時の賢治の胸中を正確に理解するには、「春と修羅」「小岩井農場」で、賢治が人間と人間の関係を——もっと端的に言えば、人を恋うということを——どう考えていたかを知っておかなければならないだろう。

まずは、「春と修羅」や「小岩井農場」を書いた賢治の思いに触れておきたい。

2 「恋と病熱」まで

「春と修羅」は、一連の詩作の順番でいうと九番目の作品と思われる。「春と修羅」の前に、八編の短い詩が書かれている。それらは、代表作「春と修羅」への前奏曲のようなものだ。

大正十一年一月六日、賢治は、花巻から東北線で北上し、盛岡で橋場線（現・田沢湖線）に乗りかえて、盛岡からおよそ十キロ西、二つ目の駅である小岩井に降り立った。『賢治歩行詩考』の著者・岡澤敏男《おかざわとしお》は、前年に奉職した稗貫農学校の教材を入手するためではないかと推測している。

この日、賢治は、冬の小岩井農場から見た情景を題材に二つの詩を書いた。「屈折率」と「くらかけの雪」である。大正六年後半から書きとめていた「冬のスケッチ」はどれも詩の断片のようなもので、題をつけられたものはひとつもない。そうした意味で、それまで短歌や童話を書いていた賢治にとってこの日が本格的な「詩作」のはじまりだった。

《屈折率　（大正十一年一月六日）

七つ森のこつちのひとつが
水の中よりもつと明るく
そしてたいへん巨《おお》きいのに
わたくしはでこぼこ凍つたみちをふみ
このでこぼこの雪をふみ
向ふの縮れた亜鉛の雲へ
陰気な郵便脚夫《きゃくふ》のやうに
（またアラツディン、洋燈《ランプ》とり）
急がなければならないのか》

光は、たとえば空気を通って水中へ差しこむとき、その界面で屈折する。あるいは、暖かい空気から冷たい空気へ差しこむときも同様である。その代表的な例が、蜃気楼《しんきろう》だ。

「七つ森」は、小岩井農場の南にある七つの山の総称で、それぞれの山に「森」という字が入っている。小岩井駅から農場へ歩いていく途中、左後方を振りむくと七つ森が見える。その「こつちのひとつ」とは、最も農場に近い三手ノ森（見立森《みてのもり》）のことだ。「屈折率」という詩を文字通りに解釈すれば、「七つ森の三手ノ森のあたりが、光の屈折のせいか蜃気楼のように明るく大きくみえていて、幸せの国のようだ。それを横目で見ながら現実の自分は凍ったでこぼこ道をふみ、つもった雪をふんで灰色の雲が垂れこめた方へ歩いて行かなければならない。どうしても配達先へ行かなければならない陰気な郵便配達みたいなものだ。（ああ、アラジンの魔法のランプで大男の召使いを呼び出して、あっというまに目的地へ運んでもらえたら）とにかく急いで行かなければ」というふうになろうか。

ただし、この解釈では、詩が何を言おうとしているのかが見えてこない。何か肝心なことを見落としているのかもしれない。とりあえず、もうひとつの詩と、「春と修羅」に先立つほかの六編を見てみることにしよう。

《くらかけの雪　（大正十一年一月六日）
たよりになるのは
くらかけつづきの雪ばかり
野はらもはやしも

ぽしやぽしやしたり黝《くす》んだりして
すこしもあてにならないので
ほんたうにそんな酵母のふうの
朧《おぼ》ろなふぶきですけれども
ほのかなのぞみを送るのは
くらかけ山の雪ばかり
（ひとつの古風《こふう》な信仰です）》

「くらかけ」とは、岩手山（標高二〇三八メートル）の南東麓にある「鞍掛山《くらかけ》」（標高八九七メートル）のことだ。小岩井農場からみると北の正面に岩手山があり、そのやや右手前に鞍掛山がある。

「鞍掛山のところだけは、酵母みたいに白くておぼろな吹雪《ふぶき》が吹いていて、そこだけは少し明るい。頼りになるのは、鞍掛山の雪だけだ。（鞍掛山の方が岩手山より古いと思うから、そんなふうに有難く感じてしまうのかもしれない）」。

最後の一行は、賢治が、岩手山よりも鞍掛山の方が成り立ちとして古いと周囲に言い張っていたらしいので、こう解釈してみた。

三作目の「日輪と太市」は、こうである。

《日輪と太市（大正十一年一月九日）
日は今日は小さな天の銀盤で
雲がその面《めん》を
どんどん侵してかけてゐる
吹雪《フキ》も光りだしたので
太市は毛布《けっと》の赤いズボンをはいた》

次の二つの詩は、同じ日に作られている。

《丘の眩惑《げんわく》（大正十一年一月十二日）
ひとかけづつきれいにひかりながら
そらから雪はしづんでくる
電《でん》しんばしらの影の藍靛《インディゴ》や
ぎらぎらの丘の照りかへし

あすこの農夫の合羽《かっぱ》のはじが
どこかの風に鋭く截《き》りとられて来たことは
一千八百十年代の
佐野喜《さのき》の木版に相当する

野はらのはてはシベリヤの天末《てんまつ》
土耳古《トルコ》玉製玲瓏《ぎょくせいれいろう》のつぎ目も光り
（お日さまは
そらの遠くで白い火を
どしどしお焚きなさいます）

笹《ささ》の雪が
燃え落ちる、燃え落ちる》

風に吹かれて丘に立つ農夫の姿が、江戸末期の浮世絵版元の「佐野喜」が出版した一枚に似ている、という。

そしてシベリアを思わせる広大な地平線のあたりは、トルコ石のような澄んだ青空が見え、継ぎ目のように光っている。遠くの方で陽が照り出し、笹の葉に積もった雪がどさどさと落ちる。「意訳」すればこうなるだろうが、「丘の眩惑」という題名が気になる。

もうひとつは、「カーバイト倉庫」。これは、岩手軽便鉄道（現・釜石線）の岩根橋《いわねばし》駅附近にあったカーバイト工場の倉庫のことだ。

《カーバイト倉庫　（大正十一年一月十二日）
まちなみのなつかしい灯とおもつて
いそいでわたくしは雪と蛇紋岩《サーペンタイン》との
山峡《やまかい》をでてきましたのに
これはカーバイト倉庫の軒
すきとほつてつめたい電燈です
（薄明《はくめい》どきのみぞれにぬれたのだから
　巻烟草《まきたばこ》に一本火をつけるがいい）

これらなつかしさの擦過は
寒さからだけ来たのでなく
またさびしいためからだけでもない》

正しくは「カーバイド」。炭化カルシウムのことで、水を加えるとアセチレンガスが発生する。農薬の原料ともなる。

「雪と蛇紋岩の山峡から岩根橋の町の方へ降りてくる途中、灯りがたくさん見えたので、やっと町だと思ったらそれはカーバイド倉庫の灯りだった。巻煙草《たばこ》に火をつけようとマッチを擦った。その音と炎がとてもなつかしく感じられた。そう感じたのは、今まで寒かったからだけではなく、山をひとり歩いてきて淋《さび》しかったからだけでもない」

六作目の「コバルト山地」は、作られた日がはっきりしない。

《コバルト山地
コバルト山地の氷霧のなかで
あやしい朝の火が燃えてゐます

毛無森《けなしのもり》のきり跡あたりの見当です
たしかにせいしんてきの白い火が
水より強くどしどしどしどし燃えてゐます》

北上山地は遠くから眺めたとき、コバルト色（空色）に見えたことからコバルト山地と呼んだものといわれている。
「せいしんてきの白い火」が、いささかわかりにくい。「毛無森」は岩手県に四カ所あるが、ここに書かれているのは北上山地の毛無森（標高一四二七メートル）であろうか。

次の「ぬすびと」はどこで作られたのか、場所がはっきりしない。

《　ぬすびと　（大正十一年三月二日）
青じろい骸骨《がいこつ》星座のよあけがた
凍えた泥の乱反射をわたり
店さきにひとつ置かれた
提婆のかめをぬすんだもの

にはかにもその長く黒い脚をやめ
二つの耳に二つの手をあて
電線のオルゴールを聴く》

「骸骨星座」という星座があるわけではない。夜明けがた薄れていく星座をそう呼んだのだろう。そのうす明かりのなか、凍ったでこぼこの泥道がにぶい光を反射しはじめた頃、店の前に置いてあった提婆《ダイバ》の甕《かめ》を盗んだ者がいる。

「提婆」とは「提婆達多《ダッタ》」のことである。妙法蓮華経（法華経）に「提婆達多品《ぼん》」という章がある。「法華字解」では提婆はもともとは悪神だったが、妙法蓮華経では如《にょ》来《らい》すなわち仏の一人、となっている。「修羅」（阿《あ》修羅《しゅら》）はあるときから悪者と見なされてきたので、「提婆」とはそのあたりが似ている、と賢治は考えたのか。「店さき」の道は凍えた泥のでこぼこ道で、陽の光を乱反射させている。

賢治の「文語詩稿五十篇」に収められた〔いたつきてゆめみなやみし〕の下書稿に、初冬のその通りを描写した詩句がある。

《のき低きみちのさなかに

崩れたる白き光や
おぼろなる吹雪をあびて》

「店」は賢治の家であるとすれば、「提婆のかめ」は、「賢治の家のかめ」である。家の甕、つまり賢治の甕が盗まれたのだ。盗んだのは長く黒い脚を持った男。男はとつぜん足をとめ、両耳に両手をあてて、オルゴールのように風で鳴る電線の音を聞いている。

電信柱が、賢治と保阪の関係を示す暗喩《あんゆ》だと指摘したのは、『宮沢賢治の青春』の著者・菅原千恵子だ。「アザリア」三号に載った賢治の一首、そして同五号の保阪の一首がそれである。

《よりそひて赤きうでぎをつらねたる青草山の電しむばしら。》
《落ちかゝる　そらのしたとて　電信のはしらよりそふ　青山のせな》
《雪の夜の電信バシラのおののきにふるひて吠《ほ》える犬がありたり、》

盗人は電信柱に張られた風に鳴る電線の音を聞いている。では、提婆（賢治）の甕を盗んだ長く黒い脚の男は、保阪なのか。盗まれた甕とは何なのか。「ぬすびと」の詩作から十八日後の三月二十日、賢治は「春と修羅」の先駆八作の最後となる「恋と病熱」を書いた。

《恋と病熱
けふはぼくのたましひは疾《や》み
烏《からす》さへ正視ができない
あいつはちやうどいまごろから
つめたい青銅《ブロンヅ》の病室で
透明薔薇《ばら》の火に燃される
ほんたうに、けれども妹よ
けふはぼくもあんまりひどいから
やなぎの花もとらない》

初版後に賢治が自筆で手を入れた「宮沢家本」では、「あいつ」は「いもうと」とされている。病室にいるのは妹とし子である。とし子は、大正九年九月に母校花巻高女で教鞭《きょうべん》をとるようになってからも病気がちで、翌大正十年五月の創立十周年の記念写真を撮る際には倒れそうになり、六月から床に臥《ふ》せるようになった。八月も熱がつづき、九月に喀血《かっけつ》、結局病気退職となっている。爾来《じらい》、大正十一年春の時点でも自宅療養の身であった。毎日、決まった時刻になると熱が出てきていたようだ。

賢治もそれを知っていて、外に出ていても「妹はちょうどいまごろから、透明薔薇の火に燃される」と案じている。しかし、この日、賢治は魂を疾んでいて、烏さえ正視できないというのである。前年七月の保阪との訣別が原因なのか。妹のもとに、やなぎの花を持っていってやりたいのだが、それもできない状態だ。

この季節、北上川か豊沢川、あるいは瀬川の河岸に咲いているのはネコヤナギやイヌコリヤナギの花だろう。その花は、白っぽい絹毛におおわれていて、春先の灰色の景色の中ではささやかに美しい。

以上が八編の詩である。「春と修羅」は、のちに編まれる第一詩集の表題作となった詩だ。賢治が何のためにこの八編を表題作の前に並べなければならなかったのか、字句通りに解釈してもそれは見えてこない。

3　新生への助走

二年後、賢治は「屈折率」をはじめとする七十編を編んで『春と修羅』として刊行する。〝心象スケッチ『春と修羅』〟と背表紙に印刷されるはずが、〝詩集『春と修羅』〟となっているのを見て賢治は銅の粉末を塗って「詩集」の文字を消したという。賢治は、自分の書いたものは詩ではなく「心象スケッチ」だ、という強い思いを抱いていた。

私は、あらためて、賢治の弟・清六の、賢治の詩について記した言葉を思い起こした。

《蓋《けだ》し（注＝思うに）、人間が記録した作品で〝心象スケッチ〟でないものはないと同時に、完璧《かんぺき》に心象をスケッチすることも人間には難しいことに相違ない。

瞬間毎《ごと》に明滅する自分の心象を、今一人の別の自分が正確に書き取って行くというのは映写と撮影を同時に同じ機械でやって行くのに似ていて、よほど難しいことだと思う。

（中略）

そういう訳であるから、手帳をもった賢治は歩きながら書き、汽車で書き、夜はね起きて書いた。山でも畑でも病床でも、まっ暗がりでも雨の中でも書いた。それが詩になるかどうかも、長い短いも、読者や批評なども全然考えないで書いた。》（『雨中謝辞』後記）

「読者や批評なども全然考えないで書いた」の件《くだ》りに、思わず苦笑する。まったくその通りだ。そのように書かれた「心象スケッチ」を理解するには、どうしたらいいのか。ただひたすら、そのときの、賢治がおかれていた状況を考えるしかない。

大正十一年一月六日、賢治は、小岩井駅に降り立って小岩井農場への道を歩きだした。そして最初の二編「屈折率」と「くらかけの雪」を作った。

「屈折率」、そして「くらかけの雪」の文字をただひたすら眺める日がつづいた。

ふと、ふしぎなことに気づいた。なぜ「屈折率」はいきなり《七つ森》からはじまるのか。わざわざ振り返って七つ森を見ているのに、正面にあるはずの岩手山については何の言葉もない。「くらかけの雪」でも、鞍掛山には触れているのにその背後の岩手山は無視されている――。たまたま、雲に隠れて見えなかったというだけのことか。

そういえば、小岩井農場と七つ森とが一緒に出てくる賢治の文章があったなァ……。保阪のいう大正六年の「馬鹿《ばか》旅行」を描いた短編——たしか「秋田街道」だったか。新全集の「年譜」で「秋田街道」の初稿の時期を調べてみる。大正九年の九月。あの「馬鹿旅行」からは三年以上経《た》っている。それから一年四カ月後に「屈折率」を書いた賢治は、まちがいなくあの「馬鹿旅行」を思い返しているのだ。

「秋田街道」をあらためて読んでみた。

大正六年七月八日の零時すぎ、賢治、保阪、河本義行《かわもとよしゆき》、小菅《こすげ》健吉の四人の「馬鹿」が、盛岡市内から秋田街道を西へ向けて歩きだした。四人は同人誌「アザリア」の編集者である。「そらが少し明るくなった」がまだ夜明けには遠い時刻、というから午前三時すぎであろうか、一行は、少し小高い丘でひと休みする。その情景はこう描かれている。

《向うの方は小岩井農場だ。
四つ角山にみんなぺたぺた一緒に座る。
月見草が幻よりは少し明るくその辺一面浮んで咲いている。マッチがパッとすられ莨（注＝たばこ）の青いけむりがほのかにながれる。
右手に山がまっくろにうかび出した。》

三時間以上歩いたとして真夜中のことだから、盛岡市内から約十キロぐらいのところか。そのあたりで小高い所を地形図で探すと、仁沢瀬《にさわせ》あたりだ。進行方向右手には三八九メートルの烏泊山《からすどまりやま》が迫っている。四人が座った四っ角山という名は地図にはない。おそらく、花巻の〝鳥谷ヶ崎段丘〟にある四っ角山をこの小高い丘にあてはめたのだろう。この小高いところから前方右手には小岩井農場がある。「向うの方は小岩井農場だ」にあてはまる。

四人はふたたび歩きだし、夜明け頃、七つ森にさしかかる。

《みんなは七つ森の機嫌の悪い暁の脚まで来た。道が俄《にわ》かに青々と曲る。》

秋田街道は、北側の四つの森（山）と南側の三つの森の間を西へ進めば、小岩井を抜けた雫石のあたりで田園地帯になる。青々とした稲田が、朝の光の中に広がっていただろう。四人は、雫石《しずくいし》の長い街並を抜けて葛根田川《かっこんだがわ》に至る。そこで、河原に下りて仮眠した。

河本に続いて早く目覚めた賢治が、まだ睡《ねむ》っている保阪と小菅のすぐ近くの川面《かわも》に大きな石を次々投げこんで驚かしたりしてはしゃぐ。帰路は、ふたたび七つ森をぬけて途中、雫石川の河原でうとうとするなどして、盛岡に帰り着いた。

初めての同人誌を出したという高揚感のもたらした「馬鹿旅行」は、一点の曇りもない光り輝く青春そのものだった。その旅の中で賢治と保阪は、互いの知と情が火花のように熱く交感するのを知った。ふたりはこれによって、二人だけの旅を望んだ。賢治は、自分にとっての聖なる山、岩手山へ保阪を誘う。そしてあの、「誓い」になるのだ——。

ここまで思いをめぐらしたとき、ふいに閃《ひらめ》くものがあった。

賢治が小岩井駅から小岩井農場へ向かう途中、ふり返って七つ森を見たときには、三手ノ森にほんとうに太陽の光があたっていたのだろうか。「屈折率」で、賢治はふしぎな表現をしているのだ。「水の中よりもつと明るく」と。仮に三手ノ森が水中にあるとして、そこに大気を通ってきた光があたると、屈折して三手ノ森は明るく大きく見える。それが科学的な現象だろう。しかし賢治は、「水の中よりもつと明るく」「たいへん巨きい」と、言っているのだ。これは自然界の科学的事象ではない。別次元の、たとえば心象風景を言っているのではないか。たとえば「幻視」のような。三手ノ森は、水の中のそれよりも明るく大きく見える。あの光り輝く七つ森は、そのように賢治には見えたのだ。いや、そのように見ようとしたのだ。賢治が「屈折率」という題に託したのは、その幻視なのだ。

現実の、でこぼこの凍った道の真正面には岩手山がある。大正六年七月の二人だけの山行で交わした「誓い」は、生涯の中で最も幸せな瞬間であったはずだ。しかし、大正十一年一月六日のこの日の岩手山は、賢治にとっては受け容《い》れることができないほどの絶望の象徴となっている。岩手山を覆《おお》っている雲とは、賢治の、受け容れがたい心を表しているのではないか。「くらかけの雪」でも、鞍掛山の背後にある岩手山への言及はない。

どれほどの思いで賢治が保阪に、あの二人での山行を想起させようとしたか、どれほどの執拗《しつよう》さで保阪にあの「誓い」を想起させようとしたか、それを考えると、「屈折率」と「くらかけの雪」での岩手山の無視は、それ自体が賢治の強い意思表示だと知れる。

かつての保阪への手紙を、あらためて読み直してみた。

《夏に岩手山に行く途中誓われた心が今荒《すさ》び給《たま》うならば私は一人の友もなく自らと人とにかよわな戦を続けなければなりません。

今あなたはどの道を進むとも人のあわれさを見つめこの人たちと共にかならずかの山の頂に至らんと誓い給うならば何とて私とあなたとは行く道を異にして居りましょうや。

仮令《たとえ》しばらく互に言い事が解らない様な事があってもやがて誠の輝きの日が来るでしょう。》

これは大正十年七月に賢治が出した手紙である。山行での「誓い」を思い出してくれという賢治の懇願の手紙は、この手紙を含めて計六回も繰り返されている。

つまりは、保阪に会いたいがためである。会って、誓い通りに二人で宗教的な救済活動をしようということ、すなわち、一緒に生活したいということであった。それが完全に叶《かな》わぬこととわかって、賢治は小岩井に来たのではないか。幸か不幸か、過去の象徴である岩手山はその日「縮れた亜鉛の雲」（「屈折率」）に覆われて見えなかった。いや見えていたとして、賢治はあえて「縮れた亜鉛の雲」で覆ってしまったのかもしれない。慰めてくれるのは、鞍掛山の少し明るい雪だけだ。

前述したように、賢治はそのころ、鞍掛山の成り立ちは岩手山より古い、と周囲の者に語っていた。しかしそれに科学的根拠があるわけではなかった。周囲の者は賢治がなぜそう主張するのか、ふしぎに思ったことだろう。賢治は岩手山から目を背けたかっただけなのだ。鞍掛山もそれを知っていて、賢治に挨拶《あいさつ》したのだ。それが「くらかけの雪」における「ひとつの古風な信仰です」となったのだろう。

賢治が小岩井に来て見ているもの、見ようとしているものは、実は「保阪との記憶」なのではないか。賢治は、それらの記憶をはっきりと胸に刻むとともに、それらと別れるためにわざわざ小岩井まで出かけて「屈折率」と「くらかけの雪」を書いたのではなかろうか。

そのとき私の頭の中に、保阪にあてた賢治の手紙のある言葉が、強い光を帯びてよみがえってきた。

《飛んで行きたいのは東京ばかりではありません　岩手山などは今年の春から何返飛んで行ったことでしょう　山を考え殺してしまうのです》（大正八年八月）。

賢治は、「思い出の岩手山」を抹殺してしまおうとしていたのだ。

そう思いあたると、残りの詩のわからなかった意図がはじめて薄皮をはがすように見えてきた。

「屈折率」「くらかけの雪」につづく「日輪と太市」では、日輪と吹雪がせめぎ合っている。あたかも輝かしい記憶と絶望の現実が対峙《たいじ》するかのように――。「太市」は賢治そのものである。いくつかの旅をして、それらの記憶と決着をつけようと決意して穿《は》いたのが、「毛布の赤いズボン」なのだ。

大正十一年一月十二日、賢治は「丘の眩惑」を書いた。同じ日に、岩手軽便鉄道に乗って岩根橋駅に行き「カーバイト倉庫」も書いている。「丘の眩惑」はその題からして、現実世界のことではない。「眩惑」とは「目が眩《くら》んで惑い、現実にあるものが見えなくなること」だ。そこに見えるのは「幻視」である。「丘の眩惑」の情景が幻視だとすると、丘に立つひとりの「農夫」も幻視である。

そういえば、前年の七月、「ダルゲ」と訣別した直後に賢治は、対話劇「蒼冷《そうれい》と純黒」を書いた。その中で「蒼冷」(保阪)は、これから百姓をやる土地についてこう「純黒」(賢治)に告げていた。

《岩手県だ。外山と云う高原だ。北上山地のうちだ。俺は只一人で其処に畑を開こ

うと思う。》

訣別の詩「ダルゲ」の最後の二行は「ダルゲがこっちをふりむいて／お、ひややかにわらってゐる」である。同じく散文「図書館幻想」の最後の一行は、「ダルゲは振り向いて冷やかにわらった」である。「ダルゲ」のその冷ややかさが、「蒼冷」というその名に引きつがれている。保阪は「ダルゲ」であり、「蒼冷」なのだ。

その「蒼冷」を賢治は、対話劇という仮構の中で北上山地の外山高原で畑を開こうとする農夫にした。外山高原は盛岡の北東にある。「丘の眩惑」が書かれた大正十一年一月、保阪は山梨県で会社勤めをしていた。保阪が念願の営農生活に入るのは大正十四年である。賢治は、しかし、「コバルト山地」こと北上山地に保阪を住まわせていたのだ、幻視として――。

ただし、「丘の眩惑」が作られた一月十二日に、賢治は外山高原には行っていない。それは「太市」の心の旅だったのだ。なぜ賢治は、「蒼冷」の暮らす場所を小岩井ではなく外山高原にしたのか。

私は、賢治の手紙の中に、外山高原について書かれているものがあったことを思いだした。大正九年の四月の手紙である。大正七年三月に退学処分になった保阪は、その頃、陸軍に志願し近衛《このえ》輜重兵《しちょうへい》大隊に配属されていた。輜重兵とは、物資の輸送にあたる兵科で、乗馬の訓練も受けていた。そのことを手紙で知らされた賢治は、盛岡高等農林一年（大正四年）の春に、外山高原を訪ねた折の情景を思い出し、保阪の乗っている馬が「北上山地のなめらかな青い草を食べた馬」で、きっと「愉快に動き廻っている」でしょうと書き送っている。

《外山の四月をあなたは見なかったでしょう。
　ゆるやかな丘の起伏を境堺線の落葉松《からまつ》の褐色の紐《ひも》がどこまでも縫い、黒い腐植のしめった低地にはかたくりの花がいっぱいに咲きその葉にはあやしい斑《まだら》が明滅し空いっぱいにすがる（注＝蜂）らの羽音大きな蟇《がま》がつるんだままのそのそとあるく。すこしの残雪は春信《はるのぶ》の版画のようにかがやき、そらはかがやき丘はかがやき、やどりぎのみはかがやき、午前十時ころまでは馬はみなうまやのなかにいます。
とのわないものですが外山の四月のうたです。

うまはみなあかるき丘に

ひらかれし戸口をのぞみて
　　ひとみうるめり。
うるみたる
　うまのひとみにゆがむかな
五月の丘にひらけし戸口。
かゞやかのかれ草丘の
　　　ふもとにて
うまやのなかの
　　　うすしめりかな。》

外山高原の春は「春信の版画のようにかがやき」とある。鈴木春信は、江戸中期の浮世絵師で、「丘の眩惑」中に出てくる「一千八百十年代の佐野喜の木版に相当する」とは、春信の浮世絵のことなのかもしれない。

手紙の最後の短歌三首は、大正四年の春に賢治が外山高原で詠《よ》んだものである。いずれの歌にも、「丘」が入っている。これが「丘の眩惑」の「丘」に相当するだろう。大正十一年一月十二日、岩根橋に向かう岩手軽便鉄道の列車の中で、賢治は、輝かしい記憶の残る外山高原への心の旅をしたのだ。それは、十八歳時の春の輝かしい情景だ。その高原の丘の上に、農夫姿の保阪を立たせた。「丘の眩惑」はそのようにして生まれた。

その日、岩根橋駅まで行った賢治は、「カーバイト倉庫」も書く。記憶にかかわる詩句はやはり「カーバイト倉庫」にもある。

「これらなつかしさの擦過は／寒さからだけ来たのでなく／またさびしいためからだけでもない」が、謎を解くキーワードだ。マッチを擦って煙草に火をつけたときに感じた、ほっとしたなつかしさは、霙《みぞれ》で濡《ぬ》れて寒かったからでもあり、ひとりで山峡を歩いてきて淋しかったからでもあろうが、それだけではないと賢治は言う。マッチの擦過音と炎と匂《にお》いが、一瞬のうちにあるなつかしさを想起させた。「秋田街道」の「四っ角山」でのひと休みの時の、次の描写につながっていく。

《月見草が幻よりは少し明るくその辺一面浮んで咲いている。マッチがパッとすられ莨の青いけむりがほのかにながれる。》

一瞬のマッチの光に浮かびあがったのは、保阪の顔ではなかったか。

ここまで来れば、「カーバイト倉庫」の次の「コバルト山地」が何を意味しているかは明瞭《めいりょう》である。「丘の眩惑」には保阪の幻影があるが、「コバルト山地」には見当たらない。朝の氷霧の中で燃えるあやしい火は「せいしんてきの白い火」とあり、賢治はそれを遠望している。どしどし燃える「せいしんてきの白い火」――それは、保阪の記憶を燃やしつくそうとする賢治の思いのようでもある。

つづく「ぬすびと」の「提婆のかめ」は、やはり「賢治のかめ」だ。もともとは釈《しゃ》迦《か》に背こうとする悪《わる》だが、妙法蓮華経（法華経）では成仏《じょうぶつ》しているのである（悪人成仏）。賢治は、保阪に恋する自分を釈迦の教えに背く者になぞらえて自らを提婆とし、仏となった提婆をさらに己れに擬している。では、盗まれた提婆の甕とはなんだろう。盗んだ者が長く黒い脚の持主で、それが保阪であるとすれば、盗まれたものは、賢治の心である。

賢治は、己れの心を盗んだ保阪が、電線の音、つまり賢治の気持を探ろうと耳を澄ます様を思い描いている。それは、そうあってほしいという賢治のせめてもの願望にもみえる。

「春と修羅」に至る前七編の詩の背後には、保阪の記憶が秘められている。賢治は、保阪の記憶をひとつひとつ自分の中で反芻《はんすう》しつつ、それは過去のものであることを自らに言いきかせ、その記憶に決着をつけるために、心の準備をしているのだ。

ところが「春と修羅」の直前の「恋と病熱」は、保阪の記憶と結びついた他の七編とはまったく趣を異にしている。病室で臥せているのは妹とし子で、それはこの詩が書かれた大正十一年三月の現実である。

また「けふはぼくのたましひは疾み／烏さへ正視ができない」という詩句は、実際に歩きまわりながらメモしたとされる「冬のスケッチ」（十七葉）の、

《からす、正視にたえず、
また灰光の桐《きり》とても
見つめんとしてぬかくらむなり。

たましひに沼気《しょうき》つもり
くろのからす正視にたえず
やすからん天の黒すぎ

ほことなりてわれを責む。》

（ぬか＝額、沼気＝メタンガス）

に照応している。

桐を見るだけで頭がくらくらし、魂にはメタンガスのように何かがふつふつと湧《わ》きあがっていて、それを咎《とが》めるように、黒い杉が矛のように賢治を責め、刺す。

「恋と病熱」の最後の「けふはぼくもあんまりひどいから／やなぎの花もとらない」も、「冬のスケッチ」（三十七葉）の、「あまりにも／こゝろいたみたれば／いもうとよ／やなぎの花も／けふはとらぬぞ」に照応している。賢治はいったい、何に心をいためているのか。保阪への未練で魂が病んでいるのだろうか。しかし、先の七編でわかるように、保阪はすでに記憶の中の人である。賢治は大正十一年一月から亡《な》くなる昭和八年までの間、保阪に一通しか手紙を出していない。「恋と病熱」という題から考えれば、「病熱」が指すものは明らかに妹とし子である。だとすれば「恋」は、賢治のことだろう。その恋は、賢治の魂にメタンガスのように湧き、矛に刺されるような「新たな恋」だ。それゆえに賢治の魂は病んでいる。

賢治は妹の病熱を思いやってはいるが、妹もまた心が病んでいることには気づかない。

賢治は、ただただ自分の心を見つめようとしている。湧きあがる同性への「新たな恋情」に真正面から向きあおうとしていた。それが、詩作をはじめてから「春と修羅」に至る四カ月の助走だった。

4 「春と修羅」

詩「春と修羅」が書かれたのは、大正十一年四月八日とされる。四月八日は釈迦の誕生日とも言われ、当時、多くの寺では花御堂《はなみどう》に安置した釈迦像に甘茶《あまちゃ》を注いで誕生を祝う灌仏会《かんぶつえ》が広く行われていた。熱心な仏教徒である賢治が知らないはずはない。「春と修羅」の「春」には、釈迦誕生の日という意味がこめられている。そして、「修羅」は賢治自身である。その「春」の日に、賢治は「修羅」なのだ。修羅は、島地大等『妙法蓮華経』の「法華字解」では、「闘諍《とうじょう》を好み常に諸天と戦う悪神」とされている。

なぜ賢治は「修羅」なのか。ともあれ「春と修羅」をまず読んでみる。やや長いので、分けて紹介しよう。

《　春と修羅
　　　(mental sketch modified)

心象のはいいろはがねから
あけびのつるはくもにからまり
のばらのやぶや腐植の湿地
いちめんのいちめんの諂曲《てんごく》模様
（正午の管楽よりもしげく
　琥珀《こはく》のかけらがそそぐとき）
いかりのにがさまた青さ
四月の気層のひかりの底を
唾《つばき》し　はぎしりゆききする
おれはひとりの修羅なのだ
（風景はなみだにゆすれ）》

「(諸々の神仏が奏《かな》でる音楽よりももっと華やかに、琥珀のような光が降りそそいでくるというのに)おれの心の風景は、灰色の鋼《はがね》のように硬く冷たく灰色の空のようだ。その空から、あけびの蔓《つる》が伸びて雲にからまり、のばら(野茨《のいばら》)の藪《やぶ》や腐植土の湿地が、一面の邪《よこしま》な模様を作っている」。文字どおり訳せば、前半はこうなるだろう。

タイトル「春と修羅」に添えられた英文mental(メンタル)は、賢治の用語では「心象」とされている。sketch(スケッチ)は、素描の意で、もはや日本語になっている。modified(モディファイド)とは、そのままのスケッチではなく、少し手を加えた(修飾した)、との意である。

「心象」という言葉については、ドイツ文学者・植田敏郎が著書『宮沢賢治とドイツ文学』の中で、「心的現象」を、賢治一流のやり方で「心象」と縮めたのだろう、としている。私もそれを是として、以後その意味で使っていく。

その「心象」という言葉が「春と修羅」の冒頭にいきなり出てくる。「心象のはいいろはがね」である。「灰色鋼」という言葉は、先に紹介した「秋田街道」でも盛岡の空の描写として「空いっぱいの灰色はがね」として出てくる。冒頭の「心象のはいいろはがね」を、心象風景としての「空」と解釈してみる。

ほんとうは春の空は晴れている(「琥珀のかけら」「四月の気層のひかり」)のに、私の心の中の空は、鋼のように硬く冷たく灰色だ。その灰色鋼の空から、あけびのつるが垂れ下がって雲にからまっている——。これは、逆さまの風景ということなのか。野茨の藪や腐植土が広がっていて、そこらじゅう一面の「諂曲模様」だ。

「諂曲」は、「媚《こ》び諂《へつら》うこと」だが、そのままでは意味をなさない。日蓮の『観心本《かんじんほん》尊抄《ぞんしょう》』に「瞋《いか》るは地獄、貪《むさぼ》るは餓鬼、癡《おろ》かなるは畜生、諂曲は修羅」とある。ここで「諂曲」を「こびへつらう」とすると、修羅は、こびへつらう人となってしまう。島地大等の『妙法蓮華経』の「方便品第二」に「諂曲心不実《しんふじつ》」という言葉が出てくる。島地は「諂曲」の字の右に「てんごく」とルビを付し、左側に片仮名で「ヨコシマ」とカナを当てている。すなわち「邪《よこしま》」である。「諂曲心不実」は「邪にして心不実なり」だ。とすると、日蓮の「諂曲は修羅」は「邪なるは修羅」と解さなければならない。『梵漢和対照・現代語訳 法華経』でも、訳者で仏教学者の植木雅俊は「諂曲」を「心のひねくれたものたち」としている。「諂曲模様」は、したがって「邪な模様」、すなわち「正常ではない、異端の様相」という意味としていいだろう。賢治の立っている心象風景は、「邪」な風景なのだ。

「「正午の管楽よりもしげく」光が降りそそいでいるのに、この「おれ」の中の瞋《いか》り（怒り）の苦さよ。その瞋りはあまりに強く「おれ」には青くみえる。四月の大気の光の底で、つばを吐いたり、歯ぎしりして往ったり来たりしているおれは、ひとりの邪な修羅なのだ（怒ってはいるがおれの目は涙であふれ風景はゆれている）」。これが後半の訳だ。

賢治は、自らを「邪な修羅」としている。「冬のスケッチ」に賢治は、「このこひしさをいかにせん／あるべきことにあらざれば」という言葉を遺《のこ》した。「この恋は、あってはならないものだ」という、罪の意識が賢治の中にはある。「自分は邪なことをしている」という意識だ。それを強烈に示す言葉が、保阪あての賢治の手紙にある。保阪が母を失って悲しみにくれている時に出した、大正七年六月二十七日付の手紙がそれである。

《地ではあなたが母上を失う。又私は不思議な白雲を感ずる。私は目をつぶっていました。睡る前ですから。白い雲が瞭々《りょうりょう》と私の脳を越えて湧きたちました。この雲は空にある雲です。そしてこの雲は私のある悲しい願が目に見えたのでした。その願はけだものの願であります。》

理性がきかない状態の脳を超えて、白い雲が勝手に湧きたっていく。その雲は、自分の悲しい願いが目に見える形となったものだ。その願いとは「けだものの願」いだと、賢治は言う。

《白雲よ。わが心の峡《はざま》を徂徠する悲みの白雲よ。(中略)あなたの心の中に入って行ってはおっかさんの死をも純に悲しみ得ぬ陰影を往来させる。》

その雲は保阪の心の中に入っていく。保阪の心は母の死の悲しみで満たされているのに、その悲しみを純粋に自分は悲しむことができないほどだ。「湧きたつ白い雲」は、「自分ではどうしようもない形で生まれでる欲望」のことである。「冬のスケッチ」で言うところの、魂に湧きでるメタンガスだ。それが「けだものの願」であることを賢治は自覚している。ただし、繰り返すが、賢治と保阪の関係は、この手紙の三年後、大正十年の夏に終っている。

ところが、大正十一年四月の「春と修羅」における賢治は、怒りを感じ、激情に駆られる修羅となっている。ふたたび「諂曲模様」に陥っているとしか思えない。そのことを端的に示したのが、前月三月の「恋と病熱」ではないか。そう思い直して、あらためて「春と修羅」の、先に掲出した部分を考えてみようと思う。

賢治の「いかり」は、誰に対して向けられているのか。それは、賢治自身に向けられている、と私は考える。前年の夏、恋を失って、身も心も引き裂かれるような悲しみを体験する。真の道に戻ろうと気をとり直して冬を過ごし、春になってみると、釈迦の誕生の日だというのに、またも自分は邪になってしまった。そのことへの怒りなのだろう。自分は十代の頃から釈迦の言葉である妙法蓮華経を奉じ精進してきたのに、なぜそうなるのかと考えると口惜しさ、情けなさで歯ぎしりしてしまう。悲しくて涙が溢《あふ》れてくる。そのように読みとって、「春と修羅」のつづきを見てみよう。

《砕ける雲の眼路《めじ》をかぎり
　れいらうの天の海には
　　聖玻璃《せいはり》の風が行き交ひ
　　　ZYPRESSEN 春のいちれつ
　　　　くろぐろと光素《エーテル》を吸ひ
　　　　　その暗い脚並からは
　　　　　　天山の雪の稜《りょう》さへひかるのに
　　　　　　（かげらふの波と白い偏光）

　　まことのことばはうしなはれ
　雲はちぎれてそらをとぶ
ああかがやきの四月の底を
はぎしり燃えてゆききする
おれはひとりの修羅なのだ
（玉髄の雲がながれて
どこで啼《な》くその春の鳥）
日輪青くかげろへば
　修羅は樹林に交響し
　陥りくらむ天の椀《わん》から
黒い木の群落が延び
　その枝はかなしくしげり
すべて二重の風景を
喪神の森の梢《こずえ》から
ひらめいてとびたつからす》

「雲は見渡す限り砕け散っていって、美しい空にはガラスのように透き通った聖なる風が吹きかかっている。ZYPRESSEN（ツュプレッセン・糸杉）の暗い並木の間から、白い雪をかぶった天山が光っている」

これが眼に見えている現実の風景だ。気持のうねりが文字の配置でも表現されている。

ZYPRESSEN はドイツ語、「ZYPRESSE」の複数形である。当時はまだ「糸杉」という和名はなかった。賢治が ZYPRESSEN というドイツ語と出会ったのは、大正三年に発行されたアンデルセン原作の『無画画帖《がじょう》』を読んだ時とされている。『無画画帖』とは、いまで言う『絵のない絵本』のことである。

糸杉を見たこともない賢治が、どうして描写できたのだろうか。それは、当時紹介されはじめていたゴッホの絵を見てのことだろう。賢治は、「ゴオホサイプレスの歌」（「サイプレス」は糸杉の英語名）として、大正八年に短歌でも詠んでいるが、そのゴッホの絵は「星月夜」である。

《サイプレスいかりはもえてあまぐものうづまきをさへやかんとすなり》

ゴッホの糸杉は、燃えあがる炎のように描かれている。しかし、「春と修羅」の糸杉は「春のいちれつくろぐろと」とある。この糸杉は、「星月夜のサイプレス」ではない。

大正八年六月発行の雑誌「白樺《しらかば》」六月号にゴッホの「杉」（「Le Cypres」）の絵が載っている。この画の中央にそびえたつ糸杉は、樹形が実際の糸杉に近く、黒々としていて、遠くに横一列の糸杉が連なっている。まさしく「ZYPRESSEN 春のいちれつ／くろぐろと光素《エーテル》を吸ひ」である。賢治は「白樺」を読んでいたのだ。「白樺」は、武者小路実篤《むしゃのこうじさねあつ》らが創刊した月刊同人誌である。それで思い起こすのは、入寮して間もない大正五年五月に保阪が書いた戯曲「人間のもだえ」が、白樺派の影響を受けていると指摘されていることだ。賢治は、保阪を通して「白樺」を知ったのかもしれない。

目に見える風景は輝かしい春の光に満ちているのに、賢治は、歯ぎしりして往き来するひとりの修羅と化している。賢治の心に見えているのは、天空から黒い樹々《きぎ》が伸びている逆さまの世界なのだ。賢治は、ここではっきりと「天の椀」から「黒い木の群落」が伸びている、と明示している。賢治には、すべての風景が、正常と異端の二つの世界として見えているのだ。

《　　（気層いよいよすみわたり
　　ひのきもしんと天に立つころ）
草地の黄金をすぎてくるもの
ことなくひとのかたちのもの
けらをまとひおれを見るその農夫
ほんたうにおれが見えるのか》

「大気がいよいよ澄み渡って檜《ひのき》もしんと天にむかって立つ時刻になった。そんなころ、草原の黄金色の野草の花のあたりを通り過ぎてくる者がいる。ごくふつうの人のような姿だ。その人はけらをまとった農夫である」

「けら」は「簑《みの》」のこと。「けらをまとった農夫」とは、賢治の口語詩にある、ガラスの簑をまとった「ダルゲ」であり、対話劇の「蒼冷」である。賢治の「幻視」では、「蒼冷」は外山高原で畑を耕している。ここ——四月の大気の底に横たわっているここ——は外山高原だ。「春と修羅」の「現場」は、北上山地の外山高原だった。そして「蒼冷」、つまり保阪に対して、「その農夫よ、ほんとうにおれが見えるのか」と、賢治の口調はきっぱりしている。賢治は保阪に問うている。というよりは問詰している。お前がいなくても、おれはやっていける、とでも言いたげだ。賢治は、保阪に最終的に訣別《けつべつ》を告げるために、幻視の外山高原に立ち、「春と修羅」を詠んでいるのだ。賢治が実際に大正十一年四月八日に外山高原を訪れたかは解《わか》らない。が、実際に来なければ書けないような外山高原の心象スケッチが続く。

《まばゆい気圏の海のそこに
（かなしみは青々ふかく）
ZYPRESSEN しづかにゆすれ
鳥はまた青ぞらを截《き》る
（まことのことばはここになく
修羅のなみだはつちにふる）》

保阪は遠くに去った。賢治はその現実を確認している。青々と悲しみは深い。賢治は、しかし、新たな次元へ一歩踏み出そうとしている。それが以下の、最後の六行だ。

《あたらしくそらに息つけば

ほの白く肺はちぢまり
（このからだそらのみぢんにちらばれ）
いてふのこずえまたひかり
ZYPRESSEN　いよいよ黒く
雲の火ばなは降りそそぐ》

「保阪への恋情とは」という問いを経て、賢治はいま「同性への恋情とは」という問題に直面している。その問題に真正面から立ち向かおうという意思表示が、修羅の涙を流したあとの、「あたらしくそらに息つけば」だ。それは肺が「ちぢま」るほど緊張する問題である。

妙法蓮華経（法華経）は、宇宙の真理を表すものとされている。同性を恋《こ》う人間を妙法蓮華経はどう考えているのか。賢治は懸命に探したであろう。

妙法蓮華経には、異端者、少数者を救う教えが唱えられている。たとえば、妙法蓮華経の「譬諭品《ひゆぼん》」に次のような釈迦の言葉がある。

《今此《こんし》の三界《さんがい》は　皆是《これ》我が有《う》なり

其の中の衆生《しゅじょう》は　悉《ことごと》く是吾《わ》が子なり》

「今、この宇宙のすべては私の領土である。その領土にいる衆生は、ことごとく吾が子である」。「吾が子」とは「仏の子」ということ。仏の子に区別はないゆえ、同性を恋うる者もまた仏の子として認められる、ということだ。

「薬草喩品《ゆほん》」には、もっと具体的な教えがある。おそらく賢治は、くり返しこの言葉を目にしたにちがいない。島地大等の和訳を示すことにしよう。

《譬《たと》へば、三千大千《だいせん》世界の山川《せんぜん》、谿谷《けいこく》、土地に生ひたる所の卉木《きもく》、叢林《そうりん》、及び諸《もろもろ》の薬草、種類若干にして、名色《みょうしき》 各《おのおの》 異なり。》

「たとえば、この全世界に茂っている草木、藪や林、もろもろの薬草などは種類も姿形もさまざまである」。そして、こう言うのだ。「その天空を雲が覆って雨が降れば、いずれのところにも等しく降る。一つの雲が降らす雨は、それらの草木の種類や性質にかなっていて、それぞれに生長することができる。それぞれの草木は、その違いをそのままに生きている」。

ここでいう「雨」は仏の慈悲、あるいは仏の智慧《ちえ》とされる。賢治は、こうした言葉に救われていたはずだ。

さらに賢治は、妙法蓮華経の別のところで、この宇宙に自分が存在する正当性を得ていたのではないか、と私は考える。「(このからだそらのみぢんにちらばれ)」という叫びの中に、賢治がどんな思いを託したのか、思いあたる節があるからだ。

妙法蓮華経の中には「微塵《みじん》」についての考え方があり、妙法蓮華経に、釈迦が全世界をすり潰《つぶ》して微塵となし、その微塵を一つずつ遠い間隔で置いていく、というたとえ話をする件《くだ》りがある。釈迦は、世界を微塵に還元できると考えていたようなのだ。

賢治が盛岡高等農林に在学していた当時の科学の最先端学説は、あらゆる物質は最小の粒子である原子から成る、と説いていた。『現代語訳　法華経』の訳者である植木雅俊は、「微塵」を(原子)と言いかえている。

賢治の「(このからだそらのみぢんにちらばれ)」という叫びの背景に、釈迦の言葉と当時の最先端学説があった、と私はみる。

満天の星の下でゴロ寝をし、星を見上げていた少年賢治は、十代の頃からずっと、自分は宇宙の一部であり自然と一体であると実感してきた。己の中に「自然」そのもののように生まれた同性を恋い慕う心を、賢治は「諂曲」であると思い悩み、一方でそれは「自然なもの」である、と感じはじめていた。「春と修羅」での最後の叫びは、自然の一部としての自分を天に受け容れさせ、また自らを受け容れるための叫びだった、と私には思える。

そう思って最後の二行を読むと、賢治の思いがずしりと伝わってくる。「私の前途は容易ではない、なおも激しく赤い光にさらされるだろう。それでも、私は、私でいよう——」。

5 「小岩井農場」でめざしたもの

「春と修羅」が書かれた大正十一年四月八日から約一カ月半後の五月二十一日、長編詩「小岩井農場」が書かれた。その日の午前十時五十四分着の列車で橋場線（現・田沢湖線）小岩井駅に降りたった賢治は、そこから北の小岩井農場へ向かい、岩手山の南東にあたる柳沢を経て東北本線滝沢駅まで歩き、その途上の情景や心象を描いた。それが「小岩井農場」である、とされてきた。

ところが『賢治歩行詩考』の著者・岡澤敏男は、詩の中に、五月二十一日の小岩井農場附近の天候と合わない描写があるのに気づいた。小岩井農場の本部の日誌などによると、当日は一日じゅう曇りで、詩に書かれている、午後に雨が降ったということはなかった。そこで岡澤は、小岩井農場耕耘《こううん》部の五月の日誌を調べたところ、五月七日が「曇午後雨」となっていることを発見する。賢治は、五月七日にも小岩井農場に来たのではないか、そのときの見聞と五月二十一日の見聞を併せて長編詩を書いたのではないか、と推測している。

おそらく、この説は妥当だろう。詩「小岩井農場」は「パート一」から「パート九」で構成されているが、最終形ではパート「五」「六」「八」が欠落している。ただ、「五」「六」に関しては「第五綴《つづり》 第六綴」として別に残されていて、そこには「午後の雨」が描写されているのである。

そこで、「小岩井農場」を語る前に、五月七日の小岩井行と思われる「第五綴 第六綴」から検証してみよう。まずは「第五綴」である。

《鞍掛が暗くそして非常に大きく見える
あんまり西に偏《かたよ》ってゐる。
あの稜の所でいつか雪が光ってゐた。

あれはきっと
南昌山や沼森の系統だ
決して岩手火山に属しない。
事によったらやっぱり
石英安山岩かもしれない。
これは私の発見ですと
私はいつか
汽車の中で
堀籠さんに云ってゐた。
（東のコバルト山地にはあやしいほのほが燃えあがり
　汽車のけむりのたえ間からまた白雲のたえまから
　つめたい天の銀盤を喪神のやうに望んでゐた。
　その汽車の中なのだ。
　堀籠さんはわざと顔をしかめてたばこをくわいた。）
堀籠さんは温和《おとな》しい人なんだ。
あのまっすぐなゝ魂を

おれは始終をどしてばかり居る。
烈《はげ》しい白びかりのやうなものを
どしゃどしゃ投げつけてばかり居る。
こっちにそんな考はない
まるっきり反対なんだが
いつでも結局さう云ふことになる。
私がよくしやうと思ふこと
それがみんなあの人には
辛いことになってゐるらしい。
今日は日直で学校に居る。
早く帰って会ひたい。
いま私の担当箱の中のくらやみで
銀紙のチョコレートが明滅してゐる筈《はず》だ。
それは昨夜堀篭さんが、
うちへ
遊びに来ると思って

夏蜜柑《みかん》と一緒に買って置いたのだ。
けれどももちろん来なかった。
それはあんまり当然だ。
昨日の午后《ごご》街の青びかりの中で
お遊びにいらっしゃいませんか
と私は云った。
その調子があんまり烈しすぎたのだ。
堀篭さんは
だまって返事をしなかった。
お宜《よろ》しかったらと
おれはぶっきら棒につけたした。
あの人は少し顔色を変へて
きちっと口を結んでゐた。
それは行かうと思ったのに
またそれを制限されたやうにも思ひ
失望したやうにも見えた。

けれども何だかわからない。》

「屈折率」から「春と修羅」までの詩群に比べて、この第五綴の何という平明さ、率直さだろう。

ここに、ひんぱんに出てくる「堀籠《ほりごめ》（篭）さん」とは誰か。大正十年十二月三日に二十五歳の賢治は稗貫農学校の教諭となった。同僚に盛岡高等農林を卒業した、三歳年下の堀籠文之進がいた。その堀籠との交際について、新全集「年譜」の同年十二月下旬の項にこうある。

《同僚堀籠文之進が花城《かじょう》の下宿から花巻町四日町の屋根屋の家へ移る。堀籠の結婚するまで始終訪ね（翌年一月ころからさらに翌々年の三月ころまで週に一、二度、時には三日も四日も連夜）、『日蓮宗聖典』を進呈し、寿量品を一緒に斉唱することもあった。また英語の勉強のため丸善から取り寄せた「アラビアン・ナイト」の原書を読みあった。いつも礼儀正しく挨拶し、必ず宿へ手土産をもっていった。》

賢治のこの一方的な訪ね方は尋常ではない。年譜によれば、堀籠自身の回想による、とあるからこの通りだったのだろう。

賢治は詩「小岩井農場」の「第五綴　第六綴」で、盛岡高等農林の研究生時代に、堀籠と一緒に汽車に乗ったことを思い出している。東北本線だ。窓からコバルト山地（北上山地）が見えている。堀籠は宮城県出身なので、二人が車窓から見ていたのは、盛岡と花巻の間の北上山地で外山高原ではない。高原は盛岡の北なので、盛岡より先に行かなければ車窓からは見えない。

《堀籠さんは温和しい人なんだ。
あのまっすぐない、魂を
おれは始終をどしてばかり居る。
烈しい白びかりのやうなものを
どしゃどしゃ投げつけてばかり居る。》

なんと賢治は、堀籠を「脅している」というのだ。「脅す」という言葉ほど、賢治に似つかわしくないものはない。もっとも、自分にそんな気はなくむしろ反対の気持なのだが、よくしようと思って言ったことが相手をつらくさせてしまっていると悔いている。

そして驚くべき率直さで、こう言うのだ。

《(堀籠さんは) 今日は日直で学校に居る。
早く帰って会ひたい。
いま私の担当箱の中のくらやみで
銀紙のチョコレートが明滅してゐる筈だ。
それは昨夜堀篭さんが、
うちへ
遊びに来ると思って
夏蜜柑と一緒に買って置いたのだ。
けれどももちろん来なかった。》

なぜ来なかったのか。賢治が「お遊びにいらっしゃいませんか」と堀籠に言ったその言葉が、あまりに烈しかったからである。これが「脅す」ことの一例なのかもしれない。

第五綴の下書稿によると、「担当箱」は、はじめは「卓子」で、次に「机」と改められ、最終形で「担当箱」となったとある。「担当箱」は職務上の用語かもしれない。いずれにしろ、なにか容《い》れ物《もの》の中にチョコレートが入っている。堀籠にあげるはずのそのチョコレートを思いつつ、賢治は苦く自省している。

引用した部分だけでも「堀籠」という名前は五回出てくる。「早く帰って会ひたい」という素直な告白や、家へ誘ったときの口調が「烈しすぎ」て相手を驚かせたのではないかとの反省など、人が変わったような印象さえ受ける。保阪に迫ったような狂熱的な態度は一変し、抑制的とさえ言える。

堀籠に食べてもらうための銀紙に包まれたチョコレートが、早く来てくれというように暗闇《くらやみ》で明滅しているはず、と賢治は空想する。そしてほんとうに、早い時刻の滝沢駅発の汽車に乗ろうとするのだ。

《五時の汽車なら丁度いゝ。

学校へ寄って着物を着かへる。

堀篭さんも奥寺さんもまだ教員室に居る。

錫紙《すずがみ》のチョコレートをもち出す。
けれどもみんながたべるだらうか。
それはたべるだらう、そんなときなら
私だって愉快で笑はないではゐられないし
それにチョコレートはきちんと、
新らしい錫紙で包んであるから安心だ。
しかしその五時の汽車は滝沢へよらない。
滝沢には一時にしか汽車がない、
もう帰らうか。こゝからすっと帰って
多分は三時頃盛岡へ着いて
待合室でさっきの本を読む。》

花巻駅に午後五時ごろに着く汽車に乗れば、堀籠はまだ学校にいるから会えるだろう、と賢治は考える。それには行く先の東北本線滝沢駅を一時ごろ汽車で出発しなければならないが、一時の汽車は滝沢駅には止まらない。どうしようか。今から小岩井駅に戻って、橋場線で盛岡に行き、花巻行きを待とうか、と賢治は考えた。

ところが『賢治歩行詩考』の著者・岡澤敏男によれば、「滝沢駅三時三三分」（注＝時刻表によれば三時五十三分）の汽車に乗れば花巻に「五時には着く」というのだ。賢治は、気がついていなかったようだ。

次に掲げるのは「第六綴」である。

《実は今日は少し気が急《せ》くのだ。
堀篭さんのことも
考へなければならないのだ。
向ふもはたけが掘られてゐる。
白い笠《かさ》がその緩い傾斜をのぼって行く。
（中略）
雨だ。たしかだ。やっぱりさうだ。
降り出したんだ。引っ返さう。
すっかりぬれて汽車に乗る。
教員室の青ぐろい空間
チョコレートと椅子《いす》

（私はどうしてこんなに
下等になってしまったらう。
透明なもの　燃えるもの
息たえだえに気圏のはてを
祈ってのぼって行くものは
いま私から　影を潜め）》

「（私はどうしてこんなに／下等になってしまったらう。）」。この言葉は、賢治が新しい恋に苦しんでいることの告白ではないのか。

「小岩井農場」が書かれたのは大正十一年五月。そして、「恋と病熱」が書かれたのは二カ月前の三月である。賢治が堀籠文之進の下宿へ週に三日も四日も訪れはじめたのは、一月ころからである。

「恋と病熱」の「恋」の相手が誰なのかは、ずいぶん前から研究者や愛読者を悩ませてきた。賢治のまわりにそれらしき女性の影が見えないからである。賢治が恋情を抱いていた相手は妹とし子である、とする説もある。しかし、それを明確に証《あか》すものは、見当たらない。

《五時半ごろは学校につく。
鬼越を越えて盛岡へ出やうかな。
いやゝっぱり早い方がいゝ
小岩井の停車場へ出るに限る。
さあ引っ返すぞ。こんどもやめだ
おゝい柳沢。
鞍掛も見えないがさやうなら、》

そのまま鬼越峠を越えて直接、盛岡まで歩こうとするが、やはり小岩井駅に引き返すことにした。

このあと賢治は松林の中で雨宿りをする。第六綴は、そこからまた歩きだすところで終っている。おそらくは、小岩井駅へ引き返したのだろう。早く帰って堀籠に会い、チョコレートを食べようと思って——。

この五月七日から十四日後、賢治はこの年三度目の小岩井行に出る。そして自らの詩で最長の「小岩井農場」を書きあげた。先に述べたように、削除された「八」は遺っていないとされる。従って「小岩井農場」は、実質的に六つのパートである。それでも詩は、五百九十一行の大作だ。

ここまで、賢治の保阪あての手紙、文芸同人誌「アザリア」に見える賢治と保阪のやりとり、口語詩「ダルゲ」と散文「図書館幻想」、そして「屈折率」から「春と修羅」までの詩群、さらに「小岩井農場」の「第五綴 第六綴」を見てきた。それをもとに「小岩井農場」に分け入ってみたい。そこで賢治は、何を言いたかったのか。冒頭はこうである。

《パート一
わたくしはずゐぶんすばやく汽車からおりた
そのために雲がぎらつとひかつたくらゐだ》

賢治のこの徒歩行には、なしとげるべき目的があり、それをどうにかなしとげようとする決意、覚悟がある、ということを最初の一行で明かしている。「ずゐぶんすばやく汽車からおりた」というその身のこなしが、それを示している。

「雲がぎらつとひかつ」てみえたのは、自然界も自分の決意と覚悟を察して、「頑張れよ」と励ましてくれた、と賢治が受けとったからだろう。
この二行に続くパート一の百五行は、駅前から始まって山の遠景や七つ森の情景描写だ。その中で次の二カ所が、賢治の徒歩行を始めたときの心情を表している。

《くらかけ山の下あたりで
　ゆつくり時間もほしいのだ》

山の下あたりで、考えてきたことを言葉にしたいと思っている、と私は解する。

《（あいまいな思惟《しい》の蛍光
　きつといつでもかうなのだ）》

なぜ時間をかけたいのかといえば、まだ考えがあいまいなところがあるからである。大事なことを決意するまでにはいつだってこういうものだ、と賢治は腹をくくっている。そして、冬、一月六日に来たときの回想に照応させて春の小岩井の描写でパート一は終る。

《冬にきたときとはまるでべつだ
みんなすつかり変つてゐる
変つたとはいへそれは雪が往き
雲が展《ひら》けてつちが呼吸し
幹や芽のなかに燐光《りんこう》や樹液がながれ
あをじろい春になつただけだ
それよりもこんなせわしい心象の明滅をつらね
すみやかなすみやかな万法流転《ばんぽうるてん》のなかに
小岩井のきれいな野はらや牧場の標本が
いかにも確かに継起《けいき》するといふことが
どんなに新鮮な奇蹟だらう
ほんたうにこのみちをこの前行くときは
空気がひどく稠密《ちゅうみつ》で
つめたくそしてあかる過ぎた
今日は七つ森はいちめんの枯草

松木がおかしな緑褐に
丘のうしろとふもとに生えて
大へん陰鬱《いんうつ》にふるびて見える》

パート二、三もこのような調子で続く。次は、パート二のはじまり。

《たむぼりんも遠くのそらで鳴つてるし
雨はけふはだいじやうぶふらない》

「たむぼりん」は打楽器のタンバリンのこと。天界の天人が空で陽気に鼓《つづみ》を打っているようなので、今日は雨は降らないだろうと賢治は楽観的である。やはり冬来たときの情景を想起し、このときの情景描写があってパート二は終る。ここまでで百五十一行。

こんな調子で、賢治はひたすら情景描写に終始している。

パート三で小岩井農場に至り、パート四では、農場の「本部」を目にする。「本部」とは、『賢治歩行詩考』によれば、小岩井農場本部のことで、洋風の木造建築だったという。相変わらず周囲の描写が続き、冬に来たときの回想も挿入される。賢治はただ、時間が過ぎていくのを待っている。自分の中に、ある言葉がくっきり輪郭を現すのを待っている。それは、容易に言葉として形をなさない。形をなしてもそれを口にする決心がまだ固まっていない。パート四も七十行を超え、まもなく全体で三百行を超えようかというとき、ようやく賢治の中にある情動が湧《わ》き上がったようだ。

《いま見はらかす耕地のはづれ
向ふの青草の高みに四五本乱れて
なんといふ気まぐれなさくらだらう
みんなさくらの幽霊だ》

幽霊が現れた――。この後、幻視のような地球の太古の姿を描き、続いて、ひとり強く楽しく生きていくことを独白する。そして、記憶を過去に押しこめていく。以下は、パート四の終りの部分である。

《いま日を横ぎる黒雲は
侏羅《じゆら》や白亜《はくあ》のまつくらな森林のなか
爬虫《はちゆう》がけはしく歯を鳴らして飛ぶ
その氾濫《はんらん》の水けむりからのぼつたのだ
たれも見てゐないその地質時代の林の底を
水は濁つてどんどんながれた
いまこそおれはさびしくない
たつたひとりで生きて行く
こんなきままなたましひと
たれがいつしよに行けやうか
大びらにまつすぐに進んで
それでいけないといふのなら
田舎ふうのダブルカラなど引き裂いてしまへ
それからさきがあんまり青黒くなつてきたら……
そんなさきまでかんがへないでいい
ちからいつぱい口笛を吹け

（中略）
みちがぐんぐんうしろから湧き
過ぎて来た方へたたんで行く
むら気な四本の桜も
記憶のやうにとほざかる
たのしい地球の気圏の春だ
みんなうたつたりはしつたり
はねあがつたりするがいい》
（侏羅＝ジュラ紀、白堊＝白亜紀）

「むら気な四本の桜」とは、どうやら「馬鹿《ばか》旅行」の四人組のようだ。欠落したパート五、六のあとの七では再び、情景描写が始まる。雨が降っている。『賢治歩行詩考』によればパート七は、五月七日の徒歩行を題材としたものという。雨の中、農夫や女の子が登場したあとに、とつぜん不可解な男が登場してくる。

《はたけのおはりの天末線《スカイライン》

ぐらぐらの空のこつち側を
すこし猫背《ねこぜ》でせいの高い
くろい外套《がいとう》の男が
雨雲に銃を構へて立つてゐる
あの男がどこか気がへんで
急に鉄砲をこつちへ向けるのか
（中略）
から松の芽の緑玉髄《クリソプレース》
かけて行く雲のこつちの射手は
またもつたいらしく銃を構へる》
（緑玉髄＝緑色の天然石）

この「銃を持った外套の男」とは、何者か。さまざまな資料に当たってもいっこうにはっきりしないが、口語詩「ダルゲ」や散文「図書館幻想」を読み、賢治の手紙を読んできた者にとって、この男が誰なのかを推測するのはそれほど難しくないだろう。
「室はがらんとつめたくて／猫脊のダルゲが額に手をかざし」（「ダルゲ」）

「室の中はガランとしてつめたく、せいの低いダルゲが手を額にかざして」（「図書館幻想」）

猫背と背の高低で紹介される男が「ダルゲ」、すなわち保阪嘉内であったとすれば、この「猫背」の「せいの高い」「外套の男」は保阪にちがいない。なぜ「外套の男」は銃を持っているのか。保阪は大正八年十二月に応召し、近衛輜重兵大隊に配属されたが、その際、賢治は「この度はめでたく御入営なされまして深く御祝申し上げます」と葉書を出している。また一年後の満期除隊にあたっては、「満一ヶ年芽出度《めでた》く兵役をお勤めなされ」とやはり手紙を出しているのだ。さらに大正十年七月に保阪が見習士官として勤務演習に参加したときも、「名誉ある軍人」と讃《たた》える手紙を出している。つまり、保阪と銃は賢治の中で結びついていた。

パート七は次の四行で終る。

《火は雨でかへつて燃える
自由射手《フライシュッツ》は銀のそら
ぼとしぎどもは鳴らす鳴らす
すつかりぬれた　寒い　がたがたする》

（ぼとしぎ＝シギ科の鳥）

ここまでで四百九十七行だ。パート八は欠。残るはパート九の九十四行だけである。

《　パート九
すきとほつてゆれてゐるのは
さつきの剽悍《ひょうかん》な四本のさくら
わたくしはそれを知つてゐるけれども
眼にははつきり見てゐない》

パート九はこう始まる。賢治は核心へ踏み出そうとしている。パート九まできてようやく情景描写に別れを告げる決心をしたのだ。

《ユリアがわたくしの左を行く
大きな紺いろの瞳《ひとみ》をりんと張つて
ユリアがわたくしの左を行く

ペムペルがわたくしの右にゐる
……………はさつき横へ外《そ》れた
あのから松の列のとこから横へ外れた
《幻想が向ふから迫つてくるときは
　もうにんげんの壊れるときだ》
わたくしははつきり眼をあいてあるいてゐるのだ
ユリア、ペムペル、わたくしの遠いともだちよ
わたくしはずゐぶんしばらくぶりで
きみたちの巨きなまつ白なすあしを見た
どんなにわたくしはきみたちの昔の足あとを
白堊系の頁岩《けつがん》の古い海岸にもとめただらう
《あんまりひどい幻想だ》
わたくしはなにをびくびくしてゐるのだ
どうしてもどうしてもさびしくてたまらないときは
ひとはみんなきつと斯ういふことになる
きみたちとけふあふことができたので

わたくしはこの巨きな旅のなかの一つづりから
血みどろになつて遁《に》げなくてもいいのです》

『宮沢賢治の青春』で著者の菅原千恵子は、「剽悍な四本のさくら」があの「アザリア」の四人組であり、「わたくし」（賢治）の両脇《りょうわき》を行くユリアとペムペルが河本義行、小菅健吉であり、点線で「伏せられたものが誰であるかを想像するのはもう難くないであろう」と指摘した。刊行時の平成六年での指摘は卓見であったと私は思う。それを引きついで、もう少し深く賢治の心理を探ってみたい。

十五個の点で伏せられた名前の人物は、「さつき横へ外れた／あのから松の列のとこから横へ外れた」と描写されている。それはパート七で「から松の芽の緑玉髄／かけて行く雲のこつちの射手は」の射手、つまり保阪であると確認できる。

伏せられた名前は、下書稿では「ツィーゲル」とされていて、賢治はそれを消して点線にした。なぜか。

名前の代わりに点線を使った例が、同人誌「アザリア」六号（大正七年六月）にある。「アザリア」の編集者が、退学して東京で下宿暮らしをしていた保阪に、近況報告の寄稿を求めた。保阪は「書信のままを」と題する原稿を寄せる。「最近、ある友から感傷的な手紙をもらった」と保阪は明かし、こう書いている。

《私は其の手紙が見るにたえない。しかし見たい。そんな陰気な手紙は見たくない。しかし見ないでは居られない。

…………さん、

じっと空に置く空気と目眩《まぶ》しさを見てごらんなさい。

私の云わんとする所がわかります。（中略）

その手紙の友はいまもひとりでじっと森の中でも歩いて居るでしょう。》

「森の中をひとり歩いている友」が「感傷的な手紙をくれた友」である。点線の「…………さん」は、その友の名前の代わりに使われている。保阪は、最近見た芝居の話、夜店に出かけた話などを続けたあと、ある本の話を書く。

《現代性欲《せいよく》政策と云うのを買って少し読んで見ましたがみんな面白うございました。みんなが真面目《まじめ》で性慾と云う風な事を研究する様に早く日本をもさせたいものです。

（中略）

……………さん。ほんとうのいのりはほんとうの心です》

保阪は、何者かに呼びかけるかたちで原稿を終えている。相手は誰か。それは、賢治にちがいない。あえて「性欲」の本を挙げ、「ほんとうの祈りはほんとうの心です」と賢治に呼びかけている。あなたのほんとうの心は、あなた自身がよく知っているはずだ。その心に真正面から向きあわないと、ほんとうの祈りはできませんよ――。それが保阪の言わんとするところなのだ。

この「書信のままを」の呼びかけを、ずっと胸の内に刻んでいた賢治が「小岩井農場」で、お返ししたのだ、と私は読む。「……………はさつき横へ外れた」は、「保阪はさっき横へそれた」なのだ。それまで一緒に歩いていた保阪が、途中で横へそれていなくなってしまった、と。

《あのから松の列のとこから横へ外れた
《幻想が向ふから迫つてくるときは
もうにんげんの壊れるときだ》》

保阪や友だちがこんな幻想の形で現れるなんて、もう人間が壊れるときだ。賢治はそう思う。しかしたとえ幻想の中ででも、友だちに会えたということで、血みどろになって逃げださなくてもすんだのだ。賢治は、かろうじて踏みとどまっている。

賢治は、単に保阪の形を真似《まね》てお返ししただけではない。「書信のままを」で保阪からつきつけられた「真面目に性欲を研究するように」という〝課題〟に、まっ向から答えようとする。それは、パート九の後半に出てくるので、後に譲ることにしよう。

詩はこう続く。

《もう決定した　そっちへ行くな
これらはみんなただしくない
いま疲れてかたちを更《か》へたおまへの信仰から
発散して酸《す》えたひかりの澱《おり》だ》

「そっちへ行くな」の「そっち」とは、どこだろう。「発散して酸えたひかりの澱」の詩句に見覚えがあった。たしか文語詩だったか、と見当をつけて探してみる。そこに「心相」と題する詩があった。

《はじめは潜む蒼穹《そうきゅう》に、
あはれ鵞王《がおう》の影供《えいぐ》ぞと、
面《めん》さへ映《は》えて仰ぎしを、
いまは酸《す》えしておぞましき、
澱粉堆《でんぷんたい》とあざわらひ、
いたゞきすべる雪雲を、
腐《くだ》せし馬鈴薯《いも》とさげすみぬ。》

右は詩の後半部分である。「鵞王」は、仏の異称。仏像の指の間に、水鳥の水かきのような膜があることからきているという。「影供」は、神仏の肖像に供《そな》え物をすることの意だが、賢治は下書稿で「すがた」とルビをふっている。

「はじめは、青い空の奥にひそむ仏さまの絵姿のように立派に見えて仰ぎ見たものだったが、いまではすっぱくなって、おぞましいデンプン滓《かす》の山のようだとあざわらったり、聖なる山の頂きの雪雲を、腐ったじゃがいもみたいだとさげすんだりしている」と訳せようか。

「澱粉堆」は、デンプンをとったあとのジャガイモの滓が積み上がったもの。それが、酸えておぞましい臭《にお》いを放っている。「小岩井農場」の「発散して酸えたひかりの澱」

にそのまま重なるだろう。

かつては仰ぎ見ていたものを、今はさげすんでいる。こう語る「心相」だが、その対象は何なのか。「心相」の下書稿にヒントがある。それは、国柱会の創立者・田中智学だ。「小岩井農場」が書かれたのは大正十一年五月で、そのとき賢治は、「そっちへ行くな」（パート九）と自らを制した。田中智学＝国柱会との訣別の意思を固めていたと読める。大正十一年五月は、保阪（ダルゲ）との別れからの十カ月後である。共に歩もうと誓い合った相手を失って十カ月、保阪への激情が衰えていくと同時に、田中智学への激情も引いていったと思われる。もちろん「心相」は晩年に作られたものであり、大正十一年の賢治の心境そのものではないが、「心相」の萌芽《ほうが》がここに見られるのだ（註23）。

賢治は、独りになってあらためて、妙法蓮華経（法華経）に向かい、新しい道をそこに見つけて出直そうとしている。思念の末に、自らの中に生まれてきた言葉があった。その言葉を確かめるために、賢治は小岩井農場に来たのだ。そして、その内なるものをはっきりと言葉にする時が来た。

それが次の二十行である。自分の新たな信条、新たな生き方を言葉として吐きだすために賢治はここまで歩いて来たのだ。五百行を超える「待ち」の言葉を次々に書きとめながら。

《　ちいさな自分を劃《くぎ》ることのできない
　この不可思議な大きな心象宙宇のなかで
もしも正しいねがひに燃えて
じぶんとひとと万象といつしよに
至上福しにいたらうとする
それをある宗教情操とするならば
そのねがひから砕けまたは疲れ
じぶんとそれからたつたもひとつのたましひと
完全そして永久にどこまでもいつしよに行かうとする
この変態を恋愛といふ
そしてどこまでもその方向では
決して求め得られないその恋愛の本質的な部分を
むりにもごまかし求め得やうとする
この傾向を性慾といふ

すべてこれら漸移《ぜんい》のなかのさまざまな過程に従つて
さまざまな眼に見えまた見えない生物の種類がある
この命題は可逆的にもまた正しく
わたくしにはあんまり恐ろしいことだ
けれどもいくら恐ろしいといつても
それがほんたうならしかたない》

この二十行を噛《か》みしめてみる。

「不可思議な大きな心象宙宇」とは、妙法蓮華経の「如来寿量品」が教える無辺無量の世界である。そのなかで微塵《みじん》のような自分が、正しい願いに燃えて、あらゆるものと一緒に至上福祉に至ろうとする。それを「宗教情操」としよう。ところが、そこへ至ろうとする願いから逃れたり疲れたりして、自分の魂ともう一人の魂とどこまでも一緒に行こうとすれば、それは「宗教情操」の次元から見て「変態」なのだ。そして、その「変態」を私たちは「恋愛」と呼んでいる。

「恋愛」には二人の魂の合体という部分があるが、その本質的な部分をないがしろにして肉体的に求めあおうとする傾向を「性慾」というのだ。

「宗教情操」から「恋愛」へ、そして「恋愛」から「性慾」へ、これらはつながっていて、少しずつ移っていく（漸移する）ものであって、それぞれの段階に相応するかたちでこの世にさまざまの生物がいる。

これが、保阪の示した〝課題〟への賢治なりの解答だった。

賢治の思考は、しかし、そこで終らなかった。「この命題は可逆的にもまた正しく」の一行こそが、最後に至った認識であり、それは新しい生き方の道しるべとして、松《まつ》明《たい》として掲げられたものなのだ。「小岩井農場」は、この一行のために書かれたと言っても過言ではなかろう。

「命題」は、逆へと「漸移」することが可能であり、それもまた正しいのだ、と賢治は言う。たとえ「性慾」から始まっても、究極的には「宗教情操」へと移行できるというのである。

かつて賢治にとって人間とは、まずは皆一緒にお互いの幸福を願うものであった。恋愛という一時的な現象でその広い心を失ったり、時には性欲に支配されたりすることがあっても、人間は誰でも仏の魂を持っているのだという信念があった。しかし、自分が直面した現実はそのような単純な人間観を打ち砕くものだった。同性を自然に恋慕する自分をどう考えたらいいのか、という問題に直面したのだ。保阪への熱い思いは、万象と共に生きるという「宗教情操」から始まった、と思いこんでいた。しかし、よく考えてみると、それは自分のほんとうの心を偽る口実であって、保阪が見抜いたように、そして自身も口にしたように、それはけだものの願いであり、性欲だったのではないか。かつて保阪への手紙で、「四海同帰の大戒壇を築こうではありませんか」などと高遠な言葉を吐いたその直後に、思わず「私が友保阪嘉内、私が友保阪嘉内、我を棄てるな」と叫んでしまったのは、その証左ではないのか。

「この命題は可逆的にもまた正しく」とは、賢治の辿《たど》った思索の到達点だった。人間の他者との関係は性欲から始まることもある。それは「わたくしにはあんまり恐ろしいことだ」。しかし、そこから恋愛へ、そして宗教情操へと逆に進むことも可能なのだ。

「小岩井農場」は、賢治のこの認識を確認するために書かれたのである。

パート九は次のように終る。

《さあはつきり眼をあいてたれにも見え
明確に物理学の法則にしたがふ
これら実在の現象のなかから

あたらしくまつすぐに起て
明るい雨がこんなにたのしくそそぐのに
馬車が行く　馬はぬれて黒い
ひとはくるまに立つて行く
もうけつしてさびしくはない
なんべんさびしくないと云つたとこで
またさびしくなるのはきまつてゐる
けれどもここはこれでいいのだ
すべてさびしさと悲傷とを焚《た》いて
ひとは透明な軌道をすすむ
ラリツクス　ラリツクス　いよいよ青く
雲はますます縮れてひかり
わたくしはかつきりみちをまがる》

「ラリックス」は「落葉松《からまつ》」のこと。パート九の冒頭で保阪が消えたところだ。賢治はラリックスを凝視している。さびしさと悲傷をエネルギーにして、人間は透明な軌道を進むことができる。だから、さびしさや傷つく心や悲しみを恐れることはない。賢治は、そう自分に言い聞かせている。そして「わたくしはかつきりみちをまがる」。この最後の一行は、最初の一行「わたくしはずゐぶんすばやく汽車からおりた」に対応している。やろうと決めていたことをしっかり成し遂げたのだ。

では、賢治はこのあと、どのように生きていったのか。「小岩井農場」の「第五綴　第六綴」に出てくる堀籠文之進との関係を見てみよう。

賢治は、堀籠への自分の気持を邪《よこしま》なものとはみなかった。生来の自然なこととして自分の気持を許した。と同時に、堀籠が不快になるような言動はしなかった。堀籠も回想しているように、賢治はいつも礼儀正しかった。

大正十二年三月初め、堀籠は賢治と一緒に一関《いちのせき》（注＝花巻市の南約六十キロ、現・一関市）へ歌舞伎《かぶき》を見に出かけた。終演が遅く帰りの汽車はなくなり、飲食のあと一関から北へおよそ十キロの平泉まで歩くことにする。『証言　宮澤賢治先生』にある、その折の堀籠の回想である。

《月夜を幸い平泉まで二人で夜道を歩いた。途中、たまたま信仰の話に及んだとき、賢治さんは「あなたはどうしても私と一緒に歩んで行けませんか。わたくしとしてはどうにも耐えられない。でも私はあきらめるから、あなたの身体《からだ》を打たしてくれませんか」と、背中を打った。賢治さんは「ああこれでわたくしの気持ちがおさまりました。痛かったでしょう。許してください」といい、平泉駅に着き待合室のベンチで休み、私たちは夜明けとともに下り一番列車に乗り、花巻までの車中一睡した。

宗教的な道を、一緒に行けないのは宮沢さんの信仰の深さや気持ちが、私とあんまりへだたりすぎていて、むしろ恐ろしく、とても宮沢さんの求めるような深いところまで入って行く決心はつかなかった。》

入信の勧誘と「二人で一緒に歩んで行こう」という誘いが一緒になっているところは、保阪の場合と同じである。違うところは「どうにも耐えられない」と率直に自分の気持を吐露しつつも、「私はあきらめる」と言ってそれ以上迫っていないことである。賢治はたしかに自己を抑制する生き方を選んでいる。あきらめる代わりに、「あなたの身体を打たしてくれませんか」という賢治の願いが切ない。相手の身体を打つとは、罰を与えることのようにみえるが、賢治にとっては、着衣を通してとはいえ相手の身体に触ることになる。たった一度の、強い接触である。

堀籠は、賢治の信仰の深さについて行けなかったと言っているが、賢治の隠れた思いをうすうす察知していたのではないだろうか。

新全集の「年譜」に、堀籠の結婚式の時の賢治の振舞いが載っている。大正十三年一月のことである。

《一月上旬　農学校冬休み（一〇日まで）の某日、同僚堀籠文之進の結婚式が料亭万福で行われ、新郎の介添え役として紋付羽織袴に威儀を正し、早くから出席し接待に当る。（中略）堀籠の結婚についてはあまり気のすすまぬ堀籠を説き伏せて賢治自身で嫁さがしをし、あるときはすでに身重の呉服屋の娘をすいせんし、「これは大失策でした。どうかおこらないでください。その代りまた別な方を考えますから」とあやまる一幕もあった。この結婚は別の人の世話だったが新婦が日《ひ》詰《づめ》（現・岩手県紫《し》波《わ》町）の人なので熱心に調査をしたという。》
《一月一三日（日）〔推定〕　堀籠文之進・梅夫妻の結婚披露宴が岩手軽便鉄道花巻駅階上の精養軒で行われる。賢治は赤い実のついたやどり木をとってきて部屋いっぱい飾り、テーブルには当時珍しかったアスパラガスをそえた。郡視学羽田正

はじめ校長・同僚・親戚など十五、六名出席し、賢治はユーモアたっぷりな話題で会を賑わした。》

大正十年九月に花巻高等女学校に音楽教師として赴任してきた藤原嘉藤治《かとうじ》とのつきあいも、かなり濃密なものだった。藤原は象徴詩を書く詩人でもあったので、賢治の方から訪ねていって交友関係が始まったといわれる。藤原は賢治と同年だった。

二人のつきあいは音楽的交流で始まったが、大正十二年には音楽とドイツ語を互いに教えあい、さらには英語もやったようだ。大正十二年二月二十五日の藤原の日記に、少し気になる記述がある。佐藤泰平の『セロを弾く賢治と嘉藤治』から引いてみる。

《芳文（注＝書店「芳文堂」）で午前中暮した。
学校で午後――何彼《なにか》する。面白くなし。
すべてのものが気に食はない。
宮沢氏と第二回交換教授をした。
賢治さんも変的になつてゐる。やはり女に対するそれだ。
かれの頭はたしかにいゝ。語学的だ。》

「変的」とは、直接的には「変だ」という意味だろうが、「女に対するそれ」と照応すると、その意味が明白になってくる。藤原も、賢治の性向に気づいていたのかもしれない。

賢治の態度はそこどまりで、抑制されていたようだ。賢治は、堀籠に対してと同じように、藤原の結婚について献身的に世話をやくのである。藤原が堀尾青史に語った思い出話が、堀尾の著作『年譜 宮澤賢治伝』に載っている。昭和二年の話である。

《三月中旬に東京へイタリア歌劇団がきて帝劇でジョコンダなどをやった。それをふたりで見にいこうということになった。ところがふたりとも嚢中欠乏《のうちゅう》、時計を売っても帰りの旅費が出ない。花巻駅からスゴスゴもどりながら「残念会をしよう」ということになった。そして入ったのが精養軒である。レストラン・カフェーふうで女給がサービスする。

そのとき歯のきれいなひとりの女性があらわれた。藤原は中傷問題（注＝教え子との関係で中傷されていた）で悩んでいたので、この女性を見ると思わず、「この人はおれの好きなタイプだ」

といった。すると賢治が、

「好きなら結婚しろ。いまここではっきり返事しろ」

とあんまりきっぱりといったので藤原もなるほど、ここが人生の転機かもしれないとふと思った。

「えがべ、もらうべ」

といったのである。実にはなしはかんたんだ。賢治がきくと、その女性は小野キコという青森県十二里村《じゅうにさと》（現・藤崎町）の娘であった。キコとはまた賢治好みだ。早速、青森まで出かけていってはなしをきめてきた。（中略）

　結婚式は北上川の川原でやろうという藤原説であったが、賢治はそれはあんまりといって盛岡の白藤慈秀《しらふじじしゅう》（注＝農学校の同僚教諭）の家で挙行することにした。

　九月である。費用は例の芳文堂のおやじから七十円ほど借り藤原はモーニングをきた。賢治は父の羽織はかま紋付に扇子をもってあらわれ、花婿《はなむこ》花嫁、親戚の坐《すわ》る位置をきめ式の万端を指図した。白藤は農学校で自由闊達《かったつ》な賢治のふるまいを知っているので、このときの行儀正しさに感心した。》

堀籠文之進と藤原嘉藤治に対する賢治の言動があまりに似ているのに気づく。これが賢治の「小岩井農場」以降の生き方なのだ。

《すべてさびしさと悲傷とを焚いて
　ひとは透明な軌道をすすむ》

自然の一部としての自己を受け容れること、他人を傷つけないためにその自己を抑制すること、それゆえに生ずるさびしさや悲傷を、生きていく力とすること——。賢治はそのような道を自ら選んだ。

賢治のここまでの人生は、「自分は何者であるのか」と自らに問う日々であったと言っていい。口語詩「マサニエロ」と文語詩〔猥れて嘲笑めるはた寒き〕は、「小岩井農場」が書かれた五カ月後に起こった出来事を題材にして書かれた。賢治の身に何が起こったのか。ようやく、そのことについて述べる時が来た。

第五章　ついに「マサニエロ」へ

1　異変

これまで見てきたとおり、賢治が「マサニエロ」を書いたのは、大正十一年十月十日である。十月を迎えるまでのこの年は、賢治にとってそれまでの人生で最も濃密な時期であった。

一月に本格的な詩作を始めた賢治は、四月の「春と修羅」を経て、五月の「小岩井農場」に至り、精神的危機を脱して新しい地平に立っていた。当時、賢治が充実した日々を送っていたことは、次妹のシゲが証言している。「そのころの兄は書きたいことが、次から次へ湧《わ》きだすようで、それがとてももどかしくていちいち字にしてはいられないというような時が多かったようでした」。前年十二月から勤め始めた稗貫農学校での教師の仕事についても、シゲの証言がある。「先生としての仕事は、たやすいらしく、たのしそうにやっていました。学校から帰りますと、トシさんの病床のある部屋で、その日見聞きしたことを、おもしろおかしくして、みんなを笑わせました」。農学校の同僚・堀籠文之進とも毎晩のように会っていた。

　こうした日々を送っていた賢治が、十月十日、「マサニエロ」という、誰にも理解しえないような題名をつけた詩を書き、「（なんだか風と悲しさのために胸がつまる）」と、悲痛な思いを吐露した。とつぜんの異変である。「マサニエロ」の背後に、とし子の初恋事件があることは、これまで論証してきた。異変は、賢治が初恋事件を知ったことを示唆《しさ》する。ただ知っただけではない。とし子のノート（「自省録」）によって知ったのだ、というのが私の確信である。とし子のノートは、二十一歳のとし子が、十六歳から十七歳にかけての自らの心の奥底を詳細に記録したものである。その自己省察の情け容赦のない厳しさが賢治に衝撃を与え、「マサニエロ」を書かしめたのだ。

　大正九年の九月下旬から、母校・花巻高女に勤めていたとし子は、十年六月から病《びょう》臥《が》するようになり、九月に喀血《かっけつ》、花巻高等女学校を退職したが、病は翌十一年になってもよくならなかった。同年七月に入ると、母イチが看病疲れで床につくようになったので、とし子を豊沢町の南の下根子《しもねこ》桜《さくら》にあった宮沢家の別荘に移すことになった。別荘は北上川河岸段丘東端の林の中にあった。段丘の崖《がけ》から二百メートルほど河原が続き、その向こうに北上川が北から南へ流れていた。

別荘へ移ったのは七月六日。そのとき四人目の付添看護婦が辞めたので、急遽《きゅうきょ》、盛岡の大正看護婦会に依頼したところ、やって来たのが細川キヨである。細川は、明治十五年生まれで、このとき四十歳だった。親切で明朗な彼女は、結核患者を恐れず嫌がらず、とし子を最後まで看病したのだった。

別荘の間取りは、一階に六畳と八畳の二間、二階に一間。とし子の病室となったのは一階の八畳で、畳の上にケヤキで作ったベッドを置き、ベッドには畳を載せて布団《ふとん》を敷いた。とし子の身のまわりの世話をする細川キヨ（別荘の六畳に泊り込み）、看護婦の藤本（日中のみ）、洗濯係の太田のばあさん（随時）、そして食事は妹のシゲがつくった。シゲは、この年の一月に岩田豊蔵へ嫁いでいたが姉や世話をする人たちの食事をつくるために、別荘で寝泊りすることになったのだ。また、母のイチが夜に来て泊っていくこともあったという。医者の往診は一週間に一度だった。

賢治は、自らも別荘の二階に移り住んだ。学校が終ると自宅の前を通って豊沢川を渡り、別荘で夕食をとった。とし子を案じての移住ともみえるが、七月以降の賢治は、生徒の演劇のための戯曲執筆や作曲、演出などに熱中し、堀籠文之進との夜の読誦《どくじゅ》、藤原嘉藤治とのレコード鑑賞会、夏季実習、岩手山登山、豊沢川での子供たちとの遊び、地質調査行などなど、多忙をきわめていた。賢治が別荘で寝泊まりするようになったのは、夜間、女だけになる別荘の用心棒代わりだったのかもしれない。

七月末のある日、とし子は賢治にこう訴えたという。大正十二年八月作の賢治の詩「噴火湾（ノクターン）」から引いてみよう。

《《おらあど死んでもいゝはんて
あの林の中さ行ぐだい
うごいで熱は高ぐなつても
あの林の中でだらほんとに死んでもいいはんて》》

「あとは死んでもいいから、あの林の中へ行きたい。たとえ動いて熱が高くなっても、あの林の中でならほんとうに死んでもいいから」。それがとし子の訴えだった。しかし賢治は、そうはしなかった。

賢治へのこの訴えのあと、とし子は寡黙《かもく》になった。のちに、堀尾青史や森荘已池《そういち》など、何人もの賢治研究者が細川キヨや妹シゲに詳しい聞き取り調査をしているが、両人とも、記憶に残るような言葉をとし子から聞いていない。こうして、多忙な賢治と寡黙なとし子は十月を迎えた。

あとひと月もすれば、霙《みぞれ》や雪の季節になって、別荘までの道はぬかるみとなる。自宅から日用品や食材を運ぶのが難儀になって、別荘を引きはらうことになる。別荘にいる間にと、とし子は考えたのだろう。死を予感していた、ということもあったろう。とし子は、賢治に初恋事件について書いたノートを渡す機会をうかがっていた。

なぜ、そう断定できるのか。「マサニエロ」が書かれたのが大正十一年十月十日（火曜日）だったという事実からの逆算である。「マサニエロ」という詩の背景には、初恋事件をめぐるとし子の苦悩がある、と私は論証してきた。であるなら、賢治がその件を知らされたのは十日以前のどこかの日、おそらくは十月八日だったろう、と私は推測している。八日は日曜日。賢治は外出せず別荘にいることができた。賢治とふたりきりになったのを見はからって、とし子は賢治を病室に呼んだ。あるいは、賢治が病室に顔を出した。そのときとし子は賢治にノートを差しだした、というのが私の推測である。

「マサニエロ」には賢治の悲痛なうめきがある。そして、「マサニエロ」に関連する文語詩は、「狎《な》れ狎《な》れしく猥《みだ》らなつきあいをした挙句、嘲笑《あざわら》った」を意味する〔猥れて嘲笑める〕という言葉で始まっている。とし子のノートを読んでいなければ、書けない言葉だ。

誰にも読ませるつもりのなかったノートである。ただ、自分はあのとき何をどう考えていたのか、それだけを知ろうとして書いたノートである。それをとし子はどんな気持で兄に見せたのだろう、と考えると胸が熱くなる。

とし子は、兄賢治が自分の初恋事件について詳しいことを知らないのは解っていた。そのことについて、自分がどう考えてきたかも、もちろん兄は知る由もなかった。別荘にいる間に、兄と二人きりの時間がとれる間に、自分に何が起ったかを知ってもらいたい、自分が死ぬ前に——。

以下は、その日、賢治が読んだであろう、とし子のノート（「自省録」）の全容である。

2　性と信仰

「自省録」は、大正九年の二月に書かれた。およそ二万字、四百字詰め原稿用紙にして五十枚ほどの長さになる。そのうち冒頭の四千字、全体の五分の一は、初恋事件で深く傷ついた自分が救いを信仰に求め、事件からの五年を費やして、いまどのようなところへ辿《たど》り着いたかについて記されていた。ノートはこう始まる。

《思いもよらなかった自分の姿を自分の内に見ねばならぬ時が来た。最も触れる事を恐れて居た事柄に今ふれねばならぬ時が来た。『自分もとうとうこの事にふれずには済まされなかったか』と云う悲しみに似た感情と、同時に「永い間摸索《もさく》していたものに今正面からぶつかるのだ、自分の心に不可解な暗い陰をつくり自ら知らずに之に悩まされていたものの正体を確かめる時が来た」と云う予期から希望を与えられて居る。》

自分の内にある「思いもよらなかった自分の姿」とは、初恋事件の時期の「私の性に関する意識」であることを、とし子はこのあと告白するのだが、そうした自分の心の真実に目を向けることを避けてただ信仰にすがるだけでは真の意味で救われることはない、とようやく気づいた、と最初に断言している。それは悲しみに似た感情を伴うが、同時に真実に迫る入り口であり、希望の予感がするとも、とし子は言う。

冒頭からとし子の文章は、鋼《はがね》のように硬く、ガラスのように明晰《めいせき》である。花巻高女の卒業式での送辞や答辞の美文調を知る者にとっては、別人のように思える。それを実感してもらうためにも、もう少し「自省録」を紹介しよう。

《此《こ》の四五年来私にとって一番根本な私の生活のバネとなったものは、「信仰を求める」と云う事であった。信仰によって私は自己を統一し安立を得ようと企てた。信仰を得る事ほど人生に重大な意義のある事はないと思われた。自分と宇宙との正しい関係に目醒《めざ》めて人として最もあるべき理想の状態にあったと思われる聖者高僧達の境涯に対する憧憬《しょうけい》に強く心を燃やした。暫《しばら》くの間私には宗教に対する憧憬と信仰を求める事との間の差異がわからなかった。忘れもしない二年生の秋（注＝正確には二年目の秋。大正五年、日本女子大学校予科を了え、家政学部一年の秋）、実践倫理の宿題に「信仰とは何ぞや教育とは何ぞや」と出た時私は魂を籠《こ》めて可成《かな》り長い論文を書いた。その時はそれで信仰と云う事がわかったつもりで満足して居たのだったが今思えばあれは全く信仰に対する憧憬を書いたに過ぎなかった様に思われる。私に解って居たのは信仰の輪廓にすぎなかった様に思われる。私は今同じ問題を書かねばならぬとしてもあの様な大胆で単純な讃美《さんび》あこがれは書こうとしないであろう。今は輪廓よりも内容を求めるからである。そして内容の体験の至難である事を感ずるからである。

自己の現実に対する不満、広い世界に身のおきどころのない不安に始終おそわれて私は実在を求め絶対者をよび救いを求めて居たにも拘《かかわ》らず私は遂に求むるものに触れ得たと云う歓喜を得なかった。私の求むる対象は始めは安立であり、隠れ家であったがその後少しずつ微《かす》かな推移をつづけた。安立が究竟《くきょう》の目標ではなくなったけれども、とにかく現状を突破して新生を得たい望みはついに今までとげられなかった。》

この文章を読んだ賢治が受けた衝撃は、どれほどのものであったろう。頭はいいが内気で、先生や両親の気に入るようなお行儀のよい言葉しか口にしなかったあの妹が、「一心に信仰に救いを求めてきたが、何も得るものはなかった」と吐露する強靱《きょうじん》な思索者に変貌《へんぼう》していたのだから。さらにこの言葉は、「念仏さえ唱えれば誰でも浄土に行ける」という他力本願の教えを根底から否定するものであった。

次いでとし子は、大正七年末、大学校三年のときに病いに倒れたほんとうの原因と、「思いもよらなかった自分の姿」がどのようなものであったのかを打ち明けていくのだ。

《私の今尚《いまなお》渇望するものも亦《また》新生である。甦生である。新たな命によみがえる事である。それが私の今生きている事の最大意義となって居る。

私は魅力ある言葉をたずねる事に漸く倦《あ》きて来た。私の日記には統一を求め調和を求め、自己を精進の道に駈《か》り出す励ましの言葉がくりかえし繰り返し書かれた。そして私は疲れて来た。弱い糸を極度まで張った様な一昨年の末の状態はついに、身体の病となって現われた。それは当然の結果である。そして其後《そのご》一年ばかり今に至るまで心身の休養の時を与えられたのは何と云う恩恵であったろう。私は病気の警醒《けいせい》にあって始めて今までの無理な不自然な努力緊張の生活から脱《のが》れる事が出来た。自然は、私に明らかに「出直せ」と教えて居る。

私は今までの努力に緊張し、精神に駈り立てられた生活を反省してそこに欠陥を見出さねばならなくなった。そこに私の病気の偶然に起ったのではない事を見た。この苦しく病気にまで導いた原因は一朝一夕のものでなく、五年前から私の心身に深く食いこんでいたものであった。その病根が強い力で私に影響して来たと云うごく自然な必然な事実を無視しようとして意志を以《もっ》てこの力の影響に抵抗を試みたのが五年間の不自然な苦しい努力の生活であった、と思われて来た。

私は常に全我をあげて道を求めていた、と思っていた。Concentration（注＝集中力）こそは私を救う唯一の路であろうと思った。只管《ひたすら》祈りに自分の凡《すべ》てを投げ込もうと努めて来た。が私は今はそれを疑う。全我をあげて信仰を求めていると思ったのは自分に対する省察の欠けていた為ではなかったか、と。

確かに、私の意識が只一つに神を求め自分の働き所を見出す事に向けられている瞬間にも尚私のうちにはそれと全く別な何ものかがありはしなかったか。祈りに燃えていると思われる時にも尚その火の光の届かぬ暗い部分がありはしなかったか？

その不思議な力を持つ私の内のあるものを今までその存在さえも認めようとしなかったと云うのは、自分を見詰める眼の曇っていた為であったとは云え特別の原因があった様に思われる。私はこの自分のうちの暗い部分を常に常に恐れていたに違いない。意識されない間にも。何かの機会にその部分に眼を向けねばならぬようなはめが来ても、痛いものに触った様にはっとして目をそらしてしまったにちがいない。その不可解な部分の近くまでを動かす何かの刺戟《しげき》をも、おどろいてその危険区域から遠ざからせたにちがいない。この部分こそは——私は今は恐れなく躊躇《ためらい》を斥《しりぞ》けて云おう——私の性に関する意識の住み家であったのだ。》

Concentration（集中力）とは、『宮沢賢治 妹トシの拓《ひら》いた道』の著者・山根知子によれば、日本女子大学校校長・成瀬仁蔵の説いた「祈りあるいは冥想によって得られる集中」のことである。しかし、とし子は、自己省察を欠いたConcentrationは何の力にもならなかった、と切り捨てている。

神に対して、自分の働き場所を与えてくれるよう、火のような祈りを捧《ささ》げているその時に、とし子は自分の内側にその火の届かぬ暗い部分があったことに気づいたのだ。それは「私の性に関する意識」であるとためらいなく告げる。そして、自分がその「暗い部分」「不可解な部分」に目を覆《おお》っていたことを認めている。

とし子が提示した問題の核心は、「性と信仰」ということであった。それを「自省録」で知ったときの賢治の驚きを思う。それは、賢治自身が直面し、狂乱ともいうべき時を経て、ようやく乗りこえつつあった自分の問題でもあったからだ。とし子は、初恋事件から五年経《た》って、避けてきた自分の中の暗い部分に踏みこんでいかなければ、と決意したのだ。

《そしてその範囲に一歩足をふみ込むや否や私はそこに、過去の私の傷ついたいたいたましい姿を見ねばならなかったのだ。丁度その時と同じように私の心が痛み、取り返しのつかない過去を悲しまねばならなかったのだ。そしてこの悲しみにじっと堪えて自分の真相を見ようとする強みの足りなかった当時の私には重荷でありすぎる問題と思われた。悲しみに打ち砕かれながらも尚生きようとする勇気を失わずに進んで行けると云う自信のない間は、目を過去に向ける事は徒《いたず》らに自分を感傷的にし意気をはばむに過ぎない事を知った為に、私はわざと過去のこの部分に追想をむける事を避け同時にその問題に関連する凡ての考えに触れる事を恐れたのである。「今少し私が強く人らしくなって感傷的な涙に溺《おぼ》れる事なしに自分を正しく批判する事の出来るまでは」と意識の領域を侵す事を禁じて居たのである。

勿論《もちろん》私の心には常に、「あの事」について懺悔《ざんげ》し、早く重荷を下して透明な朗らかな意識を得たいと云う願いがあった。が自己を冷静に凝視して正に受くべき責罰を正視しないうちは、懺悔の内容は只空虚な悔恨にすぎないであろうと云う事を知った私は、懺悔に急ぐ前に懺悔に堪えうる性格の強さを養わねばならなかった。先ず自己を養い育てねばならなかった。不幸な過去の過失を償う為にも、その事の満足な解決をつける為にも二重の意味で私は未来へ、未来へ、と向かねばならなかった。（中略）

私は自分を知らなければならぬ。過去の自分を正視しなければならない。悪びれずに。

五年前に遭逢《そうほう》した一つの事件によって、私に与えられたものが何であったかその教える正しい意味を理解し旧《ふる》い自分を明らかに見、ひいて私の未だ償わずに居るものを償い恢復《かいふく》すべきものを恢復して新しい世界にふみ出したい、過去の重苦しい囚《とら》われから脱し超越して新しい自分を見出し度《た》い、善かれ悪しかれ自分を知る事によって、私は自由をとりかえす事が出来よう。受けとるものが責罰のみであろうとも正しくうくべき良心の苛責《かしゃく》を悪びれずにうける事によってのみ私の良心は自由を得る事が出来よう。

「過去の財宝を引き出す為には自分が強者であると云う自覚を持った時に入って行くべきである」とメーテルリンクは教える。》

自分の過去の事件のほんとうの意味を知り、そこから自分の生きるうえでの宝となるような教訓を引きだすためには、過去と正面から向きあう強さを持たねばならない。とし子は、「強くなれ」という作家メーテルリンクの言葉に励まされて前に踏み出す。序文ともいうべき四千字の最後を、とし子はこう締めくくっている。

《「過去に向って何を企てる事が出来よう。どの様に努めても過去に行った一つの小さい行為をも今はとり消す事が出来ず、一言の言葉も訂正する事が出来ぬ」とそれは一面の真理ではあるけれども、しかし過去になした自分の行為を今如何《いか》に取扱うか過去の自分に対し何を感じ何を教えられ如何なる思想や力を与えられる事が出来るか。という事こそは全く自由でなければならぬ。私は自分に力づけてくれたメーテルリンクの智慧《ちえ》を信ずる。》

あの内気なとし子が、自らの過去のあやまちから学びたければ強者にならなければならない、というメーテルリンクの言葉を引きうけようと決意したのだ。この文を書いていたのが大正九年の二月だったことを考えると、その年の九月の、とし子の不可解かつ大胆な決断に思い至る。母校・花巻高女に職を得ようとしたことだ。最も避けたい母校を、とし子はあえて選んだ。そこは、自分の最も触れたくない過去の記憶そのものだった。

とし子は、メーテルリンクのいう「強者であると云う自覚」を持つために、こう決断したのだ。しかしその結果は、一年後に、ふたたびの身体《からだ》の変調として現れる。

3　「危険な谷におちて行く」

この後、とし子のノートはしばしの空白となる。とし子は、過去の自分の姿を客観的に観察し凝視することの難しさと向きあっていた。そのことを六百字弱の文章で告げたあと、ノートはふたたび空白となってしまう。

　再開された文章は、何の断りもなしに、とつぜん「彼」と「彼女」を主語とする三人称の叙述となった。「彼」が鈴木竹松であり、「彼女」がとし子であることは疑いない。「とし子」という女性に対して容赦ない観察をするために、あえて、「私は」という表現を避け、自らを「彼女」として客観視することで真実に迫ろうとしたのだ。その意のあるところを酌《く》んで、ここでは理解しやすくするためにあえて、「彼」を「鈴木竹松」、「彼女」を「宮沢とし子」として述べていく。

　とし子は、まず「彼」と「彼女」、すなわち、鈴木竹松と自らの関係について語る。文中の「　」は、「自省録」でとし子自身が使っている言葉であることを示すために用いた。

そもそも、とし子は、なぜ音楽教師の鈴木に心を惹《ひ》かれるようになったのか。それは、とし子が、「芸術に対するあこがれと渇仰《かつごう》」に目醒めはじめた時に音楽教師の鈴木に出会ったためであった。とし子は、大正三年に鈴木が赴任してきてしばらくすると、バイオリンの個人教授を受けるようになった。バイオリンを弾くのははじめてだった。鈴木の個人教授を受けた生徒は、ほかに同学年の大竹いほがいた。

とし子の鈴木に対する好意と親愛の情の表現は、「正直すぎるほど正直」で、「無技巧」だった。そうした態度が、大学を出たての若い教師にどんな反応を惹き起こすか、とし子には考えも及ばなかった。彼女は「無智《むち》」だった。彼女は、音楽教師に対する自分の行為を、芸術的な感動を与えてくれる人に対する「当然の義務」と考えた。ただし、「当然の義務」という「弁解」の言葉の「皮一枚下には」「享楽《きょうらく》を求める心」の喘《あえ》ぎがあったことを、その時は認識することができなかった。

とし子の鈴木に対する態度は、無智ゆえに放縦だった、と自ら言う。そして、とし子はどうなったか。

《「自然は全く巧妙に滑《なめら》かに彼女を危い淵《ふち》まで導いた。彼女にはいつ本道をふみ外したか、どの行為を境に迷路に入ったかが自分にわからぬ程だ」（中略）彼女のする事が一つ一つと安全な本道を遠ざかって危険な谷におちて行くのを彼女の本能のどこかで、チャンと知って居はしなかったか？　只それが坂を転落する石の様に、ある欲求の自分を駆使するに任《まか》したと云うべきである。》

「ある欲求」とは、性的な欲望のことである。こうした言葉を読むと、鈴木ととし子の関係は、「危い淵」「危険な谷」にまで至っていたのではなかろうか、と思わざるをえない。それらについての具体的な記述はないが。

ただ、「彼に対して彼女が感謝すべき事があるとすれば、それは恐れを知らずに親しみを表わして来た彼女の、ある方面に於《お》ける無智に乗ずる事なく彼女に不当な何ものも求めなかった、と云う点である」と記されている。男女の一線はかろうじて越えていなかったということであろう。「もしも今少し彼が卑《いや》しかったならば、恐らく彼女の自己苛責はこの位ではすまされなかったであろう。その点に於て彼女は幸運であった事を充分感謝すべきである」。とし子は、鈴木にその気があったなら、受けいれてしまったであろうことを認めているのだ。

その一方で、個人教授を受けていたもう一人の生徒、大竹いほに鈴木が好意を持っていると知ったときのとし子の反応は、不思議なものであった。内心では「それがあたりまえだ」ととし子は受けとめた。大竹いほは音楽的才能もあり、美人である。とし子の心の隅に、自分は負けるという意識がすでにあったのだ。しかし、それを認めたくはなかった。自分がいほに負けるなどとは考えてもいなかった、とでもいうように、とし子は大げさな驚きと悲しみとで鈴木に対しようとした。

利口なとし子は、どう乗りこえれば自分が傷つかないか、彼に対してどう対すべきかを考えた。今までのようにお互いに好意を示し合おうとすれば自分は絶望に陥るほかないのである。彼はこれ以上、私に誠意を見せてくれる人ではない。といって、そのことで嫉《ねた》みや憎しみを抱くようなことはしたくない。

そう考えたとし子は、今まで通り表面的には「好意と愛」を持ってつきあっていこう。「一切の欲望をすてて」この「美しい夢」を大事にし、せめて卒業まで何事もなく過ぎて、互いに別れてしまえば、美しい夢はいつまでも「美しく保つ」ことができると考えた。

それがとし子のただ一つの望みだった。しかし、その最後の望みはすぐに破れてしまう。そう望むとし子を、大竹いほが許すはずはなかった。敵意を示したのは、いほだけではなかった。友人と信じていた同級生の「裏切り」である。それは、魂が圧《お》し潰《つぶ》されるような驚きと悲しみ、苦しみをとし子にもたらした。とし子に対する「非難冷笑」は他の生徒へも広がっていった。

さらに、とし子は「打撃に魂を打ち砕かれ」る。鈴木がとし子と会うのを避けるようになったからだ。もし、この事件でとし子が失ったものが学校における名誉だけで、鈴木が表面的であれとし子と会ってくれていたら、「彼女の夢はそう急にはさめなかったかも知れない」。鈴木の態度は、とし子にとって「意外」であり「心外」であった。とし子が鈴木に期待していたのは、自分のために汚名を着せられてしまって「すまなかった」、誰ひとり信じなくても、お互いにやましいことはなかったのだから、皆が見当違いをしていると思えばいい、という言葉であった。

ところが「人を通して」、鈴木がとし子に対して「侮辱と憎しみ」の言葉を吐いている、と聞かされる。とし子の「心の痛みは絶頂に達した」。とし子が鈴木との交際を他人に打ち明けていたことを鈴木は、「あざむかれた」と怒っているというのである。

確かにとし子は、「信頼するある人と友だち」に鈴木との交際をある程度まで打ち明けていた。しかし、それはほんのわずかの信頼できる人に対してである。それが「第一の原因」なら、謝罪するしかないだろう。

しかし、と、とし子は疑問を持つ。「なぜ自分はこの事を誰にも秘密にしなければならなかったか?」「友だちに打ちあけたのが悪いのか?」と。五年後のいま、とし子は、「この疑問を解こうとしている」。

彼の憤《いきどお》りは、今では「無理もなかったと思われる」。同時に、自分が「秘密にする必要がないと思えた」のも無理もないこと、と肯定した。

しかし、結局「彼女の運命は悉《ことごと》く彼女の招いたものに過ぎない」と、とし子はそう断ずるのである。とし子は自分を責めた。自身の「貧しい享楽」のために、「誘惑にうかうかと誘われて」、鈴木に対して「迎合的に屈辱的に」ふるまい「感傷的な感情」に惑溺《わくでき》した「その不明と弱さ」を。

以上が、「彼」と「彼女」の話についての概要である。

4　「ほんとうの恋愛」とは

そこから話は「人人の非難を如何に受くべきか」という「第二の方面」のテーマに移っていく。

とし子は、ここでは澄明《ちょうめい》ともいうべき心境で世間と対峙《たいじ》している。自分のとるべき態度は「只黙《もく》して受ける事である」とある。とし子の慚愧《ざんき》はただ一点、家族に深い悲しみを与えたことである。冒頭の部分は、客観的であろうとするとし子の姿勢がよく読みとれるだろう。
《ここに彼女のとるべき態度は、只黙して受ける事である。彼女は、最早自己に対する不忠実を悔い、運命に対する不明、を恥じている。自己の罪を認める以上は人人に何の弁解がましい心を抱こう⁉
（中略）彼女は名誉の失墜が我身一つにしか影響せぬものであったなら、――彼女を愛し彼女以上に彼女を案じ悲しむ家族のない天涯の孤児であったなら――彼女は世間の非難を甘んじて受けたかも知れない。彼女の過《あやま》ちが彼女自身を悲しむ以上に彼等に悲しみを与えたと云う事程彼女に痛い打撃はなかった。彼等の誇り、彼等の心を傷つけたのは永久にとり返しのつかないすまない事である、という自責ほど彼女に深い痛手はなかった。》
家族がとし子の初恋事件を知るきっかけとなったのは、「岩手民報」による三日間にわたる記事（大正四年三月二十～二十二日）によってであることはすでに述べた。しかし記事になる以前から、とし子の「心の痛みは絶頂に達し」ていた。「第二の方面」

のテーマの前にも、こう書かれている。

《彼女は重ね重ねの打撃に魂を打ち砕かれて、人に涙を見せずにじっと堪えて生きる事――針のむしろに、何気ない様に自分の命を支えて卒業前の長い長い一ケ月を過す事――だけがもう力いっぱいの努力であった。（中略）

彼女はもう一日も早くこの苦しい学校と郷里とからのがれ度いと云う願いの外には、麻の様に乱れた現在を整理する気力も勇気も全く萎《な》え果てていた。そして全く文字通りに彼女は学校から逃れ故郷を追われたのであった。そして遂に彼との了解を得る機会を永久に捨てたのである。》

大正四年一月から、賢治は盛岡で高等農林受験に向けて勉強中であり、すぐに受験、入学、入寮と、ほとんど家に帰らなかった。「岩手民報」の記事も、おそらく読むことはなかったと思われる。

とし子のノートを読んだとき、賢治は今さらながら愕然《がくぜん》とし、恥じ入ったにちがいない。新聞をはじめとする「世間」に対して、とし子はどう対峙してきたか。告白は続く。

《その時に彼女の眠っていた本能はめざめた。きのうまでの弱い彼女には生きて行かれるのが不思議なほどの圧迫に魂をひしがれながら、その中から『でも私は生きよう、こんな事で自分を死なしてはならぬ。こんな不当な圧迫に負けて潰されてなるものか、今死んでたまるものか』と云う反撥心《はんぱつしん》が雲の様に湧き起った。そしてこの本能は彼女を救った。（中略）『世間の人は何とでも云わば云え。私には未来がある。今に偉くなって本当に私の正しい事を皆に証明し見返してやるから』と云う負け惜しみに辛うじてすがりついて彼女は生活を支えた。それ以後の彼女には信仰にわが安立の地を見出そうと云う焦躁《しょうそう》の時が永く来て、ついに現在に及んでいる。》

世間に対する反撥心で五年の歳月を生き続けてきたとし子は、その間に大きく心境を変化させた。

《彼女は今は強《し》いて自分は正しい、と虚勢を張ろうとも思わず、又その必要もなくなった。（中略）

正しい、と自信する人の内容にも狭隘《きょうあい》と偏屈とが含まれる事があり、私は弱い正しくない、と云う意識に砕かれている人の中にも、正しさと強さとを見る事が出来る。（中略）彼女は自分が弱い、と云う自覚を得る事を恐れて自分の弱さに目をつぶっている事は出来ぬ。自分が強いと云う自信を持ち度い為に自分の一方面を誇張して見る事も望まない。彼女の今得たいと望むのは真実の相である。たとえ自重《じちょう》を傷つけようとも、自分の真実を見ないではいられない、と云う欲求である。》

ここでの「自重」とは「自尊心」「誇り」のことである。自尊心などということよりも、今は、自分の中の真実の方が大事であることに気づいたのだ。彼女は世間に対する言い訳をやめようと思った。

《彼女の「自分は性の眼から彼を見てはいない、人間として見るのだ」と云う云い訳は誰にも通用する筈がなかった。》

そしてとし子は、「あの真偽とりまぜた記事を出した」新聞記者をも許そうと思っていることを記す。

《又、彼女に致命傷を負わせた、あの真偽とりまぜた記事を出した新聞記者をも憎む事は出来なかった。彼女は彼が誰であるかを知っている。彼が享楽主義者で、物質上の貧窮が彼に思うままの享楽を許さないのを人生最大の不幸な運命としてのろうている様な人である事は彼の書く感想文などからうかがわれた。彼が全くおせっかいにも彼女の名誉を傷つけたと云う事は勿論彼女には大きな傷手であった。殊に家族の心がこれによってどれだけいたんだか、それは正視するのも彼女には恐ろしすぎる事であった。二重の意味で彼女は大打撃をうけた。にも拘らず彼女の心には最初から彼を憎む念が殆ど起らずにしまったのは不思議な事であった。『彼の様な人にはそう見えたのも無理はない』。『なぜ私は誤解されるのが当然な様な馬鹿な危険な事をしたろう?』「こんなにまで凡てを犠牲にしてそして得ようとしたものは正しいものであったか?」

彼女には世間を不当と責める権利がない。彼女は、黙って、人人の与えるものを受けなければならぬ。彼女はこうして世間の意思に対して消極的に是認する以上に、尚考うべき事がある。》

世間のこと以上になお考えるべきことがある、ととし子は言う。そして、次の段階に論をすすめる。私はそれに瞠目《どうもく》した。苦悩のはてに出したとし子の結論が、賢治のあの「小岩井農場」の「宗教情操」とほぼ同じだったからである。

《彼女は冷酷な世間を止むを得ず是認する前に、自身を世間に対しては冷酷でなかったか、と反省する必要がありはしないか。

云うまでもなく彼女の求むる所は享楽（たとえそれがどんな可憐《かれん》なしおらしい弁解がついても）以上には出なかったらしい。それは表面愛他的、利他的な仮面を被っても畢竟《ひっきょう》、利己的な動機以上のものではなかったらしい事を認めなければならない。或特殊な人と人との間に特殊な親密の生ずる時、多くの場合にはそれが排他的の傾向を帯びて来易《きやす》い。彼等の場合にも亦《また》そうではなかったか？　他の人人に対する不親密と疎遠とを以て彼等相互の親密さを証明する様な傾きはなかったか？

彼等の求めたものは畢竟彼等の幸福のみで、それがもしも他の人人の幸福と両立しない場合には、当然利己的に排他的になる性質のものではなかったか？》

「恋愛」というものは、往々にして排他的であり、他の人々の幸福と一致しない場合がある、ととし子は指摘している。

賢治も「小岩井農場」でこう言っている。「もしも正しいねがひに燃えて／じぶんとひとと万象といつしよに／至上福しにいたらうとする／それをある宗教情操とするならば／そのねがひから砕けまたは疲れ／じぶんとそれからたつたもひとつのたましひと／完全そして永久にどこまでもいつしよに行かうとする／この変態を恋愛といふ」。恋愛は往々にして排他的で自己中心的なのだ。とし子の言は、賢治の言わんとすることとほとんど同じである。さらに、続く一文で、そのことが明白になるのだ。

《彼女は未だ真の愛の如何なるものかを知らない。けれども、「これが真の愛ではない」と見分けうる一つの路は、それが排他的であるかないか、と云うことである。

彼女と彼との間の感情は排他的傾向を持っていた、とすれば、彼女の眠っていた本然の願いが、さめた暁には到底、彼女に謀反《むほん》をおこさせずにおかなかったであろう。（中略）彼等の、今、離れ終ったと云う事は自然な正当な事ではなかったか。

彼女が凡ての人人に平等な無私な愛を持ちたい、と云う願いは、たとえ、まだみすぼらしい、芽ばえたばかりのおぼつかないものであるとは云え、偽りとは思われない。》

とし子は言う。無私の愛、それこそほんとうの恋愛なのだ、と。

《「願はくは此の功徳《くどく》を以て普《あまね》く一切に及ぼし我等と衆生と皆倶《みなども》に――」と云う境地に偽りのない渇仰を捧げる事は彼女に許されない事とは思えないのである。》

これがとし子の結論である。ふたりだけの愛を純化して、すべての人々との無私の愛と同化させたとき、「恋愛」は賢治のいう「宗教情操」という高みに達する。とし子が記した「願わくは」は、島地大等の『妙法蓮華経』の最後の言葉を引いたものである。それは、「願はくば此の功徳を以て／普く一切に及ぼし／我等と衆生と／皆共に仏道を成《じょう》ぜん」。「功徳」は「善行」という意味であるが、「愛」と置きかえると、とし子が言おうとしたことがよく解《わか》る。

とし子は、ノートの最後を「恢復された人生に対する勇気と自由とをこれからの彼女の仕事に表わさねばならぬ。（中略）そこに彼女の生きんとする意志の弾力の強さは証明されなければならない」と締めくくっている。大正九年二月九日の結論であった。

大正四年のはじめから病臥する現在の大正十一年十月の間、ほぼ八年にわたってとし子は、文字通り生命を削るように、のたうちまわって、自分の「恋」とは何だったのかを考えつづけてきたのだ。そうと知ったとき、なまなかな言葉では言い表せない激情が湧きあがってくるのを賢治は抑えることができなかったろう。とし子はこの時、二十三歳と十一カ月の若さであった。

5 「マサニエロ」解読

賢治はとし子にどんな言葉をかけたのだろうか――。その思いが私をふたたび、十月八日の、とし子のベッド脇《わき》に立たせる。

賢治は、とし子に聞きたいことがあったはずだ。なぜなら、右のように締めくくったノートであるが、少しばかり空白があって、次のような、どこかあやふやな独りごとのような言葉が追記されていたからである。必ずや賢治は、その意味を問うたであろう。

《彼女の生活が移りゆくままに、曾《かつ》て彼女の味《あじわ》った一つの経験である彼の過去も亦《また》姿を変えるであろう。今彼女に教え与えたとは又別様の言葉を以て何かを彼女にささやく事があろう。彼女は猶《なお》もその中から思いもかけぬもの——よかれ悪しかれ二様の意味に於て——をうけとらねばならぬ事があるかも知れない、と云うその予期を持ちつつ彼女は現在の彼女の能《あた》うかぎり大胆に正しく自己を見ようとした努力に、幾分の満足と感謝とを感ずるのである。》

これは、書き終えたとし子の感想である。

「彼女の生活が移り変わっていくように、彼の過去もまたこれから姿を変えるであろう」。そして「彼がそれまで彼女に教えた言葉とはまた別の言葉で、彼女にささやくことがあるかもしれない」とつづける。「その言葉が、彼女にとっていいものなのか悪いものなのかは解らないけれど」と慎重ではあるが「そんな期待を持ちつつ、自分を見つめなおそうとした自らの努力にいくらか満足し感謝している」というのである。

とし子は鈴木との再会を望んでいる、と読めないだろうか。

賢治は、恋することの苦しさも、失うことの苦しさも知っていた。割りきったつもりでも、未練が熾火《おきび》のように残りつづけることも知っていた。

そのようなこととは無縁と思っていた妹が、自分と同じように懊悩《おうのう》の中に生きてきたとは、思いもよらないことだった。

とし子のノートを読んでから、口語詩「マサニエロ」を書くまでの賢治の行動を想像してみる。

初恋事件の全容を知るために、賢治は、大正四年三月の「岩手民報」の記事を探さなければならなかった。「岩手民報」は大正五年十二月で廃刊になっていて、花巻支局はなくなっていた。次の日（十月九日）は授業があるので自分で探すのは難しかったろう。

唯一《ゆいいつ》、頼りになりそうなのは、自宅に出入りしていた書店兼新聞取次店「求康堂」である。求康堂の主人・斎藤宗次郎は、稗貫農学校にも出入りしていて顔なじみだった。斎藤は、熱心な無教会主義キリスト教徒で、高名な内村鑑三《かんぞう》の信奉者としても知られていた。

賢治は、とし子のノートを読んだ翌日に求康堂を訪ねて、斎藤に「岩手民報」の入手を頼んだ可能性が高い。おそらく賢治は、その日のうちか火曜日には記事を入手したはずだ。それは、文語詩〔猥れて嘲笑める〕の下書稿(二)にある「ひとひみし」(一日見し)の言葉から推測できる。

十月十日火曜日の昼休みに記事を読んだ賢治は、農学校を出て午後の授業が行われる実習農場に向かった。風が強くなっていた。農場から花巻城趾《じょうし》が見えた。何もない城あとには、すすきが群生していて、銀色に輝き、風にゆれていた。賢治は、いつも持ち歩いている手帳にシャープペンシルで「城のすすきの波の上には／伊太利亜製の空間」とメモした。賢治の眼に見えたのは、ナポリの総督の館だった。総督の息子に操《みさお》を弄《もてあそ》ばれた、マサニエロの妹フェネッラが囚《とら》われていた館だ。

風がいっそう強くなった。「(なんだか風と悲しさのために胸がつまる)」と書きつける。「おれはマサニエロになるべきか」と賢治は揺れていたのだろう。「マサニエロ……」と思わず声が出た。怒りや復讐《ふくしゅう》や、そして憎しみの念がこみあげてくる。「マサニエロ……」。こんなふうに人の名を、憎しみに駆られてなんべんも口にしていいものだろうか。とし子も、それを望まないのではないか。生徒たちが、鍬《くわ》や縄を持って、崖《がけ》の急坂を降りて来るのが見えた。

実習が終った頃には、風は弱まっていた。賢治は学校へは戻らず、早坂《はやさか》を上って切り通しの左側の斜面を攀《よ》じ登り、城あとへ行った。城あとから、一日市町《ひといちまち》や四日町《よっかまち》など、花巻町の家並が見えた。授業を終えた花巻小学校の子供たちが、花巻町から小舟渡の方へ帰っていくのが見えた。

さっきまで風に葉を鳴らしていた崖下のはこやなぎが、静かになっていた。チェーホフの短編を思いだす。兄ピョートルが、妹ジーナの恋人で何の取柄もない男ウラシイッチの家へ向かう途中、それまで吹いていた強風がふいにやんで、「白楊（はこやなぎ）の匂《におい》がした」。と同時に、一軒の家の屋根が見えた。妹ジーナが男と暮らしはじめた家だった。ピョートルは、妹を説得して連れて帰るつもりだった。しかし、小説では結局、ピョートルは「お前は正しいんだ、ジーナ！」と言う。とし子の恋をどう考えたらいいものか、賢治にはまだ解らなかった。賢治は手帳に記す。「（ロシヤだよ、チエホフだよ）／はこやなぎ　しつかりゆれろゆれろ」。チェーホフの訳者が、「はこやなぎ」を漢語の「白楊」と訳しているのも思いだした。

学校に戻った賢治は勤務を終えると、夕刻五時すぎ、岩手軽便鉄道に沿って、ふたたび城あとに向かった。西の空にうろこ雲が赤く染まっている。また風が吹いてきた。冷たい西風だった。別荘に帰って、とし子に何と声をかけてやればいいのか――。

「とし子……」と思わず声が出た。

ふいに、ノートを読んだときの激情がよみがえってきた。とし子の無邪気と無知と無意識に乗じて、狎《な》れ狎《な》れしく振舞い、いつ迷路に入っていったか解らないほどの巧妙さで猥《みだ》らな行為に導いた男。あの男を裁かなければならない。罪を追及しなければならない。

賢治は、とし子にまとわりついた厄災を打ち払おうと陀羅尼《だらに》（呪文）を唱えた。陀羅尼は、風に飛ばされて消えてしまう。

その夜、賢治は、「城のすすきの波の上には／伊太利亜製の空間がある」で始まり、「支那のそら／烏三疋《びき》杉をすべり／四疋になつて旋転する」と終る詩を書いた。題を「マサニエロ」とした。誰も、詩の内容も題名も理解できないことを承知のうえでのことだった。それでいい。とし子のことと悟られたくはなかった。妹を救いたい、ただただその思いだけをこめて書いた。賢治二十六歳の秋のことである。

城あと再訪時のことを文語詩にしたのは、晩年になってからだ。

文語詩〔猥れて嘲笑めるはた寒き〕は、「マサニエロ」よりさらに解りにくくなった。ただ、あのとき感じた怒りや憎しみの感情は素直に出してみた。

《猥れて嘲笑《あざ》めるはた寒き、　凶つのまみをはらはんと
かへさまた経るしろあとの、　天は遷ろふ火の鱗。
つめたき西の風きたり、　あららにひとの秘呪とりて、
粟の垂穂をうちみだし、　すすきを紅く燿《かが》やかす。》

とし子が没したのは、十月十日のこの日からひと月半の後のことであった。

第六章　妹とし子の真実と「永訣《えいけつ》の朝」

1　霙《みぞれ》にうたれながら

大正十一年十一月十九日に下根子桜の別荘から豊沢町の自宅に戻って療養中だったとし子の病状が急変したのは、同月二十七日の朝のことだった。新全集の「年譜」は、その様子を次のように伝えている。

《二七日朝からみぞれ。八畳に寝泊りしているつきそいの細川キヨが炭火をまっ赤におこし、火鉢にうつして部屋をあたためめ、藤本看護婦が蚊帳《かや》に入って脈をはかる。トシの脈は一〇秒に二つしか打たない。健康な人なら一〇秒に十二、三打つ。キヨがだれよりも先に二階にいる賢治へしらせ、賢治はすぐ仲町の藤井謙蔵医師へ電話、まもなく羽織袴《はかま》の医師の来診があって危険がしらされた。家中が緊張し、やせて、白くとがったおとがいにも黒い長い髪のまとわりつくトシを見守っている。トシはみぞれを兄にとってきてもらってたべ、そえられた松の針ではげしく頬を刺し、「ああいい、さっぱりした、まるで林のながさ来たよだ」とよろこぶ。》

とし子に頼まれ、霙（花巻弁で「あめゆじゅ＝雨雪」）を賢治が取ってくる様《さま》を詠《よ》んだのが「永訣の朝」である。

賢治は、とし子に「あめゆじゆとてちてけんじや」（雨雪を取ってきてちょうだい）と頼まれて、外に出た。それがほとんど食欲を失っていたとし子の最後に望んだ食べ物であり、別れの挨拶《あいさつ》でもあるということを、賢治は一瞬のうちに悟ったのだ。

当時の宮沢家は、隣家を買いたして使っていた。道路から一番奥の「7・5畳」がとし子の病室である。病室は、すきま風が入るのでいつも屏風《びょうぶ》が立てられ蚊帳が吊《つ》られていた。高いところに窓が一つあるだけで、暗く陰気だった。その隣りの「8畳」が、付添いの細川キヨが寝泊まりしていた部屋である。

賢治は病室を出、廊下を横切って母屋の十畳間を抜け土間に降りてゴム長靴をはいて庭に出た。出て右に曲がると「マツ」（松）が一本ある（図4）。その松の木の下に立った。手には、雨雪を入れる「陶椀《とうわん》」を持っていた。松の枝に積もる雨雪を取ろうと上を見上げる。霙の降る空が見えた。その瞬間に言葉が生まれ出た。「永訣の朝」——。

《けふのうちに
とほくへいつてしまふわたくしのいもうとよ
みぞれがふつておもてはへんにあかるいのだ》

両手で椀を持って空を見上げる賢治の顔に、冷たい霙が降りかかる。その時、病室で今しがた聞いた妹とし子の声が、幻聴のように賢治の耳に聞こえてくる。「(あめゆじゆとてちてけんじや)」。

《　　(あめゆじゆとてちてけんじや)
うすあかくいつさう陰惨《いんざん》な雲から
みぞれはびちよびちよふつてくる
(あめゆじゆとてちてけんじや)

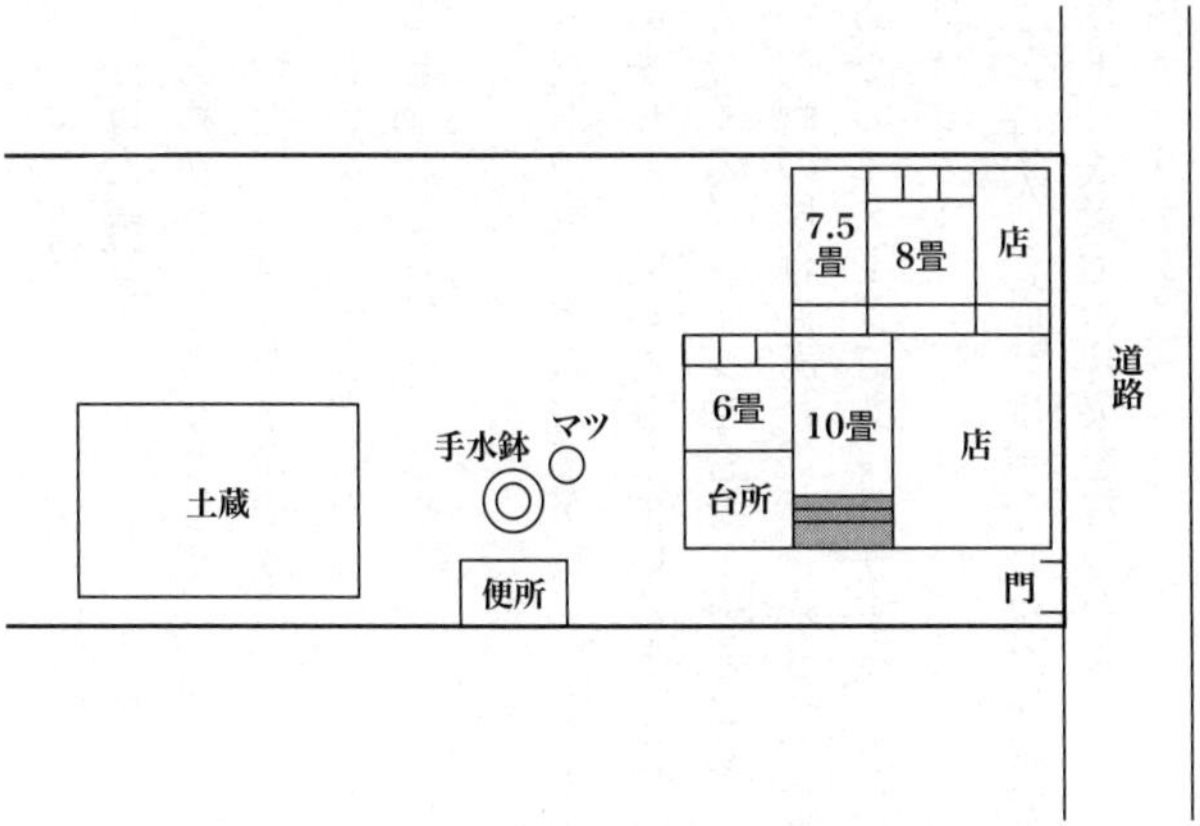

図4　宮沢家1階平面図

青い蓴菜《じゅんさい》のもやうのついた
これらふたつのかけた陶椀に
おまへがたべるあめゆきをとらうとして
わたくしはまがつたてつぽうだまのやうに
このくらいみぞれのなかに飛びだした
（あめゆじゆとてちてけんじや）》

みたび聞こえてきたあの声。その言葉が（　）でくくられている。

賢治は、あるものを見たり聞いたりしているときに、それらに喚起、触発されて、瞬間的に心に浮かんでくるイメージや音を、書きとめていた。それは連想や記憶の場合もあれば、幻視や幻聴の場合もあり、ひらめきや、時には、見聞きしたものとの関係がまったくつかめないイメージであったりする。それらを賢治は、カッコなどでくくって表した（註24）。

「（あめゆじゆとてちてけんじや）」は、今しがた病室で聞いたとし子の声なのだ。その声が、霙の空を見上げる賢治の耳朶《じだ》を打ったのだ。

賢治は、空を見上げつづける。

《蒼鉛《そうえん》いろの暗い雲から
みぞれはびちよびちよ沈んでくる
ああとし子
死ぬといふいまごろになつて
わたくしをいつしやうあかるくするために
こんなさつぱりした雪のひとわんを
おまへはわたくしにたのんだのだ
ありがたうわたくしのけなげないもうとよ
わたくしもまつすぐにすすんでいくから
　（あめゆじゆとてちてけんじや）
はげしいはげしい熱やあえぎのあひだから
おまへはわたくしにたのんだのだ
　銀河や太陽、気圏などとよばれたせかいの
そらからおちた雪のさいごのひとわんを……
…ふたきれのみかげせきざいに

みぞれはさびしくたまつてゐる
わたくしはそのうへにあぶなくたち
雪と水とのまつしろな二相系《にそうけい》をたもち
すきとほるつめたい雫にみちた
このつややかな松のえだから
わたくしのやさしいいもうとの
さいごのたべものをもらつていかう
わたしたちがいつしよにそだつてきたあひだ
みなれたちやわんのこの藍のもやうにも
もうけふおまへはわかれてしまふ
(Ora Orade Shitori egumo)》

「みかげせきざい」は「御影石材」。図面を見ればそれは、手水鉢《ちょうずばち》だろうと想像がつく。「二相系」とは、霙が、雨の「液相」と雪の「固相」の二つの姿を持っているということだ。賢治は霙に濡《ぬ》れそぼちながら、よろけんばかりに危なっかしく立って、見えるもの、自分の心に湧《わ》くものをつぎつぎに声に出して、病室にいる妹にむけて語りかけるようにしている。外へ飛びだしたときの言葉だけが過去形「みぞれのなかに飛びだした」になっているのは、雨雪を取るまでの自分の行動を説明しているからだ。詩人・宗左近《そうさこん》は、賢治の詩を「現場という直接性がひどく強」いと評したが、「永訣の朝」の現場は、霙降る庭の松の木の下である。

「もうけふおまへはわかれてしまふ」の次の一行は、カッコでくくられたローマ字になっている。また、とし子の声が想起されたのだ。

「おら　おらで　しとり　えぐも」というとし子が発した方言を、なぜか賢治はローマ字にした。これを標準語に直せば、「私は私で独り行きます」という決意表明のような意味になろうが、そうしてしまうと、「えぐも」という言葉の持つニュアンスが伝わらなくなってしまう。

「えぐも」の「も」、時には「もの」になったり「もん」になったりする。この言葉は、「不本意だがそうするしかないのでそうする」だとか、「しかたがないので運命に従う」と、相手に訴えるようなニュアンスがある。秋田訛《なま》りが生涯抜けなかった両親の許《もと》で育った私には、そう聞こえる。

つまり、「ひとりで行きたくはないんだけど、そうしなければならないんだから、ひとり行くことにしたんだ」ということになろうか。

しかし賢治は、とし子が依然、あの音楽教師のことを忘れていないと知っていた。賢治の耳にこの言葉は、「あの人はあの人で生きていけばいい。私は私でひとり行くことにしたのだから」と聞こえたはずだ。

ほんとうの意味はこれである。賢治は、とし子の諦《あきら》めと悲しみと孤独の言葉を書きとめるのがつらすぎて、あえてローマ字で書いたのだ、と私は思う。

妙法蓮華経（法華経）によっても救われることのない自分を受けいれて、妹は、淋《さび》しく孤独に旅立とうとしているのだ――。

《ほんたうにけふおまへはわかれてしまふ
あぁあのとざされた病室の
くらいびやうぶやかやのなかに
やさしくあをじろく燃えてゐる
わたくしのけなげないもうとよ
この雪はどこをえらばうにも
あんまりどこもまつしろなのだ
あんなおそろしいみだれたそらから

このうつくしい雪がきたのだ
（うまれでくるたて
こんどはこたにわりやのごとばかりで
くるしまなあよにうまれてくる）
おまへがたべるこのふたわんのゆきに
わたくしはいまこころからいのる
どうかこれが天上のアイスクリームになつて
おまへとみんなとに聖い資糧をもたらすやうに
わたくしのすべてのさいはひをかけてねがふ》

ここには、とし子の別の言葉が記録されている。「こんど生まれてくるとしても、こんどはこんなに自分のことばかりで苦しむことのないように生まれてくる」。「（うまれでくるたて……）」でとし子が何を言おうとしているか、賢治には理解できた。「こんど生まれてきたら、自分で惹《ひ》き起こした初恋事件で何年も苦しんだような人生を送らないようにしたい」、こうとし子は言っているのだ。大正三年四月、とし子十五歳の時に始まった恋は、大正四年の三月には破れた。一年足らずの片思いであった。四年三月の新聞記事によって世間の口《くち》の端《は》に上るようになったさなか、とし子は卒業生総代として針のむしろで答辞を読み、誹謗《ひぼう》と冷笑のなか、逃げるように東京へ向かった。以来、自分のしたことは何だったのかと考えつづけ、心労のために病気となり、二十四歳の誕生日を迎えてさほどたたないうちにこの世を去ろうとしている。賢治は、八年にわたるとし子の内奥《ないおう》をつい最近、知ったばかりなのだ。

「(うまれでくるたて/こんどはこたにわりやのごとばかりで/くるしまなあよにうまれてくる)」。賢治は、この言葉も、最初はローマ字で書いた。「おら　おらで　しとり　えぐも」と同じくらいに、とし子の孤独を伝えるつらい言葉であることを表そうとしたのだ。

「岩手民報」の記事を読み、とし子のノート(「自省録」)にくり返し目を通し、そして口語詩「マサニエロ」と文語詩〔猥れて嘲笑める〕に辿《たど》り着いた私にとって、「(うまれでくるたて……)」はこう聞こえてくる。「こんど生まれてくるとしたら、自分のことばかりで悩み苦しんだようなこんな人生は送りたくない。心から愛しあえる人にめぐりあって、二人の愛がみんなへの愛になるようなそんな人生を送りたい」。

とし子のノートは、島地大等『妙法蓮華経』の廻向文《えこうもん》(法要や勤行《ごんぎょう》の最後に唱える、その功徳《くどく》を自他の往生に及ぼしたいと願う言葉）を写していったん終り、そのあとに未練とおぼしき追記があった。それを知る賢治は、妹の成仏《じょうぶつ》のために「わたくしのすべてのさいはひをかけて」願い、祈ったのである。

「永訣の朝」で、賢治は一貫して外にいる。雨雪に濡れながら、祈りながら、そして妹の苦悩と孤独にこれまで寄りそってやれなかった後悔の念に打ちひしがれながら――。

2　「無声慟哭《どうこく》」

雨雪をとし子が食べたあと、賢治はもう一度外へ出て、松の枝をひと枝折ってきて病室へ戻る。「永訣の朝」に続く詩「松の針」が描くのは、暗くうっとうしい病室だ。

≪　さつきのみぞれをとつてきた
　あのきれいな松のえだだよ
おお　おまへはまるでとびつくやうに
そのみどりの葉にあつい頰をあてる

そんな植物性の青い針のなかに
はげしく頰を刺させることは
むさぼるやうにさへすることは
どんなにわたくしたちをおどろかすことか
そんなにまでもおまへは林へ行きたかつたのだ
おまへがあんなにねつに燃され
あせやいたみでもだえてゐるとき
わたくしは日のてるとこでたのしくはたらいたり
ほかのひとのことをかんがへながら森をあるいてゐた》

とし子はこの年（大正十一年）七月、別荘のベッドの上で、死んでもいいから林へ連れていってくれ、と賢治に頼んだが、聞きいれられなかった。「おまへがあんなにねつに燃され……てゐるとき／わたくしは……ほかのひとのことをかんがへながら森をあるいてゐた」。自分はずっと、「ほかの人」のことを考えていた。

四カ月前の三月に賢治は、「春と修羅」に先立つ詩のうちのひとつ「恋と病熱」を書いた。とし子が病室で熱にうかされているとき、「松の針」でも明らかなように、賢治は「恋人」のことを考えながら外を歩きまわっていた。

五月七日には「小岩井農場」の「第五綴　第六綴」を書いた。耕地や松林の中を歩きまわりながら「早く帰って（堀籠さんに）会いたい」と書く。二十一日には「小岩井農場」を書き上げる。賢治は、この年の春から、ずっととし子ではなく「ほかのひと」のことを考えていたのだ。

「松の針」の後半は、松の針葉を頰に刺したとし子の言葉で始まる。

《（ああいい　さつぱりした
　まるで林のながさ来たよだ）》
鳥のやうに栗鼠《りす》のやうに
おまへは林をしたつてゐた
どんなにわたくしがうらやましかつたらう
ああけふのうちにとほくへさらうとするいもうとよ
ほんたうにおまへはひとりでいかうとするか
わたくしにいつしよに行けとたのんでくれ
泣いてわたくしにさう言つてくれ》

「ほんたうに……」の一文は、とし子の「おら　おらで　しとり　えぐも」に応《こた》える賢治の悲しい確認である。虚《むな》しいと解《わか》っていても、賢治はそう問わずにいられなかった。

とし子の孤独な旅立ちは、すぐそこに迫っている。

つづいて賢治は、死の直前のとし子の様を書きとめた。それが「無声慟哭」である。

《こんなにみんなにみまもられながら
おまへはまだここでくるしまなければならないか
ああ巨《おお》きな信のちからからことさらにはなれ
また純粋やちいさな徳性のかずをうしなひ
わたくしが青ぐらい修羅をあるいてゐるとき
おまへはじぶんにさだめられたみちを
ひとりさびしく往かうとするか
信仰を一つにするたつたひとりのみちづれのわたくしが
あかるくつめたい精進のみちからかなしくつかれてゐて

毒草や蛍光菌のくらい野原をただよふとき
おまへはひとりどこへ行かうとするのだ》

自分は苦しみの世界（修羅）にいる。妹のおまえは自らに定められたみちをひとり行こうとするのか。さらに、「おまへはひとりどこへ行かうとするのだ」と呼びかける賢治はこのとき、いまから六年前（大正五年）、とし子が祖父に出した手紙のある言葉を思いだしているのだ。「このま丶に死ぬ時は地獄にしか行けず候《そうろう》」。

《（おら、おかないふうしてらべ）
何といふあきらめたやうな悲痛なわらひやうをしながら
またわたくしのどんなちいさな表情も
けつして見遁《みのが》さないやうにしながら
おまへはけなげに母に訊《き》くのだ》

恐怖を抱くとし子は、自ずと恐い表情になる。「（おら、おかないふうしてらべ）」（わたし、おっかないような顔してるでしょ）。そして、「あきらめたやうな悲痛なわらひやうをしながら」、賢治の表情を見逃さないようにしながら、とし子は母親にそう訊くのだ。

母は、こう答えた。

《（うんにゃ　ずゐぶん立派だぢやい
　　けふはほんとに立派だぢやい）
ほんたうにさうだ
髪だつていつさうくろいし
まるでこどもの苹果（注＝りんご）の頰だ
どうかきれいな頰をして
あたらしく天にうまれてくれ
　　《それでもからだくさえがべ？》
　　《うんにゃ　いつかう》
ほんたうにそんなことはない
かへつてここはなつののはらの
ちいさな白い花の匂でいつぱいだから

ただわたくしはそれをいま言へないのだ
（わたくしは修羅をあるいてゐるのだから）
わたくしのかなしさうな眼をしてゐるのは
わたくしのふたつのこころをみつめてゐるためだ
ああそんなに
かなしく眼をそらしてはいけない》

「おっかない顔なんかしてないよ、立派な顔をしているよ」という母の慰めの言葉にも、りんごのようなきれいな頰をしてるよ、という賢治の思いにも肯《うなず》かず、とし子は、自分の悲惨を確認するかのようにさらに問う。「それでも、わたしの身体《からだ》、臭いでしょ」。とし子がそう問うのは、死に臨んでも自分の心が浄化されずもだえ苦しんでいて、腐臭を放っている、と感じているからだろう。

そんなことはない、ここは初夏の野原のように野茨《のいばら》の花のいい匂《にお》いでいっぱいだから。そう言ってやりたい賢治だが、口にはできない。自身が邪《よこしま》な修羅の道を歩いている身なので、と賢治は心の中で弁解する。

何も言わず悲しげな顔をしている兄を見て、とし子は眼をそらす。それに対し、

「自らにある修羅の心と慈悲の心と、ふたつの心を見つめているからなのだ。そんなふうに悲しげに目をそらさないでくれ」と、賢治は胸の内で言い訳をするのだ。

夜になり、ついにその時がくる。新全集の「年譜」には、こう記されている。

《夜、母の手で食事したあと、突然耳がごうと鳴って聞こえなくなり、呼吸がとまり、脈がうたなくなる。呼び立てられて賢治は走ってゆき、なにかを索《もと》めるように空しくうごく（とし子の）目を見、耳もとへ口を寄せ、南無妙法蓮華経と力いっぱい叫ぶ。トシは二へんうなずくように息をして彼岸へ旅立った。八時半である。賢治は押入れをあけて頭をつっこみ、おうおう泣き、母はトシの足元のふとんに泣きくずれ、シゲとクニは抱きあって泣いた。岩田ヤスが「泣かさるんだ、泣かさるんだ」（泣くのはもっともだ、泣いた方がいいんだ）といい、母は「ヤスさん、トシさんをおよめさんにしないでくやしい」と号泣した。やがて、賢治はひざにトシの頭をのせ、乱れもつれた黒髪を火箸《ひばし》でゴシゴシ梳《す》いた。

重いふとんも青暗い蚊帳も早くとってやりたく、人びとはいそがしく働きはじめた。そして女たちは経かたびらを縫う。そのあけがた、針の手をおいてうとうとしたシゲは、落葉ばかりのさびしい野原をゆくゆめを見る。自分の歩くところだけ、草花がむらがって、むこうから髪を長くたらした姉が音もなく近づいてくる。そして「黄色な花コ、おらもとるべがな」ときれいな声で言った。》

「南無妙法蓮華経」と、とし子の耳もとで大声で唱える賢治に対してとし子は二度、うなずくように息をして逝《い》ったという。

私はあらためて、付添っていた看護婦の細川キヨの話を思い出す。十一月十九日に別荘から自宅へ帰ってから、この日を迎えるまでの、とし子と賢治の様子である。

《賢さんは（別荘から）いっしょにうつって来て二階の部屋におられました。そしてときどき二階からおりてきては、ナムミョウホウレンゲキョウ何《な》に彼《か》にうんぬんと大きな声でとなえて、トシさんにも寝たまま手を合わさせて、ナムミョウホウレンゲキョウと唱えさせるのでした。》（『証言　宮澤賢治先生』）

「トシさんにも寝たまま手を合わさせて」「唱えさせる」というのである。とし子の体力が衰え自力で手を合わせることもできなかったので、賢治がとし子の手をとって合わせてやったのだろうか。もっとも、とし子にすすんで唱える気はなく、それでも賢治の唱題（題目を唱えること）には従ったということだったのかもしれない。

賢治がとし子の諦念《ていねん》に気づいていたとするならば、その悲痛は察して余りある。洗ってやることもできなかったとし子の髪は、もつれている。櫛《くし》で梳くことができないほどだったのかもしれない。賢治は、とし子の頭を膝《ひざ》に乗せると、火鉢につき立ててあった火箸を手に、髪を整えてやる。

慟哭とは、大声で悲しみ嘆くことである。火箸でとし子の髪を梳く賢治に、大声で泣くことはできない。声を押し殺して泣く。湧きあがってくる悲しみをこらえながら、火箸を動かしたのだ。それは、無声慟哭としか言いようのない姿であった。

とし子の死後、賢治がどのようであったか、賢治の教え子の証言が残されている。


《冬の夜公園下にある親類の病院へ用事で出かけての帰りだったんですが、御田屋町に差しかかると和尚《おしょう》さんが一人すげがさをかぶり、うちわ太鼓を持って軒下でお経を上げていた。低い声で読経し、合掌し、軒から軒へと回っていた。これが宮沢先生だったんです。当時の街の人は誰でも知っていたが、実際にそういう宮沢先生を見た者は少ないと思います。八時から九時でしたか、雪の降る夜で私はご苦労だなあと思った覚えがあります。街の人たちは変人だといい、私ら先生を尊敬している生徒たちは立派だと思う――その頃宮沢先生に対する評価はこの二つに分かれていたと思います。》（『証言　宮澤賢治先生』）

3　とし子は地獄に堕《お》ちたのか

とし子の死の翌年（大正十二年）、賢治は「手紙　四」と題する童話を書いた。「チュンセ」という兄と「ポーセ」という妹の話である。

妹が病気になり、チュンセは「雨雪とってきてやろうか」といって妹に食べさせるが、妹は死んでしまう。チュンセは、妹のポーセがどこにいるか知っている人はいないか、とたずねまわる。仏さまと思われる「あるひと」がこう言う。「チュンセがポーセをたずねることはむだだ。なぜなら、どんな子供でも、大人でも、あらゆる魚も、あらゆるけものも、あらゆる虫も、みんなみんな、むかしからのお互いの兄弟なのだから」。

お前の妹は、死後の世界で転生しているのかもしれない。だから探しても無駄だと「あるひと」は言って、こう続ける。「チュンセがもしもポーセをほんとうにかあいそうにおもうなら大きな勇気を出してすべてのいきもののほんとうの幸福をさがさなければいけない」、「チュンセがもし勇気のあるほんとうの男の子ならなぜまっしぐらにそれに向って進まないか」。

自ら書いたこの言葉に押されるように、賢治は、どこの世界へ行ったのかわからない妹を探す旅に出るのである。

大正十二年七月三十一日、午後九時五十九分花巻発の東北本線下り列車で、賢治は、樺太《からふと》（現・ロシア連邦サハリン州）へ旅立った。当時、樺太の南半分は日本領だった。賢治の表向きの目的は、樺太の王子製紙に生徒の就職を頼むことであったが、この旅で作られた詩は、もっぱら妹とし子の魂の行方を案ずるものばかりだった。

この旅で賢治は、「オホーツク挽歌《ばんか》」詩群として知られる多くの詩を書いた。詩群冒頭の「青森挽歌」は、出発した日の、東北本線の青森行き夜行列車の描写から始まる。

《こんなやみよののはらのなかをゆくときは
　客車のまどはみんな水族館の窓になる
　　（乾いたでんしんばしらの列が
　　　せはしく遷《うつ》つてゐるらしい

きしやは銀河系の玲瓏《れいろう》レンズ
　巨きな水素のりんごのなかをかけてゐる）
りんごのなかをはしつてゐる》

夜汽車の窓を、水族館の水槽になぞらえている。当時、まだ珍しかった水族館を賢治は見たことがあった。大正五年三月、盛岡高等農林一年の終りに、修学旅行に行った折の短歌が次の一首である。

《浅草の木馬にのりて哂《わら》ひつゝ夜汽車を待てどこゝろまぎれず》

賢治が木馬に乗ったのは、浅草の「木馬館」だ。木馬館は浅草寺の西側にあり、木馬館の隣に「浅草公園水族館」があった。水族館としては日本で四番目で、明治三十二年に開業している。長方形のガラス窓が十五基並んでいて、水槽だけが明るかった（『水族館への招待』）。水族館のこうした見せ方は「汽車窓式」と呼ばれていた。夜汽車の窓は外から見れば、あたかも水族館のごとく賢治には見えたのだろう。

《はだしにて夜の線路をはせ来り汽車に行き逢へりその窓明く》

十歳の頃から鉱物採集や植物採集のために歩きまわることの多かった賢治は、よく夜汽車を目にしただろう。花巻近辺には、岩手軽便鉄道や東北本線があった。なかでも大正二年に部分開通し、大正三年にはほぼ全通した岩手軽便鉄道は「銀河鉄道の夜」のモデルといわれている。「青森挽歌」冒頭の夜汽車は、レンズ状の銀河の中を走っていて、すでに銀河鉄道のイメージである。

賢治は、銀河をはじめとする宇宙についての最新の知識を、アーサー・トムソンの『科学大系』によって得たといわれている。『科学大系 第一巻』の邦訳は、大正十一年十月に刊行された。その第一編がいわば「宇宙編」で、銀河がレンズの形をしていることはそこに記されていた。

では、賢治の乗る夜汽車が、銀河系のレンズの中を走ると同時に、「巨きな水素のりんごのなかをかけてゐる」とはどういうことになるのか。

平成七年、私は岩手放送から演出を依頼されたドキュメンタリー番組「賢治先生 樺太へ行く」の撮影準備のために、盛岡市の岩手大学農学部を訪れた。賢治が学んだ盛岡高等農林学校の本館が農学部附属の農業教育資料館として残されていたので、その撮影をお願いしに行ったのだ。打合せがすんだので、館内の資料展示室を覗《のぞ》いてみた。そこには、賢治の学生時代に使われた教材用の図が展示されていたのである。樹木や農作物などをカラーで描いたものだった。展示はその日が最終日ということで、職員が壁からそれらを外しはじめていた。

私のすぐ近くの壁に、林檎《りんご》の断面図が数枚あった。そのうちの一枚が取り外されそうになって、斜めになる。斜めになった林檎の芯《しん》の部分に目が行った。凸レンズの形が見えた。「青森挽歌」の「巨きなりんご」が謎《なぞ》だ、との認識は、すでにあった。とっさにお願いして、私はその図を写真に撮らせてもらった。林檎は「祝《いわい》」という品種で、図の説明文にこうあった。「（果）肉ハ帯黄白色（黄色味を帯びた白色）質軟《しつやわら》カニシテ甘味《かんみ》濃《のう》ニ香気《こうき》佳良《かりょう》ナリ心環《しんかん》小ニシテ紡錘《ぼうすい》状ナリ」。

林檎の「心環」（芯の部分）は品種によって形が異る。「祝」の心環は紡錘形で、まるで凸レンズのようだった。東京に戻った私は、撮影した「祝」の心環を斜めにし、『科学大系』の螺状《らじょう》星雲の写真に重ねてみた。ぴったり合うではないか。

賢治は学生時代に、心環の図を見ていたのだろう。トムソンの『科学大系』で銀河や星雲の写真や図を目にして、「祝」の心環を思いだした可能性がありそうだ。

水素にみちた大きな宇宙。その中に、レンズ状の銀河がある。林檎の断面図にそっくりだ。その林檎の中を銀河鉄道が昇っていく。賢治の「青森挽歌」冒頭のイメージは、このようにしてできあがったのではないか。

冒頭の二行は、外から汽車を眺めた客観描写である。次の四行は、車中にあって半《はん》醒半睡《せいはんすい》状態の主観描写である。それゆえ、（　）でくくられているのだ。

（　）の中の最初の二行は、次々と窓外をよぎる電信柱のちらつきが、車中の賢治の半醒半睡の意識に反映している様《さま》だ。

次の二行は、乗っている汽車がレンズ状の銀河系の中を駆けている、という夢想である。

ところが、（　）が終わって、現《うつつ》に戻った賢治は、こう書きつけている。

《りんごのなかをはしつてゐる》

夢から醒《さ》めた（はずの）賢治は、窓の外を見て「ああ、やっぱりりんごのなかを走ってるんだ」と思う。それもまた夢なのか。客観と主観がないまぜになっている。「おや。汽車は停まっているのか」。

《けれどもここはいつたいどこの停車場だ
　枕木《まくらぎ》を焼いてこさえた柵《さく》が立ち
　　（八月の　よるのしづまの　寒天凝膠《アガアゼル》）
　支手のあるいちれつの柱は
　なつかしい陰影だけでできてゐる
　黄いろなランプがふたつ点《つ》き
　せいたかくあほじろい駅長の
　真鍮棒《しんちゅうぼう》もみえなければ
　じつは駅長のかげもないのだ》
（寒天凝膠＝寒天様の透明なゼリー、真鍮棒＝安全確認のための〝通行手形〟）

賢治には、ここがどこか解っている。「（八月の　よるのしづまの　寒天凝膠）」でそれは明らかだ。花巻を出発したのが、七月三十一日の夜九時五十九分だった。寝こんでいたが、列車が止まる音で目が覚めた。時計を見た。午前二時二十七分だった。八月一日である。そこは尻内《しりうち》駅（現・八戸《はちのへ》駅）だった。前夜の月の出は午後八時四十六分、月齢十七・一。出発時は雲に隠れて暗闇《くらやみ》だったが、今は「（寒天凝膠）」で、透明な月明かりの夜だ。

尻内駅で駅長と乗務員の真鍮棒の受け渡しがあることを、賢治は知っている。大正二年五月、盛岡中学五年時の修学旅行で北海道に向かう途中、目撃していたからだ。しかし賢治は、「ここはいったいどこの停車場だ」と書く。無人の停車場がこの世とあの世の境で、とし子はそこを淋しく通っていったのか――。

十一分の停車ののち、午前二時三十八分、汽車は動きだす。野辺地《のへじ》駅に近づいたころ、車窓の右手に、太平洋に至る平地が広がっているのが見える。あたりは明るくなりかけていて、遠くの地平線に黄色く熟した麦畑が見えた。賢治は、また眠りにおちる。ふたたび目を覚ますと、今度は左の窓が明るくなっているではないか。列車が反対方向に走っているのだ。読者を悩ませるふしぎな二行が記される。

《わたくしの汽車は北へ走つてゐるはづなのに
ここではみなみへかけてゐる》

これは、どういうことか。

私には、同様の体験があった。仙台の大学に入った私が、初めて北海道へ帰省したときのことである。東北本線の下りは、青森県の野辺地あたりまでほぼ直線的に北上し、そこで陸奥《むつ》湾に出る。湾沿いを西へ走り、さらに小湊《こみなと》を過ぎたところで湾は南へ下がるので、それに沿ってほぼ南に走り、浅虫駅に至る。浅虫駅から青森駅までもほぼ南西方向に下る。気がつくと汽車がいつのまにか南へ向かっていることに、私も最初は驚いたものだった。

「ここでは南へ駆ける」の「ここ」とは、小湊を過ぎて浅虫駅までの間を指す。とくに浅虫駅手前では、真南に直線的に下るところがある。

賢治も、修学旅行で通ったことがある。南下すると知っていたはずだ。解っていながら解らないふりをして、不可思議な現象のように描く。それはなぜか。詩はこう続く。

《焼杭《やきぐい》の柵はあちこち倒れ
はるかに黄いろの地平線
それはビーアの澱《おり》をよどませ
あやしいよるの　陽炎《かげろう》と
さびしい心意の明滅にまぎれ

水いろ川の水いろ駅
（おそろしいあの水いろの空虚なのだ）
汽車の逆行は希求の同時な相反性》

汽車がとまった。「水いろ川の水いろ駅」。

私の、東北本線の記憶を辿れば、「水いろ駅」は浅虫駅だ。昭和三十年代、客車の窓近くに駅舎が見え、駅舎のガラス窓ごしに水が見えた。駅舎のすぐ先が海なのだ。柵に使われている、使い古しの焼かれた枕木があちこちで倒れて、荒涼としている。

「はるかに黄いろの地平線」の「黄」は、麦畑であろう。賢治の「丘」という詩に「野をはるに北をのぞめば／紫波の城の二本の杉／かゞやきて黄ばめるものは／そが上に麦熟すらし」とある。野辺地の手前、千曳《ちびき》あたりから、右手（東側）の車窓に太平洋岸まで広がる平地が見えてくる。野辺地着は午前四時十分ごろで、東の空は明るくなっている。尻内から浅虫までの間で地平線が見えるのは、この時間のここしか考えられない。

「水いろ駅」が浅虫駅であることを確かめるために、久しぶりで浅虫に降りたってみた。駅前は埋めたてられていて海は二百メートルも先だった。大正四年発行の二万五千分の一の地形図で確かめてみると、海は道路一本へだてただけのすぐそこにあった。

　当時の時刻表にある浅虫駅発午前四時五十二分から推すと、浅虫駅着は四時四十五分ごろだったろう。日の出は午前四時三十二分だ。水平線に日は昇っているが、浅虫駅あたりの東側は線路際まで山が迫っていて、太陽はのぞめなかったかもしれない。しかし、時刻からいえば空の明るさは東の車窓、つまり左側にはっきり表れていただろう。汽車は真南を向いて停まったのだ。それを受けて賢治は次の一行を書いた。

「汽車の逆行は希求の同時な相反性」。

　この旅で賢治が希《のぞ》み求めていたもの、それは「とし子は死後どこへ行ったのか」を知ることに尽きる。しかし、その希求と相反する別の希求が同時にある、と賢治は言う。それは「知りたくない」ということである。妹は地獄に堕ちているかもしれない、と賢治は本気で思っていたのだ。その相反する希求の間で揺れる自分の気持を、実際の汽車の「北上」と「南下」になぞらえて表現したのが、「汽車の逆行は希求の同時な相反性」なのである。

　揺れる気持で見る浅虫駅は、「水いろ川の水いろ駅」である。海であったはずが、川になっている。その川がこの世とあの世の境の川であり、それはおそろしい空虚である。とし子がこの川を渡ったのか、という賢治の恐怖がこの詩句を生んだのだ。

4　恐怖から希望へ

《こんなさびしい幻想から
わたくしははやく浮びあがらなければならない
そこらは青い孔雀《くじやく》のはねでいつぱい
真鍮の睡《ねむ》さうな脂肪酸にみち
車室の五つの電燈は
いよいよつめたく液化され
　（考へださなければならないことを
　わたくしはいたみやつかれから
　なるべくおもひださうとしない）
今日のひるすぎなら
けはしく光る雲のしたで
まつたくおれたちはあの重い赤いポムプを
ばかのやうに引つぱつたりついたりした

おれはその黄いろな服を着た隊長だ
だから睡いのはしかたない》

あたりが青みがかって夜が明けてきたことを、「青い孔雀」と喩《たと》えるあたりが賢治らしい。

賢治は疲労から、考えるべきことをなるべく思いださないようにしている。出発した七月三十一日は、昼すぎまで生徒たちの手を借りて重いポンプの設置を指揮していた。疲れきっていたし、身体もあちこち痛んでいる。「だから睡いのはしかたない」。その眠気を吹きとばすように、とつぜん、幻聴のような声が聞こえてくる。

《（おゝ《オー》おまへ《ヅウ》　せわしい《アイリーガー》みちづれ《ゲゼルレ》よ
どうかここから急いで去らないでくれ《アイレドッホニヒトフォンデャステルレ》
（尋常一年生　ドイツの尋常一年生）》
いきなりそんな悪い叫びを
投げつけるのはいつたいたれだ
けれども尋常一年生だ

夜中を過ぎたいまごろに
こんなにぱつちり眼をあくのは
ドイツの尋常一年生だ）》

実際に聞こえてきたのは、「オー　ヅウ　アイリーガー　ゲゼルレ　アイレドッホ　ニヒト　フォン　デヤ　ステルレ」という声音だ。誰かがドイツ語を喋《しゃべ》っているのだ。それに対し、「尋常一年生　ドイツの尋常一年生」とからかっている。「尋常」は当時の「尋常小学校」のこと。

最初のドイツ語について、『宮沢賢治とドイツ文学』の著者・植田敏郎は、旧制東京高等学校教授だった小柳篤二《おやなぎとくじ》による、として次のように解説している。

これはかつてのドイツ語の教科書によく出ていた「水の周遊」（Des Wassers Rundreise）という題の詩の一部で、川岸に咲いている花が、流れ去って行く川の波に向かって「行かないでくれ」と哀願している言葉である。波はそれに対して、「若返るためには海まで下っていかなくてはならないが、また水蒸気となって舞い上り、雲となって空から雨粒として降って帰ってくる」と返答する——そんな詩だという。

では、このドイツ語の幻聴は、何を表しているのか。

「ドイツの尋常一年生」……。賢治は大正五年の夏、高等農林二年のときに東京でドイツ語の講習を受けた。上京する際、帰省中のとし子に教科書のドイツ語を朗読してやって、その拙《つたな》さをからかわれた。そのときに発したとし子の言葉が、これだった。「行かないでくれ」と波にむかって岸辺の花は叫ぶ。「きっとまた戻ってくる」と返す「波」。「行かないでくれ」と叫ぶ岸辺の花は賢治で、「戻ってくる」と返す波はとし子か。賢治の願いが、幻聴として聞こえたのだ。

からかうとし子の声で目覚めたのは、夜中である。明け方の浅虫駅の車中で、賢治は夜中に夢から覚めたことを思い出している。

夜明けの窓外に目を向ける賢治。浅虫駅の淋しい停車場が見える。その風景が、とし子の行方について賢治を悲観的にする。

《あいつはこんなさびしい停車場を
たつたひとりで通つていつたらうか
どこへ行くともわからないその方向を
どの種類の世界へはいるともしれないそのみちを
たつたひとりでさびしくあるいて行つたらうか

《草や沼やです
一本の木もです》

賢治には、とし子がひとり淋しく歩いていく姿しか思い浮かばない。
ここで唐突に、ある会話が挿入される。書かれているのは会話だけで、誰が話しているのかは解らない。言葉遣いからすると、男の子と女の子、そして母親のようだ。これも、とし子にまつわる記憶にちがいない。男の子は賢治、女の子はとし子、母親はイチと想定してみる。親子三人が、面高《おもだか》（水草）の生えている沼か池のそばを通ってきたときに、蛙《かえる》の「ギルちゃん」が蛇の「ナーガラ」におそわれるのを目撃し、そのことについて話しながら歩いている場面のようだ。

（とし子）《ギルちゃんまつさをになつてすわつてゐたよ》
（賢　治）《こおんなにして眼は大きくあいてたけど
ぼくたちのことはまるでみえないやうだつたよ》
（とし子）《ナーガラがね　眼をぢつとこんなに赤くして
だんだん環《わ》をちいさくしたよ　こんなに》

（イ　チ）《し、環をお切り　そら　手を出して》
（賢　治）《ギルちゃん青くてすきとほるやうだつたよ》
（とし子）《鳥がね、たくさんたねまきのときのやうに
　　　　ばあつと空を通つたの
　　　　でもギルちゃんだまつてゐたよ》
（イ　チ）《お日さまあんまり変に飴《あめ》いろだつたわねえ》
（賢　治）《ギルちゃんちつともぼくたちのことみないんだもの
　　　　ぼくほんたうにつらかつた》
（イ　チ）《さつきおもだかのとこであんまりはしやいでたねえ》
（賢　治）《どうしてギルちゃんぼくたちのことみなかつたらう
　　　　忘れたらうかあんなにいつしよにあそんだのに》

　とし子が、蛙をしめつける蛇を思い返して「だんだん環を小さくしたよ」と手で示したのに対し、母が「環をお切り」といってやめさせ、「手を出して」と、とし子の手を取って歩き出した。賢治は「（ギルちゃんは）ぼくたちのこと、まるで見えないようだった」「どうしてぼくたちのこと、見なかったのだろう。あんなに一緒に遊んだ

のに」と、蛙が自分たちを見ずに死んだことをしきりに気にしている。これは、蛙の死に仮託した、とし子についての記憶である。

賢治がこの出来事を想起したのはなぜだろう。しきりに、蛙のギルちゃんが死ぬとき、自分を見なかったことを気にしている。「無声慟哭」の最後の二行、「ああそんなに／かなしく眼をそらしてはいけない」を思い起こす。

死にゆくとし子が眼をそらすのを、賢治は悲しんだ。「忘れたろうか。あんなに一緒に遊んだのに」。

賢治は現実に戻る。そして、とし子の臨終の様子を克明に思い起こすのだ。賢治にとってそれは、まだ「過去」ではない。

《かんがへださなければならないことは
どうしてもかんがへださなければならない
とし子はみんなが死ぬとなづける
そのやりかたを通つて行き
それからさきどこへ行つたかわからない》

このあと、とし子の様子がしばらく綴《つづ》られる。そして最後に、とし子の耳に「南無妙法蓮華経」と叫んだときの、その反応の意味を確かめようとする。

《わたくしがその耳もとで
　遠いところから声をとつてきて
そらや愛やりんごや風、すべての勢力のたのしい根源
万象同帰のそのいみじい生物の名を
ちからいつぱいちからいつぱい叫んだとき
あいつは二へんうなづくやうに息をした
白い尖《とが》つたあごや頬がゆすれて
ちいさいときよくおどけたときにしたやうな
あんな偶然な顔つきにみえた
けれどもたしかにうなづいた》

「勢力」とは「エネルギー」のこと、「万象同帰のそのいみじい生物の名」とは「妙

法蓮華経」(法華経)のことである。妙法蓮華経は、単なる経典の名称ではなく宇宙の真理そのものとして生命体のように生きているもの、と認識されている。賢治は「南無妙法蓮華経」と、とし子の耳もとで叫んだ。

賢治は、その時とし子がたしかに頷《うなず》いたと確認したいのだ。「妙法蓮華経に帰依《きえ》する」ことを、とし子が最後に肯定したと確認したいのだ。それによって、とし子は救われるはずである。

しかし、それを嘲笑《あざわら》うかのように不吉な声が響く。

《《ヘッケル博士!

わたくしがそのありがたい証明の

任にあたつてもよろしうございます》

仮睡硅酸《かすいけいさん》の雲のなかから

凍らすやうなあんな卑怯《ひきょう》な叫び声は……》

誰とも知らぬ者が、とつぜん、ヘッケル博士という人に呼びかけている。ヘッケル博士とは誰で、どこにいて、証明とは何のことで、代わって証明してやってもいいと呼びかけてきた声は誰なのか。一切の説明はなく、その声は仮睡硅酸の雲のなかから、人の心を凍らすように聞こえてくる。「仮睡」は、いっときのまどろみだ。「硅酸」は、不定型に固まった白い化合物で、雲の形容である。それまで動いていた雲がいっときとまって、固まった化合物のようなその雲のなかから声が聞こえてきたのだ。その凍るような声は、賢治に、とし子についての不吉な想像を強いる。声の主が何者かについてはなかなか明かされない。

《ほんたうにあいつはここの感官をうしなつたのち
あらたにどんなからだを得
どんな感官をかんじただらう
なんべんこれをかんがへたことか》

とし子は死んで人間としての感覚を失ってのち、どんな感覚を持つ生き物になり、どんな気持で生きているのだろう。賢治は、恐ろしい自問をくり返す。
ヘッケル博士に呼びかけた、凍るような声の主は、「倶舎論《くしゃろん》」（「倶舎」）という仏教の入門書であることが、このすぐあとで明かされる。死んだとし子はそのあとどこへ行ったのか、と不安になっている賢治が、ヘッケル博士と倶舎論を持ち出してきたということは、両者が、いわゆる「輪廻転生《りんねてんしょう》」にかかわる説を有していたからと思われる。

ヘッケル博士は、十九世紀半ばから二十世紀初頭にかけて活動した生物学者。「人間の子宮の中で胎児が発生してから赤ん坊として生まれてくるまでの形態の変化は、生物の進化の形態そのものである。はじめはアメーバのような原生動物で、次に多細胞生物、無脊椎《むせきつい》動物、脊椎動物、哺乳類《ほにゅうるい》、類人猿、そして最後に人類の形となる。人間の胎児は、何億年もの生物の進化を、形態の変化で示している」という説で知られている。

賢治は、とし子の死後、童話「手紙 四」を書いた。その中で、仏さまと思われる「あるひと」はこう言う。「どんな子供でも、大人でも、あらゆる魚も、あらゆるけものも、あらゆる虫も、みんなみんな、むかしからのお互いの兄弟なのだから」。

先にも述べたが、これは仏教の輪廻転生の考えである。人間は前世において虫だったかもしれず、後世には牛に生まれ変わるかもしれないのだ。

そう理解して、「青森挽歌」の「凍らすやうな」声の意味するところを考えると、どうなるか。

「倶舎」は、ヘッケル博士に対して、「人間は過去に牛でもあり魚でもあったという学説を、わたしが代わりに仏教の教えによって証明しましょうか」と問うたのである。倶舎にとってヘッケルの学説は「ありがたい証明」だった。

賢治は、ディレンマに陥る。科学と宗教の合一は目指すところではあったが、とし子が死後に人間以外の姿になって生きている姿は受け入れ難かった。さらに、とし子は地獄にいるのかもしれなかった。

賢治はそれを打ち消すように、極楽にいるとし子を想起したりするが、すぐに「瓦斯《ガス》」のたちこめる地獄に青ざめて立ちすくむとし子のイメージにとりつかれてしまう。

夜が明けて波がきらきら光り出せば、悲観的な考えは消えてしまうだろう。とはいえ、とし子が死んだのは現実なのだ。あいつは、どこでどうしているのだろう。

外は朝の光で満たされ始めた。

《おもては軟玉と銀のモナド
半月の噴いた瓦斯でいつぱいだ
巻積雲《けんせきうん》のはらわたまで

月のあかりはしみわたり
それはあやしい蛍光板になつて
いよいよあやしい苹果の匂を発散し
なめらかにつめたい窓硝子さへ越えてくる
青森だからといふのではなく
大てい月がこんなやうな暁ちかく
巻積雲にはいるとき……
《おいおい、あの顔いろは少し青かつたよ》
（軟玉＝緑色の石、モナド＝単子、苹果＝りんご）

大正十二年八月一日の月の入りは午前八時三十分。「暁ちかく」だと、月は真西よりやや南の中空にかかっている。夜中に晴れていた空は、深夜から雲が出てきていた。うろこ雲（巻積雲）だ。月が、朝の光りをあびはじめた雲に入ったと思った刹那《せつな》、賢治の耳にまたも声が聞こえてきた。少し気持が明るくなっていた賢治への冷ややかな、からかうような声だった。とし子の、死ぬ間際《まぎわ》の顔色は少し青かった、と言うのだ。賢治は怒鳴り返す。

《だまつてゐろ
おれのいもうとの死顔が
まつ青だらうが黒からうが
きさまにどう斯う云はれるか
あいつはどこへ堕ちやうと
もう無上道へ属してゐる》

「無上道」とは「最高の悟り」をいう。賢治は、「とし子の死顔が青かろうが黒かろうが、きさまにどうこう言われる筋合いはない」「あいつはどこへ堕ちようと悟りの世界にいるのだ」と、ほとんど錯乱したような、開き直りのような反論をしている。

そのとき、またあの声が聞こえてくるのだ。

《
　　《もひとつきかせてあげやう
　　　ね　じつさいね
　　あのときの眼は白かつたよ

すぐ瞑《つむ》りかねてゐたよ》

「あの顔いろは少し青かったよ」、そして「あのときの眼は白かったよ」とは、まるで、とし子の臨終の場に立ち会っていたかのような言葉である。しかし、あのときその場にいた人の中に、賢治にむかって、こんな冷ややかな「事実」を話す人がいただろうか。

私は「青森挽歌」に、最初からゆっくり目を通しなおした。すると、「その人」が浮かび上がってきたのだ。

それは「賢治本人」だった。賢治だけが、とし子の「真実」を知っていた。賢治だけが、とし子が地獄へ堕ちるかもしれないとおびえていた。賢治は、自身の中に、もう一人の賢治を見出《みいだ》し、その口を借りて「事実」を語らせたのだ。「事実」を直視しろ、宮沢賢治。妹さんは、すぐに往生できるような顔ではなかったぞ、ともう一人の賢治が言っているのだ。それでも懸命に賢治は反論する。

《まだいつてゐるのか
もうぢきよるはあけるのに

すべてあるがごとくにあり
かゞやくごとくにかがやくもの
おまへの武器やあらゆるものは

おまへにくらくおそろしく

まことはたのしくあかるいのだ》

「すべてあるがごとく」と賢治は、あるがままの自分を肯定しようとする。「まことはたのしくあかるいのだ」。それに呼応するかのように、別の声が聞こえてくる。

《みんなむかしからのきやうだいなのだから
けつしてひとりをいのつてはいけない》

倶舎やヘッケルが言うように、虫も鳥も豚も人間もみんな昔から兄弟姉妹なのだから、自分の妹だけは来世も人間でありますように、などと祈ってはならない。その言葉を受けて、「青森挽歌」は次のような賢治の言葉で終る。それは、賢治の自戒の言葉である。

《ああ　わたくしはけつしてさうしませんでした
あいつがなくなつてからあとのよるひる
わたくしはただの一どたりと
あいつだけがいいとこに行けばいいと
さういのりはしなかつたとおもひます》

反語のような自戒を胸に、賢治は樺太へ渡り、オホーツク海に面する栄浜《さかえはま》まで行って、とし子と交感しようとするが、とし子からの答えはなかった。

樺太から戻った賢治は、童話「手紙 四」の「あるひと」の言葉に立ち戻る。「チュンセがもしもポーセをほんとうにかあいそうにおもうなら大きな勇気を出してすべてのいきもののほんとうの幸福をさがさなければいけない」、「チュンセがもし勇気のあるほんとうの男の子ならなぜまっしぐらにそれに向って進まないか」。

その声に押されるように、賢治は、次の大きな旅の構想に取りかかった。

「銀河鉄道の夜」への旅である。

第七章　「銀河鉄道の夜」と怪物ケンタウルス

1　物語のはじまり

透明な凸レンズのような銀河の中を走る夜汽車——。詩「青森挽歌《ばんか》」の最初に出てくるイメージが、童話「銀河鉄道の夜」を発想する原点だった。「青森挽歌」は、樺太へ向かって北上する東北本線の車内で詠《よ》まれた。季節は夏で、旅の目的は、亡《な》くなった妹とし子と交感を試みることだった。

樺太行から四カ月後の大正十二年十二月四日、賢治は岩手軽便鉄道の土沢《つちざわ》駅に降り立つ。それは、土沢に市《いち》が立つ日で、賢治はここで「冬と銀河ステーション」という詩をつくった。土沢駅が「銀河駅」に、岩手軽便鉄道が「銀河鉄道」に擬せられている。「軽便」という名の通り、細長い煙突が突き出た機関車はおもちゃのようで、四角い窓がついた客車はマッチ箱のようだった。

賢治は、「銀河鉄道」のイメージを岩手軽便鉄道に求めたのだ。西の終着駅・花巻の「花」と当時の東の終着駅・仙人峠の「仙」をとって、賢治は軽便鉄道路線を「パッセン大街道」（花仙大街道）と名づけた。季節は、題にあるとおり冬である。

《パッセン大街道のひのきからは
凍つたしづくが燦々《さんさん》と降り
銀河ステーシヨンの遠方シグナルも
けさはまつ赤に澱《よど》んでゐます
川はどんどん氷《ザエ》を流してゐるのに
みんなは生《なま》ゴムの長靴をはき
狐や犬の毛皮を着て
陶器の露店をひやかしたり
ぶらさがつた章魚《たこ》を品さだめしたりする
あのにぎやかな土沢の冬の市日《いちび》です
（中略）
あゝ　Josef Pasternack（ポーランド系米国人指揮者ジョセフ・パステルナック）の指揮する

この冬の銀河軽便鉄道は
幾重のあえかな氷をくぐり
（でんしんばしらの赤い碍子《がいし》と松の森）
にせものの金のメタルをぶらさげて
茶いろの瞳をりんと張り
つめたく青らむ天椀の下
うららかな雪の台地を急ぐもの》

「氷」を浮かべる川は近くを流れる猿ヶ石《さるがいし》川で、市には毛皮や陶器や章魚などが並ぶ。ずいぶんと生活臭にみちた「銀河ステーション」である。

それからさらに七カ月後、賢治は北上川の河畔《かはん》（賢治が名づけた「イギリス海岸」）に立って、陽が沈んだあとの夜空を眺めていた。大正十三年の七月十七日のこの夜に作られた詩は、「薤露青《かいろせい》」と題されている。「薤露」とは、文字どおりに言えば「ニラの葉の上の露」ということだが、転じて「人生のはかなさ」「人の死を悲しむ涙」をいい、さらには「挽歌」の意味もある。

「薤露青」は賢治独特の表現で、陽が落ちた直後の夜空の清澄《せいちょう》な青さを意味し、また、妹とし子への挽歌でもあった。作品中の「南十字へながれる水」とは、天の川のこと。その、川のように白く流れてみえるのは、太陽系の外に広がる無数の恒星などだ。別名、銀河。形は凸レンズ状でその直径は十万光年といわれる。天の川は南へ流れ、季節は夏である。

《みをつくしの列をなつかしくうかべ
薤露青の聖《きよ》らかな空明のなかを
たえずさびしく湧き鳴りながら
よもすがら南十字へながれる水よ
岸のまっくろなくるみばやしのなかでは
いま膨大なわかちがたい夜の呼吸から
銀の分子が析出される
　……みをつくしの影はうつくしく水にうつり
　　プリオシンコーストに反射して崩れてくる波は
　　ときどきかすかな燐光《りんこう》をなげる……
橋板や空がいきなりいままた明るくなるのは

この旱天《かんてん》のどこからかくるいなびかりらしい
水よわたくしの胸いっぱいの
やり場所のないかなしさを
はるかなマヂェランの星雲へとゞけてくれ
そこには赤いいさり火がゆらぎ
蝎《さそり》がうす雲の上を這ふ
（中略）
声のいゝ製糸場の工女たちが
わたくしをあざけるやうに歌って行けば
そのなかにはわたくしの亡くなった妹の声が
たしかに二つも入ってゐる
　……あの力いっぱいに
　細い弱いのどからうたふ女の声だ……
杉ばやしの上がいままた明るくなるのは
そこから月が出やうとしてゐるので
鳥はしきりにさはいでゐる

……みをつくしらは夢の兵隊……
南からまた電光がひらめけば
さかなはアセチレンの匂をはく
水は銀河の投影のやうに地平線までながれ
灰いろはがねのそらの環》
（プリオシンコースト＝イギリス海岸がモデル）

ここまでに、「銀河鉄道の夜」に出てくる「天の川＝銀河」（南十字へながれる水）、「プリオシン海岸」（プリオシンコースト）、「青じろい雲」（マゼランの星雲）、「工兵大隊」（夢の兵隊）などが、すでに現れている。そして詩はこう続く。

《……あゝ　いとしくおもふものが
そのまゝどこへ行ってしまったかわからないことが
なんといふいゝことだらう……
かなしさは空明から降り
黒い鳥の鋭く過ぎるころ

秋の鮎《あゆ》のさびの模様が
そらに白く数条わたる》

「薤露青」もまた、「青森挽歌」と同様、とし子への挽歌であった。

この大正十三年十二月には、「銀河鉄道の夜」の原形ができあがっていたことを示すエピソードがある。十二月一日に賢治の最初の童話集『注文の多い料理店』が出版された。それを祝って、装幀《そうてい》と挿絵を担当した菊池《きくち》武雄《たけお》と花巻高女の音楽教師・藤原嘉藤治《かとうじ》が、賢治のために宴席を設けてくれたのだ。十二月中のことと思われる。

その席上、賢治は「今こんなものを書いている」といってオーバーのポケットから一握りの原稿を取り出した。以下は菊池武雄の証言による。


《「どんなのだス」

「銀河旅行ス」

「ワア、銀河旅行すか、おもしろそうだナ」

「場所は南欧あたりにしてナス。だから子供の名などもカンパネラという風にしあんした」

それからストーリーのあらましの説明がある。

「まんず読んで見ねえすか」

「読んでもええすか、でも少し長いから退屈させるとわるいナ」

「ヤ、かまねえ、かまねえ」》（『宮沢賢治「銀河鉄道の夜」を読む』）

このとき賢治が二人に読み聞かせた原稿は、「銀河鉄道の夜」であったと菊池は言う。物語の舞台は、証言からも判《わか》るように南欧と思われる。「銀河鉄道の夜」は、自らが創作した「ケンタウル祭」の日の物語だ。舞台を南欧にしたのは、ケンタウル祭の名前の由来である星座「ケンタウルス」がよく見える地域にする必要があったからだろう。主人公のジョバンニや友人のカムパネルラという名前からして、賢治が具体的に想《おも》い描いていたのはイタリアの町であろう。口語詩「マサニエロ」の冒頭で賢治は「城のすすきの波の上には／伊太利亜製の空間がある」と詠んだ。歌劇「ポルティチの啞娘」（「マサニエロ」）の舞台であるナポリが、頭にあったのか。

賢治が、当時の日本人にはなじみのない南欧を舞台にしてまでこだわった「ケンタウル祭」とは、どんな祭りなのか。

「銀河鉄道の夜」の原稿は、四種類残されている。新全集の分類に従えば、古い順に、初期形一、同二、同三、そして、私たちが「銀河鉄道の夜」として読んでいる第四次稿である。祭りの様子は初期形一の時点から変わらず次のように紹介されている。

《ああそこにはクリスマストリイのようにまっ青な唐檜《とうひ》かもみの木がたってその中にはたくさんのたくさんの豆電燈がまるで千の蛍《ほたる》でも集ったようについていました。

「ああ、そうだ、今夜ケンタウル祭だねえ。」「ああ、ここはケンタウルの村だよ。」カムパネルラがすぐ云いました。》

「クリスマストリイのようにまっ青な唐檜」が、祭りのシンボルのように立っている。大正六年作の「わがうるはしき／ドイツたうひは／とり行きて／ケンタウル祭の聖木とせん」という短歌のイメージが、ここにそのまま使われている。

天空の天の川の岸辺にある「ケンタウルの村」のケンタウル祭の様子は、ジョバンニの町のケンタウル祭と同様に描かれている。賢治はケンタウル祭を、銀河系全体の祭りとしてイメージしている。

夏にクリスマスツリーのような聖木をたてる祭り、という賢治のイメージのもととなったのは、キリスト教の行事で、俗に「夏のクリスマス」といわれる「聖ヨハネ祭」ではないかと思われる。「聖ヨハネ祭」のヨハネは、キリストの十二使徒のヨハネではなく、「バプテスマ（洗礼者）のヨハネ」である。バプテスマのヨハネは、キリストより半年早く生まれたとされ、神の審判が迫っているとして人々に悔い改めるよう説き、洗礼を受けることをもって悔い改めの証《あかし》とした。キリストもヨハネの洗礼を受けたのだ。キリスト生誕より半年前ということで、夏至の日の六月二十四日がその誕生を祝う「聖ヨハネ祭」の日とされている。

賢治は、盛岡中学校時代からキリスト教に関心を抱いていた。保阪嘉内と知りあって教会へ通う機会が多くなり、「夏のクリスマス」について知る機会は十分にあったと思われる。賢治は、夏の祭りである「聖ヨハネ祭」をヒントに「ケンタウル祭」を夏の祭りとしたのだろう。そして、ドイツトウヒをその聖木としたのだ。

注目すべきは、イタリア語で「ヨハネ」は、「ジョバンニ」(Giovanni) ということである。夏に、「ヨハネ＝ジョバンニ」の誕生を祝って鳴らされる鐘、すなわち「カムパネルラ」(Campanella) が、ジョバンニと一緒に旅をする友だちの名の由来だったとしてもおかしくはない。

菊池武雄や藤原嘉藤治が、賢治から読み聞かせられた「銀河鉄道の夜」は、イタリ

ア と覚しき南欧の町に住む仲のよい二人の少年ジョバンニとカムパネルラが、ケンタウル祭という星祭りの夜に、銀河鉄道で旅をする、という物語だった。菊池の証言によれば、賢治の「その顔は長時間の倦怠《けんたい》の色もなく、さも楽しそうであ」ったという。

一方、私たちが知っている童話「銀河鉄道の夜」の「銀河鉄道」は、死者のための列車である。どう考えても、楽しそうに読み聞かせられるような話ではない。

死者のための列車という構造は、初期形一から一貫していることを考えると、大正十三年十二月に賢治が読み聞かせた「銀河鉄道の夜」は、初期形一以前の、「ウル原稿」（もともとの原稿）だったのではないか。

私は、ウル原稿と初期形一の間に、大きな変化があったのでは、と考えた。ウル原稿が書かれていた大正十三年十二月のあとに大きな変更を促す何かが起きたのだ。

2　タイタニックという触発

菊池や藤原への読み聞かせから一カ月経《た》つか経たないかの大正十四年一月五日、賢治はとつぜん陸中海岸への旅に出た。「みんなに義理をかいてまで」と、旅の初日に作った詩「異途への出発」に記している。正月にいくつかしていた約束を、すべて反《ほ》故《ご》にして旅に出たのだ。

それほどまでしてでしなければならない旅だとすると、何か特別な理由がありそうなものだが、「異途への出発」の下書稿には「みんなに義理を欠いてまで旅に出るといっても／海岸の荒《す》さんだ野原や／渦巻く雪にさらされるばかりなのだから／じつはどうしていいかもわからないのだ」とあるだけだ。何の目的もなく、雪の陸中海岸をただ旅したいだけだったというのである。にわかには信じ難い。いったい何があったのか。真の目的は何だったのか。

花巻から陸中海岸までのルートは二通りあった。岩手軽便鉄道などで釜石まで行き、釜石から陸中海岸沿いに船便か徒歩で北上するルート、逆に東北本線で青森の尻内駅（現・八戸駅）まで行き、八戸線で岩手に入って間もなくの、当時の終着駅・種市《たねいち》まで出て、種市から陸中海岸に沿って徒歩と船便で南下、釜石に至って軽便鉄道に乗り花巻に帰る、というルートである。賢治が選んだのは後者だった。

種市で作った詩「異途への出発」によると、そこに着いたのは夕刻である。当時の時刻表によれば、種市着は午後五時十八分。この日、一月五日の日の入りは午後四時二十分だった。あたりはすでに暗くなっていただろう。

降り立った賢治は、そのまま海岸線に沿って歩き出す。当時、種市からおよそ三十キロ（現在の時刻表による）南の久慈《くじ》に向けての鉄道は工事中だった。であるから歩くこと自体は必ずしも驚くにあたらないが、なぜ、厳寒の雪道を夜を徹して歩こうとするのか。「異途への出発」を読んでも、目的は一向に解《わか》らない。

《月の惑《まど》みと
巨きな雪の盤とのなかに
あてなくひとり下り立てば
あしもとは軋《きし》り
寒冷でまっくろな空虚は
がらんと額に臨んでゐる
　……楽手たちは蒼《あお》ざめて死に
　嬰児《えいじ》は水いろのもやにうまれた……
尖った青い燐光が
いちめんそこらの雪を縫って
せわしく浮いたり沈んだり
しんしんと風を集積する

……ああアカシヤの黒い列……
みんなに義理をかいてまで
こんや旅だつこのみちも
じつはたゞしいものでなく
誰のためにもならないのだと
いままでにしろわかってゐて
それでどうにもならないのだ
　……底びかりする水晶天の
　　一ひら白い裂罅《ひび》のあと……
雪が一さうまたたいて
そこらを海よりさびしくする》

この日の月の出は午後一時十四分。昼のうちに東のやや北寄りの海の上に出た、半月より大きい月齢十日の月は、四時間後の午後五時半頃には、東の少し南の空に浮かんでいたはずだ。海沿いに南下する賢治から見て左手やや前方、まだ高みに昇り切っていない中空の月を、賢治は月がまだうろうろしている、とみて「月の惑み」としたのか。

海岸は雪に覆《おお》われている。ひとり雪道を歩きだすと、雪がきしきしと音をたてた。

平成二十五年一月五日の午後、私は八戸線の種市駅に降り立った。種市駅は、海岸線より四百メートルほど内陸にある。薄く積もった雪を踏んで、海岸沿いの「浜街道」に向かって歩いた。ゆるやかな昇り降りの道をゆくと、行手に海が見えてきた。

「寒冷でまっくろな空虚」、つまり太平洋である。「……楽手たちは蒼ざめて死に／嬰児は水いろのもやにうまれた……」。この奇妙な二行は、点線で始められ点線で閉じられている。賢治がそのとき想起したという意味だ。種市に来る前に、思い浮かべたこのことについての何らかの体験があり、そのイメージが、太平洋を見た瞬間に想起されたのだ。

四万六千トンの豪華客船「タイタニック」が、イギリス・サウサンプトン港からアメリカ・ニューヨークまでの処女航海の途中、カナダの東沖で氷山に衝突し、乗員乗客およそ二千二百名のうち千五百を超える死者を出す大惨事を引き起こしたのは、明治四十五年四月のことだった。死者のほとんどは、成人男性だった。救命ボートが足りなかったため、女性と子供を優先してボートに乗せ、成人男性や乗員は、船に残り船とともに沈んだ。

タイタニックの楽団員（楽手）たちが、讃美歌《さんびか》を演奏しながら船とともに沈んでいったという話は、世界中に報じられたが、岩手の地元紙には報じられなかった。賢治はこのとき十五歳、盛岡中学四年生だった。楽手たちの話を知ることはなかったはずだ。十五歳の賢治が事故に特別な関心を払っていた形跡は見当たらない。ところが、およそ十三年後の大正十四年一月に旅に出た賢治は、この件を知っていたようだ。いつ、どこで知ったのか。

賢治が旅を終えて花巻に帰ってきたのは、一月九日。それから十六日後の一月二十五日に、賢治は、タイタニックの名をとりいれて詩を書いた。〔今日もまたしやうがないいな〕である。

《今日もまたしやうがないいな
　青ぞらばかりうるうるで
　窓から下はたゞいちめんのひかって白いのっぺらぼう
　砂漠みたいな氷原みたいな低い霧だ
　雪にかんかん日が照って
　あとで気温がさがってくると

かういふことになるんだな
（中略）
いったい霧の中からは
こっちが見えるわけなのか
さよならなんていはれると
まるでわれわれ職員が
タイタニックの甲板で
Nearer my God か何かうたふ
悲壮な船客まがひである》

「Nearer my God」は讃美歌で、正確には「Nearer, my God, to Thee」。当時の新聞は、「神よ御許《おんもと》に近《ちか》づかん」などと訳して報道している（註25）。

事故直後の明治四十五年四月二十一日付の「東京朝日新聞」に、英語の発音そのままに「ニヤラーマイゴット」という言葉が使われている。賢治は同紙を見て「Nearer my God」と詩句にとりいれたのではないかとも思われる。

いずれにしろ、賢治はこの時期にとつぜんタイタニックに関心を抱き、情報を集めていた。楽団員たちの演奏した讃美歌も知っていた。

タイタニックの事故から十三年近く経っていたこの時期に、賢治はなぜタイタニックに関心を持ったのか、それが気になる。

新全集の「年譜」で、大正十四年の正月あたりの動静を探ってみる。大正十三年十二月二十四日に、次の記述があった。

《午後斎藤宗次郎、農学校（注＝花巻農学校）を訪問、賢治と内村鑑三および中村不折のこと、ベートーヴェンのシンフォニーのことを語り合う。》

斎藤宗次郎は、花巻の曹洞宗《そうとうしゅう》の寺に生まれたが、教派に属さない無教会主義のキリスト者・内村鑑三の文章にふれてキリスト教徒となった人物である。斎藤は、岩手師範学校を卒業して花巻の小学校に勤めていたとき、内村鑑三が日露戦争に反対したのに共鳴して、自らも徴兵拒否を決意したが、その思想がもとで小学校を退職させられ、それを機に「求康堂」という書店を花巻に開いて、かたわら新聞取次業も始めるようになった。

平成十七年に斎藤の自伝『二《に》荊《けい》自叙伝』が刊行されて、賢治との交流が明らかとなった。『二荊自叙伝』に解題を書いた宗教学者の山折哲雄は、斎藤についてこう描写している。

《雨の日も風の日も吹雪の日も、毎朝早く花巻の町を走り、喜々として新聞を配達するようになる。（中略）宮沢賢治との交流が深まるのは、大正十年から十五年にかけての時期である。》

大正十一年に、とし子にまつわる記事を掲載した「岩手民報」の入手を、賢治が斎藤に依頼した可能性があることはすでに述べた。大正十三年の十二月に斎藤が農学校を訪れた頃は、互いに胸襟《きょうきん》を開いて語りあう仲になっていたと思われる。二人の交流を調べてみると、十三年の二月七日に斎藤は、賢治の「永訣の朝」を校正刷の段階で読む機会を与えられていて、その時の衝撃と感動を「自叙伝」に詳しく記している。斎藤は十九歳年下の賢治を畏敬《いけい》していた。一方、賢治の「雨ニモマケズ」の「デクノボー」は、斎藤がモデルではないかという説も出て、近年注目を集めている。山折の解題に次のような件《くだ》りがある。

《斎藤はしばしば上京して内村に会い、その講演や講座の席につらなっている。師の編集になる『聖書之研究』をひたすら熟読し、キリスト者としての伝道の仕事をつづけて倦《う》むことがなかった。》

斎藤が内村の「聖書之研究」の熱心な読者であったことと、大正十三年十二月二十四日の賢治との雑談の中で斎藤が内村鑑三の話をしていることが、私の中で結びついた。

賢治がどのようにしてタイタニックについて情報を得たのかを調べるため、私は当時タイタニックをとりあげたすべての雑誌を入手した。雑誌記事を検索するデータベースを持っていた「皓星社《こうせいしゃ》」社長・藤巻修一の尽力によるものである。十四誌、冊数にして二十冊が見つかった。しかしながら、賢治の執筆材料となるような直接的な情報はどこにもなかった。

しかし、わずかな手がかりを得た。その二十冊の中にあった「聖書之研究」だ。明治四十五年五月号の同誌に載っていたのは、「汽船タイタニックの沈没」と題する信者・村山元子の詩だった。詩の前説にはこうあった。

《明治四十五年四月廿一日《にじゅういち》大森加納家に於ける内村先生の御話しを伺いて感慨堪え難く深き真理の尊さを後の為にと拙《つたな》き筆に書き付けおく》

四月二十一日というのは、「タイタニック」の救助に向かった客船「カルパチア」がニューヨークに着いて、遭難の実際が初めて日本に報じられた日である。その日のうちに、内村鑑三はタイタニック遭難をキリスト者としてどう受けとめたか、信者たちに話していたのだ。

村山元子の詩は、タイタニックの沈没を神の御心ととらえ、亡くなった人の上には天上の光が輝くであろうと謳《うた》いあげるもので、賢治が「銀河鉄道の夜」で書いたような、タイタニック遭難の具体的な描写はなかった。念のため、私は、その頃に発行された「聖書之研究」のほかの号も調べてみた。

七月号に「柏木《かしわぎ》通信　復活」と題する記事があった。冒頭に「六月二日今井館に於ける内村先生の講演大要」とあった。タイタニックで死んでいった人の復活を論じた内村の講演だった。内村は、四月に続いて六月にも、タイタニックの遭難について講演をしていたのだ。

内村鑑三はその講演で、死者の肉体が失われたとき、霊魂はどこへ行きどのように復活するかについて、〝科学的〟に死者の完全な復活を説いていた。

《不幸タイタニック号の沈没と共に新見国《ニューファンドランド》の沖の鱈《たら》の腹中に葬《ほうむ》らるとも復活に何の障《さわ》りとならず。仮令《たとえ》復活体の材料に用いらるるともこれがために死体保存に苦心するの要はなし、何となれば肉体の分子が形を変じて分散すとも消滅することはなし、神之《これ》を用い給う事自在なる可《べ》ければ也。然《しか》り死の幕一重を隔てて復活はあり、死豈《あに》一般者の思惟する如く忌《い》む可く怖る可きものならんや。》

死者は神の力によって、死んだ時よりももっと完全な形になって復活する。だから死を恐れる必要はない、というのが内村の講演の主旨だった。

この内村の講演会を、斎藤は聞きに行ったのかもしれない。行っていないにしても「聖書之研究」の熱心な読者であった斎藤が、内村の講演の要約を読んでいたことは疑いない。斎藤の新聞取次店には、「東京日日」や「東京朝日」など中央の新聞が毎日配送されてきていて、内村の講演に導かれて、連日「タイタニック」に関する記事を読んでいただろう。他人の生命を救って自ら従容《しょうよう》として死を選んだ人たち、その自己犠牲について書かれた記事は、斎藤にも深い衝撃と感動を与えたに違いない。

先にも記したが、大正十三年二月七日、斎藤は新聞代集金のため花巻農学校に行って、賢治から「永訣の朝」を見せられている。その感動を日記にこう書きつけた。

《若き兄妹の永訣の朝の真情濃《こまや》かなる場面に
我と我身を投じて堪えられぬ感に入った
青年（注＝賢治のこと）は側より〝善し悪しは別です只其通りです〟と語った
予には発すべき言葉は無かった》

「年譜」によれば、同年四月二十一日、賢治は斎藤の求康堂を訪れ、詩集『春と修羅』を手渡して「どうか批評してくなんせ」と言った。斎藤はとうぜん「永訣の朝」や、「青森挽歌」をはじめとする「オホーツク挽歌」詩群を読んだ。そこには、妹とし子の魂の行方を求める賢治の旅が描かれていた。斎藤は、その姿にも胸を打たれたことであろう。

八月二十七日、斎藤は花巻農学校に出かけ、賢治が、ドボルザークの交響曲「新世界」の「ラルゴ」に合わせて自ら作詞した歌を、朗々と歌うのを聞いた。

十二月二十四日、キリスト教徒にとって最も大切なクリスマスイブの日に、斎藤は

「自伝」にもあるように農学校の賢治の許《もと》を訪れた。その日は二人きりだった。陸中海岸へ旅立つ十二日前のことだ。

ここからは私の推理である。斎藤は、賢治から贈られた詩集『春と修羅』を読み、賢治がとし子の死後を深く案じ彼女との交感を願っていると知った。とし子が死後、どんな姿になりどんな世界に生きているのか、と思いをめぐらせる賢治に心をうたれた。詩集の表題作「春と修羅」で、賢治が「(このからだそらのみぢんにちらばれ)」とうたっていることも知った。斎藤は、タイタニックで自ら犠牲となっていった人々の復活を説いた内村鑑三の講演を思い起こす。犠牲者の肉体は神の手によってふたたび復活する、と師は説いていた。斎藤は、明治四十五年七月号の「聖書之研究」を賢治に読んでもらおうと考える。斎藤はクリスマスイブの日を選んで、「聖書之研究」と自分が保存していたタイタニックの記事が載っている新聞を持って、賢治の許を訪れた。船とともに沈んでいった乗客の様子を報ずる新聞記事と、内村の「復活」に関する講演をはじめて読んだ賢治は、強い衝撃を受け、犠牲になったタイタニックの乗客を「銀河鉄道」の乗客にしようと思った。そして、冬の北の海を実感するために、正月あけのいくつかの約束を反故にして陸中海岸の旅に出た――。

それでも、なぜ、賢治は暗くなって着いた種市から、そのまま徹夜で海岸を歩きつづけたのか、と考えるとやはり説明できない。「タイタニックは夜に沈んだのだから、夜の海を見ようとしたのだ」と理解しても、だからといって徹夜で歩く必要はない。

種市に降り立った一月五日は、月齢十日である。夜通し歩くには月の光が必要なことを、賢治はよく知っていた。本来なら一月十日の満月の夜が望ましいが、それでは旅程が三学期の授業に食いこんでしまう。ぎりぎり月齢十日、すなわち半月よりいくぶん大きい月の夜を選んだのだろう。徹夜で歩かなければならない理由が確かにあったのだ。

一晩中歩き通した賢治が夜明けに書いた「暁穹《ぎょうきゅう》への嫉妬《しっと》」を読み直す。一月六日の暁の詩だ。

《薔薇輝石や雪のエッセンスを集めて、
　ひかりけだかくかゞやきながら
　その清麗なサファイア風の惑星を
　溶かさうとするあけがたのそら
　さっきはみちは渚《なぎさ》をつたひ
　波もねむたくゆれてゐたとき

星はあやしく澄みわたり
過冷な天の水そこで
青い合図《wink》をいくたびいくつも投げてゐた
それなのにいま
(ところがあいつはまん円《まる》なもんで
リングもあれば月も七っつもってゐる
第一あんなもの生きてもゐないし
まあ行って見ろごそごそだぞ）と
草刈が云ったとしても
ぼくがあいつを恋するために
このうつくしいあけぞらを
変な顔して　見てゐることは変らない
変らないどこかそんなことなど云はれると
いよいよぼくはどうしていゝかわからなくなる
……雪をかぶったはひびゃくしんと
百の岬がいま明ける

万葉風の青海原よ……
滅びる鳥の種族のやうに
星はもいちどひるがへる》
（薔薇輝石＝ロードナイト、……どこか＝どころか）

そのまわりにリング（輪）を持っていて月（衛星）を七つ（当時の知識としては九つとされていた）持っている「あいつ」とは、「サファイア風の惑星」、つまり土星のことだ。この詩の主役は、土星である。賢治は、土星が夜明けの空に溶けこむのを見たかったのか。それなら花巻でも見ることができるだろう。

賢治の意図を測りかねた私は、かつて私も教鞭《きょうべん》をとったことのある武蔵野美術大学映像学科の教授・三浦均《ひとし》に助けを求めた。三浦は、コンピュータグラフィックスを使って宇宙の森羅万象を視覚化することを専門とする研究者である。

三浦に「異途への出発」と「暁穹への嫉妬」のコピーを手渡し、大正十四年一月五日の夕方から翌日の明け方にかけて陸中海岸における月や星々がどんな様子だったか調べてほしい、と依頼した。

返事はすぐにメールで届いた。天体の位置を検索するソフト「Mitaka Plus」を駆使して、東西南北ごとに一時間おきの画像を示した「陸中海岸のその夜の空の出来事」は、私の想像をはるかに超えるものだった。

3 自分だけの「秘密の祭り」

大正十四年一月五日午後八時の陸中海岸の南東――。海岸線を南に向かって歩く賢治の左斜め前方、つまり洋上の空に、巨大ともいえる大きさの星シリウスが昇っていた。それは、三浦教授から送られてきた最初の画像に示されていた。

三浦のコメントによれば、シリウスはおおいぬ座のα星（星座の最輝星）で、地球上で見える最も明るい星であるという。その色が青いことから青星ともいわれる。詩「異途への出発」の中の「尖《とが》った青い燐光《りんこう》」は、月の光の雪面からの反射であろうが、シリウスの光の反射と賢治がとらえていた可能性もある。

さらに、一月一日から五日までは、北東の空に、「しぶんぎ座流星群」が放射状に流れた時期である、と三浦は指摘する。「異途への出発」の最後の方に「底びかりする水晶天の／一ひら白い裂罅《ひび》のあと」とあるのは、その流星群の流星痕《こん》ではないか、というのである。明るい流星が通ったあとの空に、尾を引くように数秒から数十秒光ることがあるとのことだった。

日付が変わって六日午前二時すぎ、東南東の洋上に土星が昇ってくる。四時間後には「暁穹」（夜明けの空）に溶かされてしまう惑星である。午前三時、月が西北西の山陰に消える。土星や他の星々の輝きが増す。

朝焼けのばら色の空に溶かされそうになる午前六時半頃に、土星はどのあたりにあるのか。画像を四時、五時と見ていく。午前五時四十五分の画像があった。私は目を疑った。土星は南南東の空のやや低い位置にあり、そのおよそ右下あたり、つまり土星よりやや南寄りのあたりに、地平線から「ケンタウルス座」が上半身を現しているではないか。「ケンタウルス座」は、日本では冬に見えないのではなかったか。

すぐに確認した。「一月六日の明け方には確かに見えています」というのが三浦の答えであった。ただ、低い位置なので周囲にビルや山があると見ることはできない。そういう微妙な位置なのだという。

中学二年の頃、賢治はすでに簡単な星座早見盤を持っていた、と実弟の清六が、『宮澤賢治と星』の中で証言している。その早見盤は、著者の草下《くさか》英明《ひであき》によれば日本天文学会編で三省堂発行のものであったそうだ。

仮に、一月六日の未明にケンタウルス座が南天に姿を現すことを星座早見盤で賢治が知っていたとすると、旅の目的を根本から考え直さなければならない。「銀河鉄道の夜」は、「ケンタウル祭」の夜の物語である。ケンタウルス座が中天に輝く夏の夜だ。ところが、タイタニック事故の犠牲者を「銀河鉄道」の乗客として登場させようとすると、季節が合わなくなってしまう。タイタニックの遭難は四月とはいえ、冬のような北の海で起こったのだ。ただし、ケンタウルス座が冬にも出るのなら、必ずしも季節を夏にする必要はない。

賢治はそう考えて、花巻や盛岡では山にさえぎられて見ることのできない冬のケンタウルス座を、陸中海岸で確かめようとして夜通し歩いたのか――。

それにしても賢治はなぜ、これほど「ケンタウル祭」にこだわるのだろう。ふしぎなことに「ケンタウル祭」についての詳細な説明は、「銀河鉄道の夜」のいずれの段階の原稿にも一切ない。

私の星の知識は、草下英明の『宮澤賢治と星』による。草下は、星の文学者といわれた野尻抱影《のじりほうえい》の弟子で、〝愛星家〟と自称していた。草下が司会を務める番組のアシスタントであった私に名刺代りにくれたのが『宮澤賢治と星』で、昭和二十八年刊の冊子のように薄い本だったが、私には十分すぎるくらいであった。「ケンタウル祭」について、草下はこう書いていた。

《ケンタウルス座は、夏の夜の南天低く見える星座で、半人半馬の怪物ケンタウルスが槍《やり》を持って狼を突いている姿をえがく。ケンタウルスは古代ギリシャの空想上の怪物であるが、決して悪者ばかりではなく、温和で智徳を備えたものもおり、人間の友人や味方として扱われているものも多い。（中略）ケンタウルの祭りというのは賢治の創作で、恐らくケンタウルという語の美しい響きを賢治が好んだからであろう。（中略）大正六年作の短歌にも「うるはしき　ドイツたうひはとりゆきて　ケンタウル祭の　聖木とせん」というのがあるから、既にこんな頃から銀河鉄道の萌芽《ほうが》、或はまたケンタウル祭の着想があったことをうかがえる。》

ケンタウルスは、より正確に言えば、「日本では初夏の宵に南の地平線近くを通過する星座」として知られている。

賢治は「ケンタウル祭」をいつ発想したのか。その手がかりとなるのが、草下も引用し、先にも紹介した大正六年の短歌である。

「わがうるはしき／ドイツたうひは／とり行きて／ケンタウル祭の聖木とせん」。

「たうひ」は「唐檜《とうひ》」。マツ科の常緑高木だ。

賢治が「ケンタウル祭」の聖木とした、「ドイツトウヒ」に何か手がかりはないか、調べてみた。新全集第一巻に、「ドイツトウヒ」をうたった歌が二首あった。

（歌稿A461）
《わが麗《うるわ》しきドイツたうひよ（かゞやきのそらに鳴る風なれにも来り）》

歌稿Aは、大正八年に帰郷して療養生活を送っていたとし子が、その夏、逗留《とうりゅう》先の西鉛温泉で浄書したものだ。もう一首はとし子の浄書のあと賢治自身が浄書し直した歌稿Bである。歌稿Aにほんの少し手を入れていた。

（歌稿B461）
《わがうるはしき
ドイツたうひよ
（かゞやきの
そらに鳴る風なれにもきたれ。）》

「なれ（汝）にも来り」と「なれにもきたれ」の差異だけで、両者に「ケンタウル祭」という言葉はまだない。

ふと気づいたことがあった。二首とも五音であるべき最初の一行が七音である。五・七・五となるべきが、七・七・五と破調になっている。「わがうるはしき」を「うるはしき」にすれば、意味を変えずに五音になる。リズムにこだわる賢治なのに、「わが」の二音を削除しようとしていない。

賢治は、「わが」を削りたくないのだ。「わが」にこそ意味があるのだ。そう確信した。「わたしのドイツトウヒよ」なのだ。もしかして、トウヒは保阪ではないのか。そう思って読めば、「わがうるはしき」にこめた賢治の真意が浮かびあがってくる。

この二首は、歌集の大正六年四月の項に入っている。すでにこの時期に、賢治は保阪に強く魅《ひ》かれていたことになる。これまで私は、賢治が保阪を意識しはじめたのは大正六年七月、同人誌「アザリア」の創刊のあとの「馬鹿《ばか》旅行」と、それにつづく同月十四、十五日の二人だけの岩手山山行だと思ってきた。それを少し修正しなければならないようだ。

「ドイツトウヒ」は、深山に自生する樹《き》だ。賢治と保阪は、私が想像していたよりもかなり早い時期に、二人だけで山行をしていたのではないか。「年譜」を読みなおしてみた。大正五年、すなわち保阪が入学してきた年の七月五日の項に「保阪嘉内と岩手山登山、神社参拝」とあり、保阪の日記では「岩手山神社祭典見物」としか記されていないことは、前述した。新全集に示された「大正六年四月」以前に賢治が保阪と二人だけで山行していたとすれば、大正五年七月五日のこの日が最有力だ。それを実証する手がかりはないか。

あちこち資料を漁《あさ》っているうちに、大正六年四月二日に賢治が、山梨県に帰省中の保阪にあてた手紙の中に、探していたものを見つけた。手紙にこうあった。

《岩手県の山も茶色に静にけぶっています　学校へ出たら又愉快に霧山岳だの姫神山だのへ行こうではありませんか》(傍点＝原文)

「霧山岳」は、岩手山の古名である。賢治は、ことしもまた二人で登ろうと保阪を誘っているのだ。二人は確かに、前年の大正五年に岩手山に、そしておそらくは姫神山にも登っていたのだろう。賢治の「わがうるはしき／ドイツたうひよ」という想いは、すでに大正五年の夏の山行から生まれていた可能性がある。その想いが、大正六年四月の「わたしのうるわしいドイツトウヒ」となったのではないか。

「トウヒ」と「ケンタウル祭」の双方が織りこまれている短歌は、前出二首のすぐあとに載っている。新全集の解説によると、B461の下の余白に鉛筆で記された歌だった。賢治が自らインクで浄書したあと、原稿の余白に鉛筆で書きこんだのが、

《わがうるはしき
ドイツたうひは
とり行きて
ケンタウル祭の聖木とせん》

だったのである。この「ケンタウル祭」の歌は、大正六年四月の項に収録されてはいるが、実際には大正八年夏以降に賢治が浄書した折に新たに作られた歌ということらしい。「ケンタウル祭」という言葉がはじめて使われたのが、この歌である。なぜ、この時期に「ケンタウル祭」を思いついたのか。

考えられる理由は一つ。賢治はその夏、ケンタウルス座をはじめて意識して見たのではないか。私は再度、武蔵野美大の三浦教授に、大正八年夏に岩手県でケンタウル

ス座がどう見えていたかを尋ねた。

三浦は、私が天文学上の初歩的知識に欠けていると見たのか、以下のようなメールを送ってきた。

地球上の一点に立って見上げる空にはいつだって星座がある。それが見えるか見えないかは、空が明るいか暗いかによるだけだ。

地球は、二十四時間で一回転している。自転である。私たちが立っている地球上の面が太陽に向いている時、空は明るくて星は見えない。太陽に背を向けはじめて暗くなると星は見えてくる。星座が動いているように見えるのは地球が回っているからだ。回転する地球の軸が少し斜めになっているので、地平線近くの星座には、地平線から出てきて地平線に沈んでいくというものもある。大正十四年一月六日の夜明け前に見えたケンタウルスもその例だ。空が明るくなるのと地平線に沈むのが同時進行して見えなくなるのだ。

地球は、自転しながら太陽のまわりを三百六十五日かけて一周している。公転である。一周三百六十度を三百六十五日で回るので、一日にほぼ一度の速さで動いている。その分、星の見え方が変化する。

一周する軌道上のある地点をAとすると、半年後に地球は、太陽をはさんでちょうどAと真反対の位置にいる。その位置をBとする。Aで夜となる方向とBで夜になる方向は、真反対となる。見える星座は、それぞれ真反対の天空の星座だ。ただし、昼と夜の境附近から見える星座はAとBとで重なっている。同じ星座が見えるのだ。違いは、Aで夜明け前に見える星座は、Bでは夕方になって見えてくるという点だ。

たとえば、大正十四年一月六日の夜明け前に見えていたケンタウルスは、半年前の、大正十三年七月七日の、夕方から見えてくるケンタウルスと同じ位置に見える。この位置関係は、百年や二百年の単位で変るようなものではなく、何年のことであろうと同じなのだ――。

三浦は、大正十四年一月六日午前五時三十分のケンタウルスの画像と、私が尋ねた大正八年の七月七日のケンタウルスの画像を送ってきた。二つのケンタウルスは、ともに真南の地平線上にその上半身を現していた。

念のため、として三浦はもう一枚ケンタウルスの画像を送ってくれた。大正八年六月十日午後八時三十分のケンタウルスだ。ケンタウルスは初夏の宵に見える星として知られるが、具体的には、六月の十日頃の夕方から夜にかけてのことだという。そのケンタウルスの画像だった。上半身であることに変りはないが、確かに他の二枚の画像よりその位置は高かった。六月十日を頂点に前後二カ月ぐらいはケンタウルスを見ることができるということは、十二月十日の前後二カ月も見ることができるということか。

一気に、私の頭の中にさまざまな思いが駆けめぐった。ケンタウルスが冬でも見えるのはあたり前のことなのか。それが、天文学上の常識だとするなら、子供の時から星を眺めていた賢治はとうぜん知っていたということなのか。七月七日、つまり七夕の半年後が、一月六日だとすると、賢治の行動はそのことを意識してのことなのか――。

早まるな、と私は自分を戒めた。私は、賢治がはじめて「ケンタウル祭」という言葉を使った大正八年に、賢治に何があったのかを調べるため、大正八年夏のケンタウルスを念のために確認しただけなのだ。いつもの年のようにケンタウルスを見ることができたのは解った。スタート地点に戻ろう。

大正八年は賢治にとってどういう年だったか。前年の三月に高等農林を卒業していた賢治は、同時期に退学処分を受けて盛岡を去った保阪に対して、岩手山上での二人の「誓い」を想起させようと、入信勧誘にかこつけて狂熱的な手紙を出し続けていた。さらに言えば、同じ年の六月に賢治は、夢の中で白い雲と化して保阪の心の中に侵入した、と書き送り、「その願はけだものの願であります」と告白していたのだ。

ケンタウルスの下半身は馬（胴体と四本の脚）で、馬の首にあたる部分から人間の裸の上半身となっている。右手で槍を投げようと構えている。

大正八年の夏過ぎのどこかで「ドイツトウヒ」の短歌を浄書していた賢治は、霊感に打たれたように「ケンタウル祭」を思いついた。賢治が「ケンタウル祭」にこめた真意は明らかである。「ケンタウル祭」の「ケンタウル」は、ドイツ語で「半人半馬の怪物」そのものを指す。それは賢治自身なのだ。夏のクリスマスをイメージしてドイツトウヒを聖木にした「ケンタウル祭」。「銀河鉄道の夜」の中で、「ケンタウル祭」の夜、時計屋の店内に「銅の人馬」が飾られているという描写があるが、これは「ケンタウル祭」の意味を賢治が密《ひそ》かに示したものであろう。

いや、ケンタウル祭は、夏のクリスマスのイメージだけで生まれたものでもなさそうだ。

確かに、ケンタウル祭の夜、ジョバンニが住む町では、子供が「ケンタウル露をふらせ」と叫んでいて、この言葉は、上田哲がその著書『宮沢賢治　その理想社会への道程』で指摘したように、旧約聖書のイザヤ書にある「天よ、上より水を注《そそ》げ」にならったものだ。キリスト教の影響であることは確かだが、日本の東北地方や北海道では、七夕の夜、提灯《ちょうちん》をかかげた子供たちが「提灯出せ、出せよ」と囃《はや》しながら町を練り歩く風習があった。私も北海道の炭鉱町で経験がある。

さらに、「銀河鉄道の夜」の初期形三において賢治は、「ケンタウル祭」を「七星祭」あるいは「星曜祭」といったんは改めようとしていたという事実もある（新全集第十巻校異篇）。「七星」は「北斗七星」だ。北半球では年中頭上に見える。賢治は物語の舞台を北の町にしようとしたのだ。また、「星曜」の「曜」は太陽や月、そして星々の総称である。「星曜祭」は「星の祭り」を意味する。「七夕祭り」は「星祭り」とも言われる。そして「七夕祭り」が、ふだんは天の川の両岸に離れて暮らしている織姫と彦星《ひこぼし》が、天の川で出会う日であることを思わずにいられない。賢治は結局、「七星祭」も「星曜祭」も使わず「ケンタウル祭」に戻したが、「ケンタウル祭」に「七夕祭り」のイメージが重ねられている可能性は否《いな》めない。

簡潔に経緯を整理してみよう。大正五年夏に、保阪は「ドイツトウヒ」になり、大正八年に賢治は「ケンタウル」になった。天のケンタウル、地のドイツトウヒだ。賢治は、「ケンタウル祭」を思いつくと同時に、その物語を書こうと思った。それが「銀河鉄道の夜」のそもそもの始まりだったのではないか。

そのように頭を整理し、大正十四年の一月六日未明に賢治が徹夜で見ようとしたものに思いを馳《は》せようと、口語詩「暁穹の嫉妬」に目を通して、私は微《かす》かに身震いした。

《薔薇輝石や雪のエッセンスを集めて、
　ひかりけだかくかゞやきながら
　その清麗なサファイア風の惑星を
　溶かさうとするあけがたのそら》

「清麗なサファイア風の惑星」、すなわち土星が、明けがたの空に溶けそうになりながら、向きあっていたのはケンタウルス座ではなかったか。

私は、三浦教授から提供された画像を見直した。大正十四年一月六日の夜明け前、ケンタウルス座の斜め左上に土星はあった。その土星に向かい、詩の後半で「ぼくがあいつを恋するために」と、声をかけている「ぼく」とは、「ケンタウル」だ。土星とケンタウルス座の間に、他の星座はない。土星と「ケンタウル」は、斜め上と斜め下から見つめあっている――。

順を追ってさらに整理してみよう。

大正十三年十二月二十四日、賢治は構想中の童話「銀河鉄道の夜」に、おそらくは斎藤宗次郎を通じて知ったであろう「タイタニック」の犠牲者を登場させようと決める。さて、以前から設定していた夏の夜の祭り「ケンタウル祭」をどうするか。星座早見盤でケンタウルス座の冬の位置を調べてみた。天文学の教える通り、十二月初旬の夜明けの地平線上にその上半身を最も高く見せるのは確認できた。しかし、調べた時はすでに十二月下旬だった。ケンタウルスは南天の低い位置になっている。確実に見えるのはどこか。久慈湾の岬に目をつけた。一月六日の夜明けが、たまたま七夕のちょうど半年後であることにも気づいた。一月六日は冬の七夕とみたてることもできる。「ケンタウル祭」を冬にすることもできるかもしれない。とにかく、一月六日未明のケンタウルスを見に行こう。大正十四年一月五日、賢治は急遽《きゅうきょ》、旅に出た――。

これが私の推測しうる「異途への出発」の動機である。「異途への出発」とは、それまでの仏教説話的な童話とはまったく異なる物語を書くための旅に出る、という賢治の想《おも》いを表しているように思われる。

降り立った種市から南下して、現在の陸中八木を過ぎるあたりまで浜街道はほぼ海岸沿いだ。久慈が近づくと、行く手に標高一七八メートルと一六四メートルの小高い山が並んでいる。浜街道は、侍浜《さむらいはま》町の中心である侍浜本町に向かってゆるやかに登っていく。侍浜本町は高台の平地で海は見えない。浜街道は右へ下って久慈の町に向かう。侍浜本町で分岐したもう一本の道は左へ、太平洋と久慈湾を望む東南の方向へ向かう。途中、本波《ほんなみ》という集落があって、そこから左へ（東へ）一・五キロいくと太平洋に面した断崖《だんがい》がある。本波をそのまま東南に進む道は、太平洋と久慈湾を見下ろす麦生《むぎょう》の集落に至る。「暁穹への嫉妬」に「雪をかぶったはひびゃくしんと／百の岬がいま明ける」とある。「はひびゃくしん」は、ヒノキ科の低木で「這栢槙」。風の強い海岸に生える。賢治が、最終的に溶けていく土星を見ていた場所は、本波の断崖の上か、麦生の海岸だ。

その朝、賢治がどちらに立っていたにしろ、南南東の低い空に、土星が見え、その右斜め下に沈みゆくケンタウルス座があった。午前六時半、水平線上が薔薇《ばら》色《いろ》に染まってくる。土星は溶けだした。「百の岬がいま明ける／万葉風の青海原よ」と賢治はうたいあげる。「万葉風」とは、この際「相聞歌《そうもんか》」と解釈しておこう。明けゆく青海原の上空で、別れを惜しむ「ケンタウル」と「土星」の相聞歌だ。

ケンタウルの恋の相手が、「わがうるはしき／ドイツたうひ」から恋する「あいつ」（土星）に変わった瞬間である。「ケンタウル祭」は、この時から、土星とケンタウルの逢瀬《おうせ》を祝う祭りとなったのである。もしかして賢治は、星座早見盤でケンタウルス座と土星の出会いを知っていたのかもしれない。「暁穹への嫉妬」は、出会いの喜びと別れのおののきをうたいあげた詩といえよう。

賢治は、「ケンタウル祭」がどういう意味を持つのか、生涯、一切の説明をしなかった。賢治にとって「ケンタウル祭」は、秘密の祭りだった。

「暁穹への嫉妬」は、のちに「敗れし少年の歌へる」という文語詩に改作された。それは、「文語詩稿」の「五十篇」にも「一百篇」にも入っておらず、新全集では「文語詩未定稿」に収載されている。

《ひかりわなくあけぞらに
清麗サフィアのさまなして
きみにたぐへるかの惑星《ほし》の
いま融《と》け行くぞかなしけれ

雪をかぶれるびゃくしんや
百の海岬《うみさき》いま明けて
あをうなばらは万葉の
古きしらべにひかれるを

夜はあやしき積雲の
なかより生れてかの星ぞ
さながらきみのことばもて
われをこととひ燃えけるを

よきロダイトのさまなして
ひかりわなゝくかのそらに
溶け行くとしてひるがへる
きみが星こそかなしけれ》

「きみにたぐへる」とは、「きみにたとえる」ということ。清らかなサファイア（サフィア）色の惑星（土星）を、「君にたとえる」。文語詩「敗れし少年の歌へる」は、「暁穹への嫉妬」より直截《ちょくせつ》だ。「君が明けゆく空の光に融けて消えていくのが悲しい」。これが第一節だ。「わななく」とは、光そのものの描写というより、その光で消えていく土星を見つめる賢治自身の感情であろう。かつて散文や口語詩、文語詩で表した、

「ダルゲ」を失ったときのあの「わななき」だ。

第二節に「万葉の古きしらべ」とある。やはり、あの夜明け、「相聞歌」が賢治の耳に聞こえていたのだ。第三節。雲間から生まれ出た土星は、まるで「君」が私を訪《おとな》い来て、熱い言葉をかけてきたようだ、と賢治は言う。午前三時に東南東の洋上に出た土星は、夜明け前のその時、ケンタウルに出会ったのだ。第四節。薔薇《ばら》輝石のような色の空に溶け消えそうになった「君」が、一瞬、もう一度輝いた。それが悲しい。この「かなしけれ」は、「悲しい」とも「愛《いと》しい」ともとれる。

「敗れし少年の歌へる」は「恋に敗れし少年の歌」という意であろう。

ケンタウル祭とは、ケンタウルが土星と会う日と想定されていることは、もはや疑いようがない。

「銀河鉄道の夜」の主人公ジョバンニの同伴者カムパネルラのモデルは、長い間、亡妹とし子であるとされてきた。亡《な》くなったとし子との交感を求めて旅立った樺太行。その旅を歌った「青森挽歌」の、冒頭の銀河を走る夜汽車のイメージ。さらには、とし子への挽歌である「薤露青《かいろせい》」にちりばめられたイメージの多くが、「銀河鉄道の夜」のエピソードと共通すること。それらからして、カムパネルラはとし子であるという帰結は、自然なものだった。私もそのつもりでここまで辿《たど》ってきたのだった。

しかし、実際の「銀河鉄道の夜」の成立過程や物語の枠組みを調べていくと、見えてくるのは保阪嘉内の影ばかりである。とし子の姿は見えてこない。なぜだろう——。戸惑いつつも、私は、賢治の意図が秘められた「ケンタウル祭」、そして「銀河鉄道の夜」がどのように成立していったかを吟味することにした。

4　「銀河鉄道の夜」のテーマは何か

凍《い》てつく北の海で起こったタイタニックの遭難事故を「銀河鉄道の夜」に採りいれるため、賢治は最初に構想していた物語の枠組みをいくつか手直ししなければならなくなった。

ひとつは物語の季節の問題である。星座ケンタウルスがよく見える季節として想定していた「夏」を変える必要に迫られた。一月の冬の七夕を一度は考えたが、季節を冬にすると、全面的に改稿しなければならなくなる。それでは支障が多すぎた。結局、「秋」に変えることにした。銀河鉄道が走る天の川の河岸には銀色のすすきが群生し、カムパネルラは「もうすっかり秋だねえ」とつぶやく。読者が、タイタニック遭難事故が起きた冷たい海を想い起こしても、違和感を感じないようにするためだろう。もうひとつは、星座ケンタウルスがよく見える地として想定していた南欧の町を、北欧ともとれる町にしたことだ。ジョバンニの父親は、北洋に出稼ぎに行っており、土産はラッコの毛皮である。この手直しは、岩手の人に親しみを持ってもらうため、賢治の配慮が働いたものだろう。

親しみを持ってもらおうという配慮は、沈没事故で水死した姉と弟の名前を、「かほる」と「タダシ」という日本風にしたことにも表れている。また、ジョバンニは、家に出入りするとき、靴を脱いだり履いたりしている。洋館に出入りするのに靴を脱ぎ履きする着想は、樺太行での見聞によるものと思われる。

大正十二年、賢治は樺太の大泊《おおどまり》にあった王子製紙を訪ねた。そのとき大泊に住んでいて、のちに小説家となった宮内寒弥《かんや》の代表作『七里ヶ浜』によると、宮内が住んでいた家は、大泊がコルサコフというロシア名だった頃にロシア人が住んでいたレンガ造りの洋館で、部屋にはペチカと呼ばれる暖炉もついていたが、部屋は畳敷きにしてあったという。樺太では、靴を脱いで洋館の部屋に上がっていたのだ。

ここまで苦労して日本風にしたいのであれば、いっそ舞台を岩手県にして、賢治が思い描いた理想郷「イーハトーヴ」での物語にすればいいものを、などと思ってしまう。ところが賢治はそうしなかった。日本を舞台にしてしまえば、肝心の「ケンタウル祭」のリアリティが失われると考えたのだろう。「銀河鉄道の夜」の「ケンタウル祭」は、あくまで天高くケンタウルが輝いて見える町での祭りでなければならないのだ。賢治の「ケンタウル祭」へのこだわりは、それほど強かったといえるだろう。

そうした、無理とも言える変容を加えてまで採りいれたタイタニック遭難事故だった。賢治は、タイタニックを通じて何を問おうとしたのか。

この問題に入る前に、簡単に「銀河鉄道の夜」とはどんな物語なのか、紹介しておく必要があろう。

ヨーロッパとおぼしき町に、ジョバンニという少年が住んでいる。病身の母と二人暮らしだ。父親は北洋に出稼ぎに行っているが、監獄に入っているという噂《うわさ》もある。ラッコの上着をお土産に持ってくると言っていた父親が一向に帰ってこないので、ジョバンニは学校でからかわれている。

銀河の祭であるケンタウル祭の夜、ジョバンニが町の近くの丘に登って町を眺めていると、天気輪《てんきりん》が空中に伸び、「銀河ステーション」という声が聞こえた。気がつくとジョバンニは、ごとごと走る汽車の中にいるのだった。車内には、友だちのカムパネルラが座っていた。

二人の乗った客車からさまざまな風景が見え、さまざまな乗客が乗りこんでくる。検札に来た車掌が、ジョバンニのポケットの中にいつのまにか入っていた切符を見て、「これは三次空間から持ってきたのか」と聞く。これで、列車は異次元（幻想第四次）を走っていることが読者に知れる。ジョバンニの切符は、天上（天国）どころかどこにでも行ける切符だった。乗りこんでくる人の中に、タイタニックで犠牲になったとおぼしき青年に、女の子とその弟もいた。彼らも天上行きの駅で降りて行き、ジョバンニが振り返ると、カムパネルラは消えていた。

「銀河鉄道の夜」の終り方は、初期形一から最終形の第四次稿まで、それぞれ異なるのだが、第四次稿では、丘の上に戻ったジョバンニが町へ降りて行くと、カムパネルラが溺《おぼ》れていた友だちを助けて自らは水死した、と知らされる。銀河鉄道に乗っていたカムパネルラは死者だった、とジョバンニは（そして読者も）物語の最後に知らされるのだ。

客船の遭難で溺死《できし》した乗客が銀河鉄道に乗りこんでくるのは、物語の半ばほどのところである。彼らは、こんなふうに登場する。

《俄《にわ》かにそこに、つやつやした黒い髪の六つばかりの男の子が赤いジャケツのぼたんもかけずひどくびっくりしたような顔をしてがたがたふるえてはだしで立っていました。隣りには黒い洋服をきちんと着たせいの高い青年が一ぱいに風に吹かれているけやきの木のような姿勢で、男の子の手をしっかりひいて立っていました。

「あら、ここどこでしょう。まあ、きれいだわ。」青年のうしろにもひとり十二ばかりの眼の茶いろな可愛らしい女の子が黒い外套《がいとう》を着て青年の腕にすがって不思議そうに窓の外を見ているのでした。》

十二歳くらいの女の子と六歳くらいの男の子は、姉と弟である。二人は、家庭教師である青年の判断で救命ボートに乗らず、客船もろとも海に沈んだ、という設定になっている。

新聞報道では、子供と女性は優先的に救命ボートに乗せられ、タイタニック号に残って船とともに沈んだのはほとんどが成人男性、ということになっている。たとえばこんなふうだ。「先《ま》ず婦人小児《しょうに》をして端艇《ボート》に移《うつ》らしめ其間男子《そのかんだんし》は背後《はいご》に引下《ひきさが》りて起立《きりつ》せり」。

こうした記事を読んだはずの賢治が、子供二人を溺死させるというエピソードを「銀河鉄道の夜」にあえて取りいれたのは、どういう意図があってのことなのか。それを考えることこそが、「銀河鉄道の夜」のテーマに迫ることになるのではないか。それを期して、青年の語る顚末《てんまつ》を、原文で見てみよう。

《「わたしたちはこちらのお父さんが急な用で二ヶ月前一足さきに本国へお帰りになったのであとから発ったのです。私は大学へはいっていて、家庭教師にやとわれていたのです。ところがちょうど十二日目、今日か昨日のあたりです、船が氷山にぶっつかって一ぺんに傾きもう沈みかけました。月のあかりはどこかぼんやりありましたが、霧が非常に深かったのです。ところがボートは左舷《さげん》の方半分はもうだめになっていましたから、とてもみんなは乗り切らないのです。もうそのうちにも船は沈みますし、私は必死となって、どうか小さな人たちを乗せて下さいと叫びました。近くの人たちはすぐみちを開いてそして子供たちのために祈って呉れました。けれどもそこからボートまでのところにはまだまだ小さな子どもたちや親たちやなんか居て、とても押しのける勇気がなかったのです。それでもわたくしはどうしてもこの方たちをお助けするのが私の義務だと思いましたから前にいる子供らを押しのけようとしました。けれどもまたそんなにして助けてあげるよりはこのまま神のお前にみんなで行く方がほんとうにこの方たちの幸福だとも思いました。それからまたその神にそむく罪はわたくしひとりでしょってぜひとも助けてあげようと思いました。けれどもどうして見ているとそれができないのでした。子どもらばかりボートの中へはなしてやってお母さんが狂気のようにキスを送りお父さんがかなしいのをじっとこらえてまっすぐに立っているなどとてももう腸《はらわた》もちぎれるようでした。そのうち船はもうずんずん沈みますから、私はもうすっかり覚悟してこの人たち二人を抱いて、浮べるだけは浮ぼうとかたまって船の沈むのを待っていました。誰が投げたかライフヴイ〔注＝救命浮〕が一つ飛んで来ましたけれども滑ってずうっと向うへ行ってしまいました。私は一生けん命で甲板《かんぱん》の格子《こうし》になったとこをはなして、三人それにしっかりとりつきました。どこからともなく〔約二字分空白〕番の声があがりました。たちまちみんなはいろいろな国語で一ぺんにそれをうたいました。そのとき俄かに大きな音がして私たちは水に落ちました。もう渦に入ったと思いながらしっかりこの人たちをだいてそれからぼうっとしたと思ったらもうここへ来ていたのです。この方たちのお母さんは一昨年没《な》くなられました。ええボートはきっと助かったにちがいあ

りません　何せよほど熟練な水夫たちが漕《こ》いですばやく船からはなれていましたから。」》

「銀河鉄道」に乗ってきた男の子と女の子は、青年の判断によって生命を失ったという設定になっている。救命艇に向かうまでに小さな子供たちや親たちがいたので、青年にはその人たちを押しのける勇気がなかった、という。それでも勇気を出して押しのけようとしたが、そんなことまでして助けてあげるよりは、このまま神さまのところへ行く、すなわち死を選ぶ方がこの子たちにとっても幸福なのだ、と青年は判断する。しかしそれは自死に等しく、キリスト者としてやってはいけない罪である。ならば、自分ひとりが背負い、子供たちは助けてあげようと思い直した。ところが、子供だけをボートに乗せて狂気のようにキスを送っている母親の様子や、悲しさをこらえて立ちつくす父親を見ていると、断腸の思いでボートに乗るのも諦《あきら》める。青年は、このまま二人を抱えて浮かべるだけ浮かんでいようと決めたのだ。そして三人は、沈む船とともに海へ投げ出されたのである。

青年は様々に逡巡《しゅんじゅん》するが、結果として二人を死なせてしまった。このような形で「犠牲」を強いた青年と、「犠牲」となった子供を登場させることで、賢治は何を訴えようとしたのか。

青年の語る、死に至るまでの情況はかなり具体的である。タイタニック号沈没に関する具体的な資料を賢治は入手していたと思われるが、前述のとおり、私が入手した当時の雑誌や新聞記事にはそれらしいものは見当たらなかった。遭難の具体的な様子についての情報を、賢治はどこで入手したのだろう。

タイタニックに関する報道が終息したあとの新聞を根気よく探してみた。「東京日日」に、遭難事故から一ヵ月以上も経った明治四十五年五月二十六日から三日連続で唯《ただ》一人の日本人乗客である細野正文のインタビュー記事が載っていた。

《船客が先を争うて大混雑を来たさぬ様に一人の指揮者が数名の水夫等を督《とく》して婦人子供等を先きへ先きへと乗せた。彼の指揮者は短銃《ピストル》を手にして救命艇の傍に立ち「もし命《めい》を聴かない者があらば銃殺する」と怒鳴った。

かくて第一の救命艇は婦人小児の船客を満載したと思うと本船の危険を告ぐる大烽火《おおのろし》が打ち上げられた。その爆声《ばくせい》天に轟《とどろ》きて仰ぎ見ると青紫《せいし》に輝ける火花が暗夜の空に満ちて居る、（中略）第二第三と艇が出てゆく、残れるは唯《ただ》一隻《せき》である、左右を見ると夫の胸に顔を押しあてて金髪を振り乱して泣く妻もある、夫の手を執ってボートに無理矢理に引き入れようとする妻もある、この様を見て怪しげに父母の顔を熟々《つくづく》と見詰めている頑是《がんぜ》ない子供もある、この時まで残った婦人や小《こ》供《ども》等は家族のものと名残りを惜《おし》む、
　そのうちさしも大山《おおやま》の如きタイタニック号も一分毎に左舷に傾斜を始めた、船員等は残れる婦人小供を皆艇に乗せて終《し》まったが、（中略）卸《おろ》されかかった艇が三尺ばかりの処に止まった時乗り込んで居た二人の漕手が更に二三人の余地があると話し合って居るのを聞いた、これを聞くや否や指揮者の命令もあらばこそ毛布《ケット》小脇に抱えたまま舳《へさき》にすこしの余地のある所を眼がけてヒラリと飛び込んだ》

「銀河鉄道」の青年が語る「子どもらばかりボートの中へはなしてやってお母さんが狂気のようにキスを送りお父さんがかなしいのをじっとこらえてまっすぐに立っているなどとてももう腸もちぎれるようで」の描写は、細野の談話の「髪を振り乱して泣く妻」「残る夫をボートに引き入れようとする妻」「その両親の様子を呆然《ぼうぜん》と見ている子供たち」などに想を得たものと解《わか》る。細野の談話はさらに続く。

《Bデッキが全く海水に浸された頃大《おおい》なる爆発の音を聞くと共に全船の電燈は消えて後には一孤島が洋中《ようちゅう》に浮んで居る様に見えたが間もなく大爆発の音二回を聞くと数分を出でざる間に巨船は遂に千余の生霊《せいれい》を乗せたまま沈んだ、此時は十五日朝の二時頃と記憶する、後には小艇十四隻に乗て居る人の泣き声と僅《わず》かに救命浮《ライフベルト》（注＝ルビの「ライフベルト」は「救命帯」のこと。身につける救命具。「救命浮」は、救命用の「浮《うき》」のことで、正しい英語名は「ライフブイ」）又は船の破片に取縋《とりすが》って氷の海に苦悶しながら救《すくい》を求むる人の声ばかり、天も静《しずか》、海も静な中に一種凄惨《せいさん》悲哀の気を迸《ほとばし》らす、何とも形容の出来ぬ断末魔の声が彼処《かしこ》より此処《ここ》より聞こえる、時経つに随《したが》って海中の人は死しボートの人は疲れて叫ぶ気力も失せ漸次に此の声も聞えなくなった》

「銀河鉄道の夜」で、青年が語る遭難の場面に次のような描写がある。

《そのうち船はもうずんずん沈みますから、私はもうすっかり覚悟してこの人たち二人を抱いて、浮べるだけは浮ぼうとかたまって船の沈むのを待っていました。誰が投げたかライフヴイが一つ飛んで来ましたけれども滑ってずうっと向うへ行

ってしまいました。私は一生けん命で甲板の格子になったところをはなして、三人それにしっかりとりつきました。》

賢治は、記事中の「救命浮」を正しく「ライフヴイ」としている。青年が語る、親子の別れの場面やライフブイや甲板の部品にとりすがろうとする場面は、あきらかにこの「東京日日」の記事を参考にして描かれたもの、と断言してよかろう。

賢治は、これらの凄惨で残酷な記事を確かに読んだのだ。

賢治が、タイタニック遭難事故を採りいれることで、問題にしようとしたもの——。それは、青年の意思によって「犠牲」を余儀なくされた二人がいかにして救われるのか、ということではないか。

青年が語る自分たちの死に至る経緯について、子供たちはすぐには反応を示さない。しかし賢治は周到に、二人に代わって、自己犠牲について自らがどう思っているのかを、カムパネルラの口を借りて語らせている。

カムパネルラもまた、他者を救うために自らの生命を失った人間だ。ジョバンニとの旅が始まってすぐの頃、まだ、姉弟らが乗車してくる前に、カムパネルラはとつぜん、こんな言葉を口走る。「おっかさんは、ぼくをゆるして下さるだろうか」。

カムパネルラは、思い切ったように、どもりながら、急《せ》きこんでそう言った。しかしジョバンニは（読者も）、カムパネルラが人を救って犠牲になったことを知らされていないので、何のことか理解できない。カムパネルラは、同級生の、いじめっこだったザネリを救って自らは死んでしまった。母からもらった生命を、他者のために犠牲にした自分。それを、母は許してくれるだろうか、とカムパネルラは自ら問うているのだ。

カムパネルラはつづけて、こう問いかける。「ぼくはおっかさんが、ほんとうに幸《さいわい》になるなら、どんなことでもする。けれども、いったいどんなことが、おっかさんのいちばんの幸なんだろう」。カムパネルラは泣きそうになりながら言葉を継ぐ。「ぼくわからない。けれども、誰だって、ほんとうにいいことをしたら、いちばん幸なんだねえ。だから、おっかさんは、ぼくをゆるして下さると思う」。

カムパネルラはほんとうに何かを決心したようにみえた、と賢治は記して、このエピソードを終えている。青年の告白の前に、カムパネルラの口を借りて、賢治があえて自己犠牲についての考え方を示しているのだ。賢治は、青年と姉弟が、天国へ行くために下車する直前、他人を救うために自らの生命を犠牲にした者は、どのようにして救われるのか、という問題をもう一度、真正面から議論する場面を作った。

5 「ほんとうのほんとうの神さま」

旅の終りに近くになって、まっ赤な火が燃えているのが見えてくる。「蝎《さそり》の火」である。さそり座のα星を、賢治は通常「さそりの赤い眼」としているが、ここでは「赤い眼」を「蝎の火」としている。沈没事故のあの女の子が「蝎の火のことならあたし知ってる」と言って、父から聞いたという蝎の火の話をする。

むかし野原に一匹の蝎がいて、小さな虫を食べて生きていた。ある日、いたちに見つかって食べられそうになったので逃げつづけたが、それでも捕まりそうになって、井戸の中に落ち溺れ死にしそうになった。そのとき蝎はこう言って神さまにお祈りしたという。

《ああ、わたしはいままでいくつのものの命をとったかわからない、そしてその私がこんどいたちにとられようとしたときはあんなに一生けん命にげた。それでもとうとうこんなになってしまった。(中略)どうしてわたしはわたしのからだをだまっていたちに呉れてやらなかったろう。そしたらいたちも一日生きのびたろうに。どうか神さま。私の心をごらん下さい。こんなにむなしく命をすてずどうかこの次にはまことのみんなの幸のために私のからだをおつかい下さい。》

するといつのまにかまっ赤な美しい火になって燃え、夜の闇《やみ》を照らしていた。

その火が今でも燃えているのだという。蠍はなぜ永遠に燃える火となることができたのか。虫の生命は、蠍に殺されて蠍の生命を支える。その蠍の生命は、いたちに殺されていたちの生命を支える。それは自然の摂理だ。蠍の生命はつまるところ虫の生命の犠牲の上に成り立っていたのだから、自らがその時になったらいさぎよく生命を与えてしまうのが道理というものだろう。そのことを悟った者が、神や仏によって永遠の生命を与えられる――。

賢治はそのような仏教説話として、蠍の火を書いたのかもしれない。

沈没事故の犠牲者と蠍の火は、それぞれ別のエピソードとして語られるが、生命の物語としては共通している。二つのエピソードが語られたあと、青年、姉弟、そしてジョバンニの間で、「ほんとうのほんとうの神さま」をめぐって意見が戦わされる。

それは、事故で命を落とした三人が、汽車から降りようとする直前のことだった。車内に入ってきた時にがたがた震えていた男の子の足は、いつのまにか白いやわらかな靴でつつまれている。神さまがはかせてくれたのだ。論争の口火を切るのは、その男の子である。

ちなみに、男の子は、乗車してすぐにこうつぶやいていた。「だけど僕、船に乗らなけぁよかったなぁ」。青年が、「わたしたちは天へ行くのです」「早く行っておっかさんにお目にかかりましょうね」と言ったのに対してである。

自らの死に、男の子は意味を感じないでいるのだ。

賢治の原文では、「ほんとうの神さま」論争が発言者の名を省いて続けられるので、わかりにくい。以下では、話者を補って論争を見てみよう。なお、読みやすさを考慮して、読点を加えた。

青年　「もうじきサウザンクロスです。おりる仕度をして下さい。」
男の子　「僕、も少し汽車へ乗ってるんだよ。」
青年　「ここでおりなけぁいけないのです。」
男の子　「厭《いや》だい。僕、もう少し汽車へ乗ってから行くんだい。」
ジョバンニ　「僕たちと一緒に乗って行こう。僕たちどこまでだって行ける切符持ってるんだ。」
女の子「だけどあたしたち、もうここで降りなけぁいけないのよ。ここ、天上へ行くとこなんだから。」
ジョバンニ「天上へなんか行かなくたっていいじゃないか。ぼくたちここで、天上よりももっといいとこをこさえなけぁいけないって、僕の先生が云ったよ。」
女の子「だっておっ母さんも行ってらっしゃるし、それに神さまが仰《お》っしゃるんだわ。」
ジョバンニ「そんな神さま、うその神さまだい。」
女の子「あなたの神さま、うその神さまよ。」
ジョバンニ「そうじゃないよ。」
青年「あなたの神さまって、どんな神さまですか。」
ジョバンニ「ぼく、ほんとうはよく知りません、けれどもそんなんでなしに、ほんとうのたった一人の神さまです。」
青年「ほんとうの神さまは、もちろんたった一人です。」
ジョバンニ「ああ、そんなんでなしに、たったひとりのほんとうのほんとうの神さ

青年　「だからそうじゃありませんか。わたくしはあなた方がいまに、そのほんとうの神さまの前にわたくしたちとお会いになることを祈ります。」

青年　まです。」

船に乗らなければよかった、と後悔していた男の子は、ここでも汽車から降りることを拒否している。「思《おぼ》し召《め》し」に反抗しているのだ。ジョバンニは「天上へなんか行かなくたっていいじゃないか」と男の子に共感を示す。これは、念仏を唱えさえすれば浄土に行けると説く浄土教的な信仰を批判し、この世に浄土を作ろうと説いた日蓮の思想への共感であって、賢治の考えをジョバンニに代弁させているのである。

それに対して女の子は「ここで降りなけぁいけないのよ」「神さまが仰っしゃるんだわ」と、素直に「思し召し」に従おうとする。死を受けいれ、迷いがない。その姿は、妹とし子とは重ならない。女の子の言に、ジョバンニの言葉は激しい。「そんな神さま、うその神さまだい」。

ジョバンニの反論は、浄土思想とともにキリスト教的な天国をも否定しているかにみえる。とうぜん女の子は、「あなたの神さま、うその神さまよ」と反論する。「あなたの神さまって、どんな神さまですか」、と問う青年にジョバンニが「ほんとうのたった一人の神さまです」と言う。それに青年は、「ほんとうの神さまはもちろんたった一人です」と答える。一神教のキリスト教からすればとうぜんの答えである。対するジョバンニの最後の言葉に、賢治の思いがこもっているといえよう。「ああ、そんなんでなしに、たったひとりのほんとうのほんとうの神さまです」。

青年が車中で語った遭難の話には、冷たい海の厳しさはいっさい出てこない。にもかかわらず、ジョバンニは「氷山の流れる北のはての海で、小さな船に乗って、風や凍りつく潮水や、烈《はげ》しい寒さとたたかって、たれかが一生けんめいはたらいている」と、具体的にイメージする。賢治が、酸鼻を極める遭難者の様子を新聞記事で読んでいたことが、ジョバンニの言葉に反映している。そして、その死者のほんとうの苦しみを素通りして、神の許《もと》に行けるのだから幸せだ、と他者を死に追いやった青年の独善を、賢治はついているのだ。「ああ、そんなんでなしに」とジョバンニ、すなわち賢治は、もがくように言う。生きる者、死んでいく者のほんとうの苦しみや悲しみに寄りそうことから始めてくれる「たったひとりのほんとうのほんとうの神さま」の存在を、賢治は信じたいのだ。「他人の生命を救うために自分の生命を失った者は、どうやって救われるのか」。それを教えてくれるのが、「ほんとうのほんとうの神さま」なのである。

おそらく賢治は、この論争の場面を書くために、タイタニックの犠牲者を「銀河鉄道の夜」に登場させたのだ、と私はみる。

議論のあと、後光のような環の雲がかかった十字架が輝くなかを、青年と姉弟は停車した「サウザンクロス」で下車していった。三人とジョバンニの会話に、カムパネルラは加わらなかった。

ここで、ひとつの疑問が湧《わ》いた。他人の生命を救って自ら生命を失ったカムパネルラが、「神さま」論争に加わらなかったのはなぜだろう。その後にも発言はない。なぜ、賢治はカムパネルラを沈黙させたのか。

意図を探ってみる必要がある、と私は思った。そこで、初期形一からカムパネルラの描かれ方を辿っていった。そして、予想もしていなかった重大な発見をしたのである。

6　カムパネルラの切符

銀河鉄道の乗客としてのカムパネルラを、私は死者だと思ってきた。ところが初期形一、二では、そうではなかったのだ。死者となるのは、「三」からである。

賢治はそのことを、はっきりと示していたのだ。

初期形二の原稿は、車掌の検札と思われる場面から始まる。そのときのジョバンニとカムパネルラの様子は、こう描かれている。


《「さあ、」ジョバンニは困ってカムパネルラの眼を見ました。カムパネルラももじもじしてたしかに持っていないようでした。（ああ、事によったら僕が二人のを持っていたかも知れない。）と思いながらジョバンニが上着のかくしに手を入れて見ましたら、何か大きな畳んだ紙きれにあたりました。こんなもの入っていたろうかと思ってあわてて出して見ましたらそれは四つに折ったはんけちぐらいの大きさの緑いろの紙でした。（中略）

「これは三次空間の方からお持ちになったのですか。」車掌がたずねました。

「何だかわかりません。」もう大丈夫だと安心しながらジョバンニはそっちを見あげてくつくつ笑いました。

「よろしゅうございます。南十字《サウザンクロス》へ着きますのは、次の第三時ころになります。」

車掌は黄いろな紙をジョバンニに渡して向うへ行きました。》

初期形二では、カムパネルラは切符を持っていないのである。その代わりにジョバンニが二人用の切符を持っている。初期形一に検札の場面の原稿は残っていないが、おそらく「一」でも同様であったろう。カムパネルラは、ジョバンニの切符で旅することになっている。

ところが初期形三では、同じ場面がこう変わっている。

《「切符を拝見いたします。」三人の席の横に、赤い帽子をかぶったせいの高い車掌が、いつかまっすぐに立っていて云いました。（中略）車掌は（あなた方のは？）というように、指をうごかしながら、手をジョバンニたちの方へ出しました。「さあ、」ジョバンニは困って、もじもじしていましたら、カムパネルラは、わけもないという風で、小さな鼠《ねずみ》いろの切符を出しました。》

カムパネルラは切符を持っている。それは、死者の切符なのだ。「三」では、列車の中のカムパネルラの様子が、「ぬれたようにまっ黒な上着を着」て、「少し顔いろが青ざめて、どこか苦しいというふう」だと描かれ、溺死した者であることが示唆《しさ》されていた。

ただし、「三」では、カムパネルラがどのように死んだのかは記されていない。ただ、「三」の最後の原稿の余白に、「カムパネルラ、ザネリを救はんとして溺る」と鉛筆書きが残されている。

同級生のザネリを救おうとしてカムパネルラは溺死する、という設定は「三」を書いたあとに発想されたものであることが、そこから解る。「三」のカムパネルラは、理由づけなく単なる溺死者として設定されていたということだ。おそらく賢治は、カムパネルラを、タイタニックで没した多くの人々のごとく思い描いていたのだろう。船上に取り残された乗客の多くは、結果的に他人の生命を救った人たちであった。

列車からカムパネルラが消える直前、ジョバンニがカムパネルラにこう話しかける。「僕はもうあのさそりのようにほんとうにみんなの幸のためならば僕のからだなんか百ぺん灼《や》いてもかまわない」。それに対して、カムパネルラは涙をうかべながらこう答える。「うん、僕だってそうだ」。するとジョバンニが、こう問う。「けれどもほんとうのさいわいは一体何だろう」。対するカムパネルラは、こう答えるのだ。「僕わからない」。これがカムパネルラの最後の言葉だった。

カムパネルラのこの言葉は、他人の代わりに命を落とした人こそが発するべきものだと、賢治は初期形三を書き終えたあとで気づいたのだ。カムパネルラは最終的に、ザネリを救うために溺死する死者となった。賢治は、人間にとって最も崇高といえる自己犠牲によって、天上行きの切符を手にしたカムパネルラに、ほんとうの幸いとは何なのか、僕わからないと言わせているのだ。賢治は、みんなのしあわせのために人が死ぬということの是非について、答えを留保しているのだ。

そこまでが解ると図らずも、とし子と保阪にまつわる疑問が解決することとなった。まず、カムパネルラが最初の段階では生者だったとすると、とし子がカムパネルラのモデルだとの説は決定的に成立しなくなる、ということだ。カムパネルラが死者として登場するので、亡妹とし子がモデルでは、と思われてきた。その根拠が根底から覆《くつがえ》されてしまったのだ。

逆に言えば、カムパネルラ＝保阪説ががぜん優位になったということである。ただし、カムパネルラは、最終稿として遺された第四次稿では「他人の生命を救うために自ら生命を失った者はどのようにして救われるのか」という課題を担《にな》うことになった。そうなると、カムパネルラが保阪であるかどうかは問題ではなくなってしまった、と私は考える。二人だけの個別的な問題から、否応《いやおう》なく万人の幸せにつながる普遍的問題へと、テーマは昇華されたのである。その場面を原文で確認してみよう。

カムパネルラは天上へ行くために、汽車を降りなければならない。ジョバンニはカムパネルラが死者であることを知らない。「天上どころかどこまでも行ける」と保証つきの二人用の切符を持っているジョバンニは、どこまでも一緒にカムパネルラと旅ができると思いこんでいた。

《「カムパネルラ、また僕たち二人きりになったねえ、どこまでもどこまでも一緒に行こう。（中略）ほんとうにみんなの幸のためならば僕のからだなんか百ぺん灼いてもかまわない。」（中略）「けれどもほんとうのさいわいは一体何だろう。」》

このジョバンニの問いかけに、カムパネルラは言う。

《「僕わからない。」》

ジョバンニはカムパネルラの様子に気づかない。「カムパネルラ、僕たち一緒に行こうねえ」と言ってふりむく。だが、カムパネルラの姿は消えていた。その瞬間のジョバンニの姿を、賢治はこう描いた。

《ジョバンニはまるで鉄砲丸のように立ちあがりました。そして誰にも聞えないように窓の外へからだを乗り出して力いっぱいはげしく胸をうって叫びそれからもう咽喉《のど》いっぱい泣きだしました。もうそこらが一ぺんにまっくらになったように思いました。》

カムパネルラがふいにいなくなる前のジョバンニの言葉、「僕たちしっかりやろうねえ」「きっとみんなのほんとうのさいわいをさがしに行く。どこまでもどこまでも僕たち一緒に進んで行こう」「カムパネルラ、僕たち一緒に行こうねえ」。これらの言葉は、賢治がかつて保阪に出した手紙の言葉そのものだ。

そして、カムパネルラとの、予期せぬ別れは、「ダルゲ」とのふいの別れを想起させる。カムパネルラがいなくなったことを知って「力いっぱいはげしく胸をうって叫び」、眼の前が「一ぺんにまっくらになった」ジョバンニ。ひややかに笑ったダルゲが去ったあと、地下室へさまよい降りて、覆《おお》いのとれたガス灯の裸火の光に網膜を焼かれて暗く錯乱した賢治。

カムパネルラは消えた。その消え方は、保阪との別れをなぞっているかのようにみえる。しかし、賢治の真意はそこにはない。賢治は、修羅の旅に決着をつけ、新たな生き方を見つけようとしていた。追憶に身をひたしている暇はなかった。賢治は、闇《あん》夜《や》の行手を照らす松明《たいまつ》のような役割を、ジョバンニの切符に託そうとしていたのだ。

7　ジョバンニの切符とは何か

ジョバンニが銀河鉄道に乗った時、切符は、いつのまにかジョバンニの上着のポケットに入っていた。それはなぜか、誰が入れたのか、どんな切符だったのか、それらが、「銀河鉄道の夜」という物語の結末でどのように明かされるのか。

「銀河鉄道の夜」の結末は、四種の原稿がそれぞれに異なっている。ジョバンニの切符の扱われ方もそれぞれに違っているのだ。

まず、初期形一を見てみよう。カムパネルラが消えたあと、ジョバンニはこう叫ぶ。

「さあ、やっぱり僕はたったひとりだ。きっともう行くぞ。ほんとうの幸福が何だかきっとさがしあてるぞ」。

ジョバンニはカムパネルラとの別れを受けとめ、将来に向かって前向きである。すると、「セロのような声」が聞こえてくる。

《「さあ、切符をしっかり持っておいで。お前はもう夢の鉄道の中でなしに本統の世界の火やはげしい波の中を大股《おおまた》にまっすぐに歩いて行かなければいけない。天の川のなかでたった一つのほんとうのその切符を決しておまえはなくしていけない。」》

その声の主は、ブルカニロという名の博士だった。気がつくとジョバンニはもといた草の丘に立っている。ブルカニロ博士が言う。「ありがとう。私は大へんいい実験をした。私はこんなしずかな場所で遠くから私の考を伝える実験をしたいとさっき考えていた。さあ帰っておやすみ。お前は夢の中で決心したとおりまっすぐに進んで行くがいい」。

ジョバンニは答える。「僕きっとまっすぐに進みます。きっとほんとうの幸福を求めます」。

博士はジョバンニの胸のあたりを軽くさわって、天気輪《てんきりん》の柱の向こうに見えなくなった。ジョバンニは「博士ありがとう」と言って丘を下っていく。ジョバンニの切符をポケットに入れたのは誰なのか、はっきりとは判《わか》らない。しかし、重要なことが示されている。

ジョバンニの切符は「天の川のなかでたった一つのほんとう」であるという。そして、ジョバンニの銀河鉄道の旅は、ブルカニロ博士の実験だった。博士はジョバンニと交感し、ジョバンニの口を借りて自分の考えを言葉にした。この実験のために博士は、ジョバンニの上着のポケットに切符を入れたことになっている。

ポケットの中にあったジョバンニの切符は、初期形二の結末ではブルカニロ博士の手に戻っている。博士はその切符を、ジョバンニのポケットに、もう一度入れ直す。「これはさっきの切符です」。そう言って博士は、天気輪の柱の向こうに見えなくなる。「たった一つのほんとう」の切符を自在に操るブルカニロ博士とは、どういう人物なのか。

初期形三では、「やさしいセロのような声」で「おまえはいったい何を泣いているの」と、ジョバンニに声をかけてくる。涙をはらって振りむいたジョバンニの眼に、「黒い大きな帽子をかぶった青白い顔の瘠《や》せた大人」が、さっきまでカムパネルラの座っていた席でやさしく笑っている姿が映る。それが、ブルカニロ博士であった。

博士は、ジョバンニに、「あらゆるひとのいちばんの幸福をさがしにみんなと一しよに早くそこに行くがいい」と説いてから、こうつけ加える。「おまえはおまえの切符をしっかりもっておいで。そして一しんに勉強しなけぁいけない」。

それから博士は、実験による信仰と化学の合一を説いて、ふたたび言う。「さあ、切符をしっかり持っておいで。お前はもう夢の鉄道の中でなしに本統の世界の火やはげしい波の中を大股にまっすぐに歩いて行かなければいけない。天の川のなかでたった一つのほんとうのその切符を決しておまえはなくしていけない」。

ほんとうの切符を頼りに、現実の世界を生きぬくように説くブルカニロ博士は、あたかも仏さまの代理人のようであり、切符を持って、あらゆるひとの幸福を探しに行こうと決意するジョバンニは、宮沢賢治その人のようである。

カムパネルラは、「ほんとうのさいわいは一体何だろう」というジョバンニの問いに、「僕わからない」と答えを出さずに消えてしまった。賢治は、ブルカニロ博士に、その問いを解く道筋を示す役割を与えたのだ。その道に進もうとするのが、現実世界に戻ったジョバンニである。そのジョバンニが、みんなのほんとうの幸せを探すためとして、ブルカニロ博士から与えられたのが「切符」、すなわち「ジョバンニの切符」だった。

第四次稿の結末に筆を進める前に、どうしても気になることがあった。「ジョバンニの切符」とは何なのか。私は、四種類ある賢治の原稿をトータルで見てみることにした。

カムパネルラの持っていた天上行きの切符は「小さな鼠いろ」だった。銀河鉄道が走る「幻想第四次」の住人、たとえば「鳥を捕る人」の切符は「小さな紙きれ」としか書かれていない。それに比べて「ジョバンニの切符」の形状は、とてもていねいに描写されている。

その「切符」は「四つに折ったはがきぐらいの大さ」の「緑いろの紙」で「いちめん黒い唐草のような模様の中に、おかしな十ばかりの字」が印刷されている。そして、その唐草模様の中の文字を見ていると「何だかその中へ吸い込まれて」しまうような気がするのである。

さらにその切符は、「ほんとうの天上へさえ行け」て、そのうえ「天上どこじゃない、どこでも勝手にあるける通行券」、「幻想第四次の銀河鉄道なんか、どこまででも行ける筈《はず》」のものだった。

賢治はジョバンニの切符について、はっきりとしたイメージを持っている。

明確でないのは「おかしな十ばかりの字」だけである。「おかしな文字」は、ジョバンニにとっても、また読者である日本人にとってもおかしく見えなければならない。

そう思うと、私の中でひらめくものがあった。それは、これまでのさまざまな解読作業の中で最も大きな、いちばん重要なひらめきだったような気が、今ではしている。

私は本棚から、小辞典のような、厚味はあるが小ぶりの書物を取り出した。表紙の大きさを計ってみる。縦十九・二センチ、横十・五センチ。葉書の大きさは、十四・八センチに十センチだ。書物の大きさはおおよそハガキ大だった。

赤一色の表紙に、アルファベットでもなくアラビア文字でもない字が、横一列に金色で印刷されている。文字は読めないが、その意味は知っていた。

「妙法蓮華経」——。島地大等の『漢和対照　妙法蓮華経』だ。文字はサンスクリット語である。妙法蓮華経の原典が梵語《ぼんご》（サンスクリット語）であることは、同書にも書かれている。サンスクリット語を漢字で表記すると「薩達磨・芬陀利迦・修多羅」、「サダルマ・プンダリカ・スートラ」と読むことは同書の「法華字解」に記されていた。「サダルマ」は「無上の真理」、「プンダリカ」は「蓮華《れんげ》の花のような」、「スートラ」は「経」の意である。その和訳が「妙法蓮華経」となる。蓮華の花のように完璧《かんぺき》な、絶対無上の（＝妙）真理（＝法）が書かれている（＝経）、という意味だ。

もっとも横一列のその文字は、右から読むのか左から読むのかさえ私にはわからなかった。文字がつながっていて、どこが切れ目かもわからなかった。日本人にわからなくて、ジョバンニにも読めない文字、それが「おかしな文字」、サンスクリット語なのか。

私は、大学時代の同級生で学生寮でも一緒だった華園聰麿《はなぞのとしまろ》を思いだし、表紙のコピーを送った。華園は東北大学卒業後、大学院に進み、その後同大の宗教学の教授となり、今では退官して仙台に住んでいた。

華園は、現役の仏教学の教授と言語学の准《じゅん》教授が書いてくれた図解を送ってくれた。それをもとに自ら作成したのが次の図である。サンスクリット語は左から右へ読む、左右両側の縦棒は文字ではない、ということだった。

両専門家によれば、「法華字解」には「経＝Sūtra」とあるが、「Sūtraṃ」とするのが今では一般的とのことであった。さらに、書体が少々違うそうで、正しい書体とともに一字ごとの区切りも示されていた。カタカナ表記としては、「サッダルマプンダリーカ・スートラ」であるという。

文字を数えてみた。まさしく十個だった。賢治にサンスクリット語は読めなかったであろうが、「法華字解」でその漢字表記が「薩達磨芬陀利迦修多羅」と十文字で表されているから、原典も十文字と考えたのだろう。それで、「十ばかりの」という曖《あい》昧《まい》な表現になったのだ。

その「十ばかりの字」は、あのブルカニロ博士のいう「天の川のなかでたった一つのほんとう」であり、銀河鉄道の乗客が言う「天上どこじゃない、どこでも勝手にあるける通行券」であり、その唐草模様の中の文字を見ていると「何だかその中へ吸い込まれてしま」うような気がする文字である。

そして、博士はこう言うのだった。「さあ、切符をしっかり持っておいで。お前はもう夢の鉄道の中でなしに本統の世界の火やはげしい波の中を大股にまっすぐに歩いて行かなければいけない。天の川のなかでたった一つのほんとうのその切符を決しておまえはなくしていけない」。

私はさらに、「切符」の「唐草模様」についても調べてみようと思いたった。必ず唐草模様にも意味があるに違いない。千葉県の市川市にある、日蓮ゆかりの法華経寺なら解るかもしれないと、さっそく連絡をとってみた。「法華経と唐草模様の関係について教えて頂きたい」、そうお願いしたところ、立正大学名誉教授の中尾堯《たかし》を紹介してもらえたのである。日本における仏教古文書、とりわけ日蓮宗を軸とした東国日本の仏教史の泰斗である中尾は、私の問いに懇切に答えてくれた。

唐草模様は文字通り、仏教の伝来とともに唐（中国）から伝来した、忍冬《にんどう》（すいかずら）や葡萄《ぶどう》などの蔓草《つるくさ》を図案化した装飾模様である。どこまでも伸びていく蔓草の生

薩達磨芬陀利迦修多羅

saddharma puṇḍarīka sūtraṃ

図5　サンスクリット語は『妙法蓮華経』の表題

命力が、仏教が広まっていく力を表すとして、広く仏教界に取り入れられたのだそうである。

とくに仏教寺院、仏画、仏具、仏典などに施される唐草模様は、「宝相華《ほうそうげ》」と呼ばれる。

平安時代に平家一門が、三十巻に及ぶ妙法蓮華経（法華経）をはじめとする写経を厳島《いつくしま》神社に納めた故事は「平家納経」として知られるが、経を納めた経箱や唐櫃《からびつ》には金泥《きんでい》や銀泥を使った華麗な宝相華が描かれているのだ。

また、法華経寺や日蓮入寂の地に建つ東京・大田区の池上本門寺の山門や本堂には、さまざまの唐草模様が見られるほか、日蓮の肖像画の袈裟《けさ》にも宝相華が描かれている。

江戸時代以降、仏教は一般に広まり庶民化した。それとともに唐草模様は広まっていった。唐草模様の風呂敷《ふろしき》もまたそのうちのひとつであって、仏事が行われる場所に仏具一式を包み運ぶためのものが唐草模様の風呂敷だったのだそうである。

賢治の生家は浄土真宗の檀家であった。自身も四、五歳の時には、「正信偈《しょうしんげ》」や「白骨《はっこつ》の御文《おふみ》」を諳《そら》んじていたというし、十代で何度も仏教講習会に参加している。「歎異鈔《たんにしょう》の第一頁《ページ》を以《もっ》て小生の全信仰と致し候《そうろう》」と父・政次郎に書き送ったのは、十六歳、盛岡中学四年の時だった。賢治は盛岡で、清養院（曹洞宗）、徳玄寺（浄土真宗）、教浄寺（時宗）と下宿先を替えている。賢治は、生まれてからずっと唐草模様に囲まれて生きてきたのだ。

「ジョバンニの切符」は、緑地に黒の唐草模様が描かれ、そこにサンスクリット語の「サッダルマプンダリーカ・スートラ」が横一列に配されている。賢治は唐草模様をわざわざ黒にしている。おそらく、サンスクリット語を金色と想定してのことだろう。

緑の地に黒い唐草模様、そこに金色のサンスクリット語――。たしかに吸いこまれそうなデザインである。その切符はまた、「天上どこじゃない、どこでも勝手にあける通行券」でもあった。

ところが、最終の第四次稿に至って賢治は、ジョバンニに切符の大切さを説いたブルカニロ博士が登場する場面を全面的に削除してしまうのだ。

第四次稿の結末はこうだ。カムパネルラがふいに銀河鉄道の車室から姿を消し、取り乱したジョバンニはふと気づくと、もとの草の丘にいる。博士は現れない。なぜジョバンニが銀河鉄道に乗れたのか、という物語の仕掛けも説明されない。ジョバンニが丘を下り、街中を流れる川のそばまで行ったところ、人だかりができていた。そこで友人から、溺《おぼ》れたザネリを助けようとしたカムパネルラが行方知れずになったことを知らされる。ジョバンニは、はじめて銀河鉄道のカムパネルラが死者だったと悟る。

やって来ていたカムパネルラの父親にジョバンニは、「ぼくはカムパネルラの行った方を知っています」と言おうとしたものの、のどがつまって言えなかった。父親は「今晩はありがとう」と言い、君の父親はもうすぐ帰ってくるはずだ、と告げる。それを聞いたジョバンニは一目散に街の方へ、家の方へ駆けだすのだった。

初期形一から三まで、ジョバンニに生き方を示す役割がどんどん大きくなっていた切符は、第四次稿では、その行方さえ解らぬままに終ってしまった。なんということだ。これでは物語として、完全に破綻《はたん》してしまったではないか。

博士はこつぜんと消え、ジョバンニの切符、すなわち「妙法蓮華経」は行方不明になってしまったのだ。ブルカニロ博士は、なぜ消えたのか。ジョバンニの切符はどこへ行ったのか――。

8　賢治に何があったのか

初期形三まで「銀河鉄道の夜」の大きな要《かなめ》であったブルカニロ博士が、第四次稿に至ってこつぜんと消えたということは、賢治の思想や生き方に大きな変化があったのだろう、と推測せざるをえない。

第四次稿は、賢治の晩年に書かれた。その時期は、賢治が文語詩に託して過去への記憶や現在の心境をうたった時期と重なる。やはり晩年に書かれた文語詩の中に、賢治の変化を示す「心相」と題するものがあった。それは、次のように始まっている。

《こころの師とはならんとも、　こころを師とはなさざれと、
いましめ古《ふ》りしさながらに、　たよりなきこそこゝろなれ。》

「己れの心を導く永遠の真理を師として持つことが大事で、変わりやすい己れの心を、己れ自身を導く師とすることはしないように。心というものは変わるものだ。己れの心を師としてはいけない、と、昔から戒められているように、たよりないのは心だ」

詩はこう続く。

《はじめは潜《ひそ》む蒼穹《そうきゅう》に、　あはれ鵞王《がおう》の影供《えいぐ》ぞと、
面《めん》さへ映《は》えて仰ぎしを、　いまは酸《す》えしておぞましき、
澱粉堆《でんぷんたい》とあざわらひ、
いたゞきすべる雪雲を、　腐《くだ》せし馬鈴薯《いも》とさげすみぬ。》

「はじめは仏さまの導師と仰いでいた人は、今は酸《す》えておぞましい腐った馬鈴薯《ばれいしょ》に思える」。第四章にも記したように賢治がそのようにいう人とは、国柱会の創始者・田中智学である。その根拠は、「心相」の下書稿にある。

「はじめ」というこの時期について、下書稿では以下のように書きかえているのだ。

「森を出《い》でしとき」→「汽車をおりしとき」→「駅を出でしとき」→「町を出でしとき」。

書きかえられた一連の言葉は、大正十年一月の賢治の家出と、上京後すぐに上野駅から鶯谷《うぐいすだに》駅近くにあった国柱会を訪問したことに相当する。「鷲王の影供」、下書稿にある「仰げる雪山」が、田中智学を指していることは明らかである。

「心相」は、田中智学への訣別《けつべつ》の詩なのだ。国柱会は昭和四年十月に、盛岡で二日にわたって宣伝活動を行った。それは、県と市が共催する大々的なものだった。ところが、賢治は参加していない。そのころ賢治の心は、国柱会や田中智学から離れていたと思われる。「己れの心」が変ったのだ。

「(一九二九年二月)」と題された賢治の詩がある。その時期の心境をうたったものだ。

賢治は昭和三年の十二月に、急性肺炎になった。昭和四年二月というのは、ようやく病が快方に向かったころである。

《われやがて死なん
　今日又は明日
あたらしくまたわれとは何かを考へる
われとは畢竟《ひっきょう》法則（自然的規約）の外の何でもない
　からだは骨や血や肉や
　それらは結局さまざまの分子で
　幾十種かの原子の結合
　原子は結局真空の一体
　外界もまたしかり》

ここで死は、科学的に即物的にとらえられている。

賢治はさらに、この世界の「本原的の法」（真理）は、妙法蓮華経（法華経）だと表明したあと、詩の最後で、このように言うのである。

《生もこれ妙法の生
死もこれ妙法の死》

この言葉の原典は、初期大乗仏教の代表的な経典である「維摩経《ゆいまきょう》」にある。「起るはただ法の起るなり。滅するはただ法の滅するなり」――。賢治は、死を科学的にとらえる一方で、信仰の立場からも受けいれようとしている。「法＝真理」を通してみれば、この世に実体のあるものは何一つ存在しない。すべてはただ「起＝おこる」という現象であり、「滅＝ほろぶ」という現象にしかすぎない。「生」も「死」も同じことだ、という認識だ。

「法」を受けいれるとは、誰にも頼らず、ひとり、じかに、妙法蓮華経と向きあって生き、死んでいくということである。「銀河鉄道の夜」の成立時期ははっきりしないが、初期形三を書き終えたあとに賢治がこの心境に達していたことはまちがいない。そして、これが国柱会との訣別の理由であり、ブルカニロ博士を第四次稿で削除した理由なのだ。ジョバンニはひとりで生きていかねばならない。

なぜブルカニロ博士が消えたのかは判ったが、それでは「ジョバンニの切符」は、どうなったのだろう。切符が「妙法蓮華経」であることを、私は解き明かした。ところがそれは行方不明になってしまったのだ。晩年の賢治は題目を唱えることも少なくなったと伝えられる。賢治は妙法蓮華経を捨てたのか。

実際の賢治は、死に臨んでなお、妙法蓮華経に対する帰依《きえ》がまったく揺らいでいなかった。新全集の「年譜」によれば、

《昭和八年九月二一日（中略）午前一一時半、突然「南無妙法蓮華経」と高々に唱題する声がしたのでみな驚いて二階へ上ると、賢治の容態は急変し、喀血《かっけつ》して顔面は青白くひきしまっていた。政次郎は末期の近いことを直感し、硯箱《すずりばこ》と紙をもってくるよういいつけた。（中略）「賢治、なにか言っておくことはないか」（中略）「国訳の妙法蓮華経を一、〇〇〇部つくってください」（中略）「それから、私の一生の仕事はこのお経をあなたの御手許に届け、そしてあなたが仏さまの心に触れてあなたが一番よい、正しい道に入られますようにということを（経を配るときに）書いておいてください」》

賢治は、この日の午後一時三十分に息を引き取った。

賢治の遺言は、ブルカニロ博士が無上の真理とした切符をジョバンニのポケットに入れるときの言葉と同様である。

ところが賢治は、「銀河鉄道の夜」でブルカニロ博士を削除し、ジョバンニの切符を行方不明にした。そして〔いたつきてゆめみなやみし〕（病いに伏して夢はみな止まってしまった）と、無力感と寂寥感《せきりょうかん》に満ちた文語詩を冒頭に置いた詩集を遺《のこ》して死んだ。

どちらがほんとうなのか――。私は、あえて問おうとは思わない。どちらも「ほんとうのほんとう」を探し求める賢治の所為なのだ。賢治はジョバンニの切符の行方について、自らの遺言で決着をつけた。ジョバンニの切符は、作者である「賢治の遺言」というもうひとつの「物語」の中に甦《よみがえ》ったのだ。

賢治をめぐる私の「旅」は、そろそろ終りに近づいている。思えば〔猥れて嘲笑めるはた寒き〕から始まった旅だった。「マサニエロ」にこめられた賢治の悲しみや怒りを知り、「永訣の朝」や「無声慟哭」で賢治の痛恨を知り、「青森挽歌」で銀河鉄道のイメージが生まれる瞬間に立ち会った。どれも、その中心にいたのはとし子だった。

私は、とし子が「銀河鉄道の夜」のどこにいるだろうかと、訪ね歩いた。そしていま、釈然としない思いで立ちつくしている。

とし子は、なぜ「銀河鉄道の夜」にいないのか。

終　章　宮沢賢治の真実

平成二十七年七月三十一日、私は東京から北海道の駒ヶ岳山麓《こまたけさんろく》のわが家に向かった。この日を選んだのは、大正十二年の同日、すなわち賢治が樺太へ出発した日に合わせるためだった。賢治は樺太の栄浜まで行っても、とし子がどこに行ったか確信がもてず、帰途の八月十一日未明、北海道の噴火湾沿岸を走る列車の中から駒ヶ岳を見て「噴火湾（ノクターン）」を書いた。「オホーツク挽歌《ばんか》」詩群の、それが最後のものだった。私は、山麓のわが家でその八月十一日までに、とし子に関する資料を読み直して考えてみようという腹づもりでいた。そんなふうに自分を追いこめば何かが摑《つか》めるだろうという、根拠のない試みだった。

はたして、とし子はどこへ行ったのか。

八月初めの北海道は、太平洋上の湿った空気が日本海まわりで吹きこんでくるという妙な状況で、曇って蒸し暑かった。ようやく七日から北海道の夏らしいからっとした気候になって、私は「鳥の家」に終日こもって資料を読んだり原稿を清書したりしてみたが、一向に進展しなかった。

十一日未明の午前四時ごろ、私は歩いて十分ほどの牧草地に出かけた。詩「噴火湾（ノクターン）」では、駒ヶ岳がはっきり見えている。賢治が見たのはこの時刻あたりだろう、と私は見当をつけていた。同じ状況に自分をおいてみようと思ったのだ。家からは林の密生がじゃまをする。牧草地に来た理由は、それである。しかしその朝は、駒ヶ岳のある道南から遥《はる》か北東のオホーツク海沿岸に至るまで停滞前線が走っていて、どんよりと低い灰色の雲に覆《おお》われていた。駒ヶ岳はまったく見えない。九十二年前のこの日未明、駒ヶ岳の山頂は黒雲に覆われていたらしい。

《駒ケ岳駒ケ岳
暗い金属の雲をかぶつて立つてゐる
そのまつくらな雲のなかに
とし子がかくされてゐるかもしれない
ああ何べん理智が教へても
私のさびしさはなほらない》

とし子の居場所を探す樺太への旅が虚《むな》しく終ったからか、北海道へ帰ってきてもとし子への思いはなお続いていた。そうか、「噴火湾（ノクターン）」からほぼ一年後の大正十三年夏に書かれたのが、あの「薤露青《かいろせい》」だ。私は、牧草地をあとにして家に戻り、新全集を繰って「薤露青」のページを開いた。

《みをつくしの列をなつかしくうかべ
　薤露青の聖《きよ》らかな空明のなかを
　たえずさびしく湧き鳴りながら
　よもすがら南十字へながれる水よ》

「噴火湾（ノクターン）」と比べて、何と澄明《ちょうめい》で静謐《せいひつ》であることか。一年を経て、賢治の心は穏やかになってきたのだ。

《水よわたくしの胸いっぱいの
　やり場所のないかなしさを

はるかなマヂェランの星雲へとゞけてくれ
そこには赤いいさり火がゆらぎ
蝎《さそり》がうす雲の上を這《は》ふ》

私はこの五行を何度も読み返すと、居ずまいを正した。「そこには赤いいさり火がゆらぎ／蝎がうす雲の上を這ふ」――。「赤いいさり火」と「蝎」は別々になっているけれど、これは「蝎座の赤い星」のことだ。「赤い星」は賢治の作品で時に「赤い眼」になったりするが、ここでは「赤い火」である。それは、「銀河鉄道の夜」の「女の子」が語る「蝎の火」のことではなかろうか。

「薤露青」の頃からすでに、賢治が「蝎の火」のエピソードを考えていた証《あかし》である。もっとも、私が胸を高鳴らせたのは、「わたくしの胸いっぱいの／やり場所のないかなしさ」を「蝎の火」に「とゞけてくれ」と賢治が「水」に頼んでいる点だった。

「薤露」には「挽歌」の意味もある。

「薤露青」がとし子への挽歌であるならば、賢治がその悲しみを届ける先はとし子でなければならない。「薤露青」ではそれを、「赤いいさり火がゆら」ぐ「蝎」が「這ふ」ところとしている。「銀河鉄道の夜」で、蝎はいたちに追われ井戸に落ち、溺《おぼ》れ死にしそうになる。「どうか神さま。私の心をごらん下さい。こんなにむなしく命をすてずどうかこの次にはまことのみんなの幸のために私のからだをおつかい下さい」と祈った蝎は、神さまの手で「まっ赤なうつくしい火になって」、今でも夜の暗《やみ》を照らしているというのである。それが「蝎の火」であり、とし子の投影なのだ。

とし子は、女学校の生徒からも世間からも新聞からも、恋した当の相手からさえ非難中傷され、まさに溺れ死にしそうになった。それでも自らを顧みて、すべてを自らの非とし、「願はくば此の功徳《くどく》を以《もっ》て普《あまね》く一切に及ぼし我等と衆生と皆共《みなども》に仏道を成《じょう》ぜん」との境地に至って死んでいった。

これはまさに、「蝎の火」そのものではないか。そう思うと、「薤露青」の次の三行が、はじめて読むような、新鮮で力強い言葉となって私の胸にしみてきたのである。

《……あゝ　いとしくおもふものが
　そのまゝどこへ行ってしまったかわからないことが
　なんといふいゝことだらう……》

この詩句を、私は何度か口にしてみた。「愛」「悲しみ」「喪失」、それらを賢治は、あるがままに認めたのだ。それは大きな受容であった。そしてそれは、孤独を引き受けることでもあった。とし子はどこへ行ったかわからない。わからないけれど、たしかにどこかにいる。それがどんなにいいことか――。

目を上げると、わが家のまわりの樹々《きぎ》の葉にうす陽が差していた。ベランダに出て、目で樹々を追う。キタコブシ、イチイ、オニグルミ、ハンノキ、シウリザクラ、ミヤマハンノキ、キハダ、ミズナラ、コナラ、スモモ、オヒョウ、ミズキ、カラマツ……。樹の形がぼやける。部屋に戻った私は、いささか潤《うる》んだ目を手で拭《ぬぐ》った。

とし子は、「銀河鉄道の夜」で女の子が語る物語の中に、かろうじて、いたのだ。「青森挽歌」以来、とし子を探しつづけてきた賢治の、それが決着のつけかただったのか。

「銀河鉄道の夜」の「蝎の火」の部分を読み直す。賢治は、蝎の火をとても美しく描いていた。わずかだが、ほっとする気持があった。ふと、その箇所の直前にあった姉弟の会話が目にとまった。男の子は、天の川の岸に見えたものを「双子のお星さまのお宮」だと言って説明しはじめる。すると、女の子が言う。「それはべつの方だわ」。「べつの方だわ」という言葉に、私の中の何かが感応した。再度、注意深く読み直す。会話の話者を補って見てみよう（読点を加えた）。

《「あれきっと双子のお星さまのお宮だよ。」男の子がいきなり窓の外をさして叫びました。

右手の低い丘の上に小さな水晶ででもこさえたような二つのお宮がならんで立っていました。

(ジョバンニ)「双子のお星さまのお宮って何だい。」

(女の子)「あたし前になんべんもお母さんから聴いたわ。ちゃんと小さな水晶のお宮で二つならんでいるからきっとそうだわ。」

(ジョバンニ)「はなしてごらん。双子のお星さまが何したっての。」

(男の子)「ぼくも知ってらい。双子のお星さまが野原へ遊びにでてからすと喧嘩《けんか》したんだろう。」

(女の子)「そうじゃないわよ。あのね、天の川の岸にね、おっかさんお話なすったわ、……」

(男の子)「それから彗星《ほうき》がギーギーフーギーギーフーて云って来たねえ。」

(女の子)「いやだわ、たあちゃん、そうじゃないわよ。それはべつの方だわ。」

（ジョバンニ）「するとあすこにいま笛を吹いて居るんだろうか。」
（男の子）「いま海へ行ってらあ。」
（女の子）「いけないわよ。もう海からあがっていらっしゃったのよ。」
（男の子）「そうそう。ぼく知ってらあ、ぼくおはなししよう。」》

ここで会話は唐突に終り、話は「蝎の火」に移ってしまう。読者には訳のわからない不可解な会話である。男の子と女の子はいったい、何を言い争っているのか。

賢治は、「チュンセ」と「ポーセ」（ポウセ）という名の二人が登場する別々の童話を二つ書いている。それを知らなければ、二人の言い争いは理解できないだろう。「銀河鉄道の夜」では、男の子が天の川の岸辺の低い丘の上に並んで立っている水晶宮を見て「双子のお星さまのお宮だよ」と叫ぶ。男の子の話の中には、「彗星」だの「からす」だのという言葉が出てくる。明らかに童話「双子の星」に出てくる水晶宮と解《わか》る。

「双子の星」はこんな話である。天の川のほとりに向かいあって水晶（水精）のお宮があった。それぞれに住んでいるのは、チュンセとポウセという双子の童子（二人の男の子）だ。二人は毎晩、「星めぐりの歌」を銀の笛で吹くのを仕事にしている。

ある時、チュンセ童子とポウセ童子は、彗星にだまされて旅に出かけ、海の底に落ちて、ヒトデになってしまう。海蛇の王様は、二人がかつて、喧嘩をして大怪我《おおけが》をした烏《からす》と蝎を生命がけで助けたことを知っていて、二人をもとのお宮に戻してやる。チュンセ童子とポウセ童子は、また毎晩、銀笛で星めぐりの歌を吹いて過ごせるようになるのだった。

その「双子の星」の水晶のお宮だ、と男の子が叫ぶのに対し、女の子は「そうじゃないわよ」「それはべつの方だわ」と二度にわたって否定する。女の子は、お母さんから何べんも天の川の岸辺に立つお宮の話を聞いている、女の子に言わせれば、今、車窓から見えているのは、烏や彗星の話のお宮ではないのだ。では、何のお宮なのか。

とし子が亡《な》くなったあとの大正十二年に、賢治は「手紙四」と題して童話を書いた。こちらはチュンセという兄とポーセという妹の物語だ。兄は、亡くなった妹を探している。仏さまとおぼしき「あるひと」が兄に、妹はどこにもいない、死んだら別のものに生まれかわってしまうからだ、という。それは逆に、すべての生き物が妹でありうるということだ。

銀河鉄道の車中で、女の子は、いま見えているのは、兄チュンセと妹ポーセが住んでいるお宮だ、と主張しているのだ。銀河鉄道の車窓から見えているのがどちらのお宮なのか、明かされていない。女の子の断固たる口調から、見えているのは兄と妹のお宮だとしよう。とすると、「べつの方」、すなわち双子の童子のお宮はどこにあるのだろう。銀河鉄道の車窓からは旅の最後まで、「べつの方」のお宮は見えない。童話「双子の星」では童子のお宮は、天の川の西岸にあることになっている。「銀河鉄道」は、もしかして東岸を走っているのかもしれない。だから、双子のお宮は見えないのだ。

それにしても、賢治はなぜこのような不可解なエピソードを「銀河鉄道の夜」にとりいれたのだろう。

そういえば不可解な箇所は、ここばかりではない。「水晶のお宮」のエピソードの直前の「工兵大隊」の話もまた、奇妙である。

《向うとこっちの岸に星のかたちとつるはしを書いた旄がたっていました。

「あれ何の旗だろうね。」ジョバンニがやっとものを云いました。「さあ、わからないねえ、地図にもないんだもの。鉄の舟がおいてあるねえ。」「ああ。」「橋を架けるとこじゃないんでしょうか。」女の子が云いました。「あああれ工兵の旗だねえ。架橋演習をしてるんだ。けれど兵隊のかたちが見えないねえ。」

その時向う岸ちかくの少し下流の方で見えない天の川の水がぎらっと光って柱のように高くはねあがりどぉと烈しい音がしました。「発破だよ、発破だよ。」カムパネルラはこおどりしました。

その柱のようになった水は見えなくなり大きな鮭《さけ》や鱒《ます》がきらっきらっと白く腹を光らせて空中に抛《ほう》り出されて円い輪を描いてまた水に落ちました。ジョバンニはもうはねあがりたいくらい気持が軽くなって云いました。「空の工兵大隊だ。どうだ、鱒やなんかがまるでこんなになってはねあげられたねえ。僕こんな愉快な旅はしたことない。いいねえ。」》

いくら読んでも、不可解である。そもそも、なぜ天の川に工兵大隊が登場しなければならないのか。両岸に「旄」が立っている。「旄」とは、旗のことのようだが、なぜ「旄」などという字を使わなければならないのか。

漢和辞典で確かめると、「旄」は「ボウ／モウ」と読み、意味として「①旗ざおの先につけた旄牛《ぼうぎゅう》（犛牛《リギュウ》＝からうし）の尾。②さしず旗。犛牛の尾を先につけたもの」と記されている。「犛牛」とは、チベットやインド北西部などの高地に生息するウシ科の動物ヤクのこと。「旄」は、ヤクの尻尾で作られた飾りのことであり、その飾りをつけた旗も「旆」と呼ぶことがあるという。

調べてみると、「旆」という字を賢治は、〔いたつきてゆめみなやみし〕（病気になって夢はみんな消えた）という文語詩の下書稿の中で一度使っていた。昭和三年の暮、肺炎で熱に浮かされていた賢治は、家の前を通り過ぎていく朝鮮の太鼓の音を聞いて夢を見た。昔の朝鮮の兵隊たちが軍楽隊とともに雪山を行進している夢だ。その夢を題材にした〔いたつきてゆめみなやみし〕の下書稿に「黄の旆」と出てくる。

《チャルメラや銅鑼《どら》をともなひ
黄の旆やほこをしたがへ
雪ふかき山のはざまを
進みけんなが祖父たちと
いま白き飴《あめ》をになひて異の邦をさまよふなれよ》

太鼓を打ち鳴らしながら町の通りを過ぎて行ったのは、朝鮮人の飴売りだった。当時、日本には多くの朝鮮人労働者がいた。花巻の飴売りもそうしたなかの一人だったのだろう（註26）。

下書稿の意味は、次のごとくだろう。

「昔は軍楽隊とともに、黄色の旄や矛を従え、勇ましく雪山を行進したあなたの祖先たち。その先祖たちと一緒になって、いまあなたは日本という異国をさまよいながら太鼓をたたき飴を売り歩いているのですね」

見たこともない昔の朝鮮の軍隊、軍楽隊を具体的に描写できたのは、おそらく絵画などに残された朝鮮通信使を見たことがあったからであろう。私も、朝鮮通信使を調べたことがあった。その資料の中に朝鮮通信使の版画があったことを思いだしたのだ。

文化八年（一八一一）に来朝した朝鮮通信使を描いた版画「朝鮮人来聘《らいへい》大行列略図《りゃくず》」に、朝鮮の杖鼓《じょうこ》（チャンゴ）や鉦《どら》（銅鑼）や太平簫《たいへいしゅく》（チャルメラ）とともに、黄色い「旄」が描かれていた。「旄」は版画では「纛《とう》」とされているが、「漢和辞典」で「纛」は「はた。犛牛（からうし）で飾った大きな旗。軍中また天子の車駕《しゃが》の左に立てるもの」と解説されている。

つまり、天の川の両岸に「旄」を立てていた軍隊は、朝鮮の兵隊たちということになろう。

当時、岩手県には鉄道、道路、ダムの工事や鉱山での採掘などに従事する多くの朝鮮人がいた。多くの工事ではダイナマイトを扱っていたが、そのダイナマイトで朝鮮人が魚を獲《と》っていたらしい。昭和五年の「岩手日報」には、発破で魚をとっていた朝鮮人があやまって水死した記事が載っている。賢治は、貧しい朝鮮人労働者がダイナマイトで魚を獲って喜ぶ様を、そのまま「銀河鉄道の夜」の中で、朝鮮の工兵のエピソードにしたのだろう。

ここまで調べてきて、「架橋」という言葉をあらためて目にした瞬間、私はこのエピソードに託された賢治の意図を察した。そうか。賢治は、天の川の両岸に橋を架けようとして朝鮮の工兵を登場させているのか。賢治は、天の川西岸の水晶宮に、チュンセ童子とポウセ童子を住まわせ、天の川東岸の水晶宮に、兄チュンセと妹ポーセを住まわせた。兄チュンセと妹ポーセは、賢治とし子だ。とすれば、チュンセ童子とポウセ童子は、賢治と保阪ということにならないか。

一体、賢治は、これらのエピソードで何を語ろうとしているのだろうか。明らかになったそれぞれのエピソードのイメージを重ね合わせてみる。すると、賢治が童話「銀河鉄道の夜」に秘《ひそ》かに埋めこんだもう一つの物語が見えてきた。

天の川をつなぐその橋は、賢治が将来、幻想第四次元の住民になる頃には完成しているのだろう。賢治はとし子を天の川の西岸の水晶宮に住まわせ、嘉内を東岸の水晶宮に住まわせて、好きな時に両岸に架けられた橋を渡って、二つの水晶宮を往来しようと夢想しているのだ。

何ということだ。今頃になって、こんな賢治の企《たく》みに気がつくとは――。

いや、企みという言葉を使うのは間違いだ。宮沢賢治は何かを企んだりする人間ではない。そのようにしたいと思ったから、そのようにしただけなのだろう。しかし、それらをいずれもあからさまには書きたくなかったのだ。

そんなことでは何も伝わらないではないか、と私たちは思ってしまう。現に、男の子と女の子がなぜ言い争っているのかさえ、今まで気づかないできた。賢治はそれでいいと思ったのだ。

弟の清六が賢治の詩について語った言葉を、今さらのように思い出す。

《手帳をもった賢治は歩きながら書き、汽車で書き、夜はね起きて書いた。山でも畑でも病床でも、まっ暗がりでも雨の中でも書いた。それが詩になるかどうかも、長い短いも、読者や批評なども全然考えないで書いた。それからその手帳をカード式の詩稿やノートに写して置いて、時間があれば校正し、修正し、組合せ、抹消した。それは労働の合間の遊びであり、「決死のわざ」であり、病床での苦痛の避難所でもあった。

全く、連想は連想を生み、リズムをもって一行ずつ閃《ひらめ》いて浮き出て来る楽しい詩草を、本能とも見える速度で書きとって行くことは、慣れればどんなにか楽しい遊戯でもあったろう。》（『雨中謝辞』後記）

考えてみれば詩「マサニエロ」の、「城のすすきの波の上」「伊太利亜製の空間」「（ロシヤだよ、チエホフだよ）」などの詩句は、突拍子もなく現れ、解釈しようにも手がかりすらない。文語詩〔猥《な》れて嘲《あざ》笑める〕も、言葉だけ取りあげても理解不能なのだ。

もちろん、「マサニエロ」や〔猥れて嘲笑める〕は、「労働の合間の遊び」や「楽しい遊戯」ではない。むしろ「決死のわざ」のうちに入るのかもしれない。いずれにしろ賢治の詩は、私たちがよく使う「自己表現」とは違うようなのだ。自分が感じたことや考えていることを、理解してもらうための表現ではない。

賢治は、自分が書いているものは詩ではない、とこだわった。最初の詩集『春と修羅』が出版されたとき、「心象スケッチ」とあるべきところが「詩集」とされてしまい、その文字を銅粉で消したとも伝えられている。

童話もまた、「心象スケッチ」の延長線上にあるのだろう。「ケンタウル祭」も「ジヨバンニの切符」も、そして「水晶のお宮」も「空の工兵大隊」も、理解してもらうための配慮はどこにもない。すべては、賢治の心の中にあるだけなのだ。

この日、平成二十七年八月十一日、北海道では停滞前線の北側の上空に寒気が流れこんで天候が不安定になり、昼ごろから雷をともなう大雨になるという予報だった。が、十時ごろから雲が切れ、青空となって強い日差しが照りつけた。駒ヶ岳の頂上附近からみるみる入道雲が湧《わ》き、いくつも白く輝きながら高くなっていく。そのうちのひとつが、見たこともない円柱状になって、ぐんぐん伸びていった。「ああ、これは賢治の言う『天気輪の柱』だ」。ジョバンニを銀河鉄道へと運んだ天空への柱だ。

今夜は、天の川がよく見えるだろう。「鳥の家」で、冷えたワインでも飲みながら、暗くなるのを待とうか。いつのまにか酔ってしまった耳に、あの軍楽隊の音が聞こえてくるかもしれない。橋を渡る軍楽隊の中ほどで、「黄の旌」をもって行進しているのは——賢治だ。

本書の執筆にあたって、さまざまな方にご協力いただいた。
以下にお名前を記して謝意を表したい。(敬称略)

青木隆夫　阿部正樹　伊藤孝一　川原由佳里　佐藤泰平　杉田このみ
田村兼吉　友野久夫　中尾堯　華園聰麿　藤巻修一　三浦均
村上憲男　望月廣幸　山形孝夫　吉見正信
岩手医科大学(旧岩手病院)　日本赤十字社岩手県支部
日本赤十字看護大学史料室

◆註

註1　「何をやっても間に合はない」で始まるこの詩に、題名はない。宮沢賢治詩集『雨中謝辞』では、この詩に「雨中謝辞」という題名が付されているが、編者の弟・清六がつけたものと思われる。『新校本　宮澤賢治全集』（以下「新全集」と略）では、題名のない詩については、最初の一行を〔　〕でくくって仮の題としている。

註2　引用した著作については、巻末の参考文献の項を参照されたい。

註3　『NEW ENGLISH-JAPANESE DICTIONARY』（研究社）

註4　毎日新聞　平成二十二年八月二十二日（日）朝刊

註5　『妙法蓮華経』陀羅尼品第二十六

註6　岩手軽便鉄道の花巻―似内《にたない》間は段丘の上を通っていた。現・釜石線の花巻―似内間は、段丘の北側を通っている。

註7　ニッポノホン鷲印レコードのレコード番号は、「マサニエロ」が七一四番、「スイミングワルツ」が七一五番で、「マサニエロ」がA面の扱いとなっている。

註8　訳者は「白楊」に「ポプラ」とルビを振っている。「白楊」は通常、「はこやなぎ」または

「やまならし」とされ、いわゆる「ポプラ」は、「西洋はこやなぎ」を指す。「ポプラ」（西洋はこやなぎ）は、枝が上に垂直に伸びるので樹形が細長い円錐形であるのに対し、「はこやなぎ」（やまならし）は、一般的な樹形で、両者はまったく異なる。両者の学名はともに「*Poplus*」で始まる。訳者が「白楊」に「ポプラ」とルビを振った理由は不明。

註9 『宮沢賢治の音楽』（佐藤泰平）

註10 「宮沢トシ・その生涯と書簡」（堀尾青史）

註11 『年譜　宮澤賢治伝』（堀尾青史）

註12 「公子」下書稿（一）による。

父母のゆるさぬもゆゑ
きみわれと　年も同じく
ともに尚　はたちにみたず

註13 当時の看護婦養成制度については、日本赤十字看護大学史料室による。同史料室には、大正三年四月から東京の日本赤十字病院で一年間の実習を受ける日赤岩手県支部の看護専門学校の生徒十名（初恋の看護婦の一年後輩にあたる）の到着日時を知らせる書簡が遺されている。一時、初恋の看護婦として高橋ミネなる女性の名があがったことがあるが、高橋は、大正二年四月に岩手県で看護婦試験（検定試験）に合格して免許を得ている。日赤の看護学校卒業によ

る資格取得者ではない。また、生年が明治二十六年で賢治より三歳上であり、その点からも初恋の看護婦ではないといえる。

註14 「宮沢トシ・その生涯と書簡」（堀尾青史）。原典は、筑摩書房「賢治研究」所収。

註15 新全集第十六巻（下）年譜篇。大正四年四月十日。

註16 同前六月二十四日。

註17 「実践倫理」聴講の様子は、『日本女子大桂華寮』（林えり子）による。

註18 「宮沢トシ・その生涯と書簡」（堀尾青史）。原典は、大正五年三月発行「花巻高女校友会誌」第二号所収。

註19 『宮沢賢治とドイツ文学』（植田敏郎）によると、詩「青森挽歌」の中で回想される賢治のドイツ語は、当時のドイツ語の教科書にあった「水の周遊」であるという。「周遊」は、水が水蒸気から雲になり、雨となって降ってまた川になることを表している。

註20 新全集第十六巻（下）年譜篇。大正七年三月十四日。

註21 清六の証言には「初雪」の言葉がある（「年譜」大正六年十月下旬）。榊《さかき》昌子の調べによれば、大正六年の初雪は十月十三日（土）から十四日（日）にかけて（「年譜」大正六年＊34）。

註22 新全集第十六巻（下）年譜篇。大正九年＊24の項。

註23 賢治は「小岩井農場」執筆後の大正十二年に、国柱会の機関新聞「天業日報」に「角礫《かくれき》行

進歌」や「黎明行進歌《れいめい》」を寄稿している。また同紙の義捐《ぎえん》金募集にも応じている。「国柱会」を退会することはなかったという（上田哲『宮沢賢治　その理想社会への道程』）。ただし、「小岩井農場」や「心相」、そして自分の死を直視した「〔一九二九年二月〕」など一連の詩を辿《たど》ってみると、国柱会的信仰から遠ざかっていく賢治の心境がはっきりと見てとれる。

註24　宮沢賢治詩集『雨中謝辞』の後記で弟・清六が書いている解説による。

註25　現在では讃美歌「主よ御許《みもと》に近づかん」として知られている。

註26　文語詩〔いたつきてゆめみなやみし〕の先駆形が口語詩「鮮人鼓して過ぐ」である。賢治は昭和三年十二月、急性肺炎で高熱を発し、翌四年二月頃まで病床に臥した。その折に作られたのが「鮮人鼓して過ぐ」である。

肺炎になってから十日の間
わたくしは昼もほとんど恍惚とねむってゐた
さめては息もつきあえず
わづかにからだをうごかすこともできなかったが
つかれきっ〔た〕ねむりのなかでは
わたくしは自由にうごいてゐた
まっしろに雪をかぶった

巨きな山の岨みちを
黄いろな三角の旗や
鳥の毛をつけた槍をもって
一列の軍隊がやってくる

のちに、この詩を改作して〔いたつきてゆめみなやみし〕が作られた。

◆主な参考文献

全集・詩集など

◇『詩集　雨中謝辞』宮澤賢治、創元社、1952年
◇現代作家論全集7『宮沢賢治』中村稔、五月書房、1958年
◇近代文学鑑賞講座　第十六巻『高村光太郎　宮澤賢治』伊藤信吉編、角川書店、1959年
◇日本詩人全集20『宮沢賢治』草野心平編、新潮社、1967年
◇日本近代文学大系36『高村光太郎・宮沢賢治集』飛高隆夫・恩田逸夫注釈、角川書店、1971年
◇新修『宮沢賢治全集』第三巻、筑摩書房、1979年
◇新修『宮沢賢治全集』第四巻、筑摩書房、1979年
◇現代詩読本　新装版『宮澤賢治』思潮社、1983年
◇年表作家読本『宮沢賢治』山内修編著、河出書房新社、1989年
◇近代日本詩人選13『宮沢賢治』吉本隆明、筑摩書房、1989年
◇群像　日本の作家12『宮澤賢治』三木卓・他、小学館、1990年

◇新校本『宮澤賢治全集』筑摩書房、1995〜2009年

評論・評伝など

◇『歌劇大観　改訂増補版』大田黒元雄、第一書房、1925年
◇『宮沢賢治研究』草野心平編、筑摩書房、1958年
◇『宮沢賢治の彼方へ』天沢退二郎、思潮社、1968年
◇『宮澤賢治　友への手紙』保阪庸夫・小沢俊郎編著、筑摩書房、1968年
◇『宮沢賢治とその展開—氷窒素の世界』斎藤文一、国文社、1976年
◇『宮沢賢治の道程』吉見正信、八重岳書房、1982年
◇『宮沢賢治　その理想世界への道程』上田哲、明治書院、1985年
◇『銀河鉄道をめざして—宮沢賢治の旅』板谷英紀、筑摩書房、1985年
◇『セロを弾く賢治と嘉藤治』佐藤泰平編、洋々社、1985年
◇『宮沢賢治をもとめて—「青森挽歌」論』龍佳花、洋々社、1985年
◇『小沢俊郎宮沢賢治論集3　文語詩研究・地理研究』栗原敦・杉浦静編、有精堂出版、1987年
◇『兄のトランク』宮沢清六、筑摩書房、1987年

◇『日本女子大桂華寮』林えり子、新潮社、1988年
◇『伯父は賢治』宮沢淳郎、八重岳書房、1989年
◇『宮沢賢治―光の交響詩』赤祖父哲二、六興出版、1989年
◇『隠された恋―若き賢治の修羅と愛』牧野立雄、れんが書房新社、1990年
◇『宮沢賢治の見た心象～田園の風と光の中から』板谷栄城、NHKブックス、1990年
◇『年譜　宮澤賢治伝』堀尾青史、中公文庫、1991年
◇『宮沢賢治　存在の祭りの中へ』見田宗介、岩波書店同時代ライブラリー、1991年
◇『「銀河鉄道の夜」探検ブック』畑山博、文芸春秋、1992年
◇『思想史としてのゴッホ　複製受容と想像力』木下長宏、學芸書林、1992年
◇『教師　宮沢賢治のしごと』畑山博、小学館ライブラリー、1992年
◇『証言　宮澤賢治先生―イーハトーブ農学校の1580日』佐藤成、農山漁村文化協会、1992年
◇『大系朝鮮通信使　善隣と友好の記録』第八巻　辛未・文化度、辛基秀・仲尾宏編、明石書店、1993年
◇『宮沢賢治とドイツ文学〈心象スケッチ〉の源』植田敏郎、講談社学術文庫、1994年
◇『「銀河鉄道の夜」物語としての構造　宮沢賢治の聖性と魔性』斎藤純、洋々社、1994年

◇『宮沢賢治と西域幻想』金子民雄、中公文庫、1994年
◇『宮沢賢治の青春　〝ただ一人の友〟保阪嘉内をめぐって』菅原千恵子、宝島社、1994年
◇『樺太《サハリン》文学の旅〔上〕幕末から明治・大正まで』木原直彦、共同文化社、1994年
◇『樺太文学の旅〔下〕昭和から平成へ』木原直彦、共同文化社、1994年
◇『宮澤賢治「修羅」への旅』萩原昌好、朝文社、1994年
◇『『銀河鉄道の夜』とは何か』村瀬学、大和書房、1994年
◇『宮沢賢治　幻想空間の構造』鈴木健司、蒼丘書林、1994年
◇『宮沢賢治の音楽』佐藤泰平、筑摩書房、1995年
◇『哲学の東北』中沢新一、青土社、1995年
◇『雨ニモマケズ―宮沢賢治の世界』小松正衛、保育社カラーブックス、1995年
◇『宮沢賢治の手紙』米田利昭、大修館書店、1995年
◇『宮沢賢治の謎』宗左近、新潮選書、1995年
◇『新装版　宮沢賢治物語』関登久也、学習研究社、1995年
◇『宮沢賢治・時空の旅人―文学が描いた相対性理論』竹内薫・原田章夫、日経サイエンス社、1996年
◇『宮沢賢治　鳥の世界』国松俊英、小学館、1996年

◇『宮沢賢治　思想と生涯─南へ走る汽車』柴田まどか、洋々社、１９９６年
◇『宮澤賢治フィールドノート─賢治さんと歩いています。』林由紀夫、集英社、１９９６年
◇『宮沢賢治の宇宙を歩く─童話・詩を読みとく鍵』芹沢俊介、角川選書、１９９６年
◇『不思議の国の宮沢賢治　天才の見た世界』福島章、日本教文社、１９９６年
◇『宮沢賢治　北方への志向』秋枝美保、朝文社、１９９６年
◇【賢治】の心理学─献身という病理』矢幡洋、彩流社、１９９６年
◇『宮沢賢治「妹トシへの詩」鑑賞』暮尾淳、青娥書房、１９９６年
◇『《宮沢賢治》注』天沢退二郎、筑摩書房、１９９７年
◇『ほんとうの考え・うその考え　賢治・ヴェイユ・ヨブをめぐって』吉本隆明、春秋社、１９９７年
◇『宮沢賢治　文語詩の森』宮沢賢治研究会、柏プラーノ、１９９９年
◇『宮沢賢治　文語詩の森　第二集』宮沢賢治研究会編、柏プラーノ、２０００年
◇『宮沢賢治「銀河鉄道の夜」精読』鎌田東二、岩波現代文庫、２００１年
◇『宮沢賢治研究資料探索』奥田弘、蒼丘書林、２００１年
◇『宮沢賢治　文語詩の森　第三集』宮沢賢治研究会編、柏プラーノ、２００２年
◇『宮沢賢治「銀河鉄道の夜」を読む』西田良子編著、創元社、２００３年

◇『宮沢賢治　妹トシの拓いた道―「銀河鉄道の夜」へむかって』山根知子、朝文社、2003年
◇『《セロ弾きのゴーシュ》の音楽論　音楽の近代主義を超えて』梅津時比古、東京書籍、2003年
◇『二荊自叙伝』(上・下) 斎藤宗次郎、岩波書店、2005年
◇『賢治歩行詩考　長篇詩「小岩井農場」の原風景』岡澤敏男、未知谷、2005年
◇『《ゴーシュ》という名前《セロ弾きのゴーシュ》論』梅津時比古、東京書籍、2005年
◇『宮澤賢治の〈ファンタジー空間〉を歩く』遠藤祐、双文社出版、2005年
◇「日向記に見る文禄・慶長の役」毛利泰之、『宮崎県地方史研究紀要　第三十三輯』宮崎県立図書館、2006年
◇『甦るヴェイユ』吉本隆明、洋泉社MC新書、2006年
◇『イーハトーブと満洲国―宮沢賢治と石原莞爾が描いた理想郷』宮下隆二、PHP研究所、2007年
◇『宮澤賢治、ジャズに出会う』奥成達、白水社、2009年
◇『新装版　図説　宮沢賢治』上田哲・関山房兵・大矢邦宣・池野正樹、河出書房新社、2009年

◇『江戸時代の朝鮮通信使　新装改訂版』李進熙、青丘文化社、2009年
◇『神的批評』大澤信亮、新潮社、2010年
◇『宮沢賢治―素顔のわが友　最新版』佐藤隆房、富山房企畫、2012年
◇『シモーヌ・ヴェイユ「犠牲」の思想』鈴木順子、藤原書店、2012年
◇『宮澤賢治の五輪峠―文語詩稿五十篇を読み解く』佐々木賢二、コールサック社、2013年

仏教関連

◇『日本の佛典』武内義範・梅原猛編、中公新書、1969年
◇『法華経』田村芳朗、中公新書、1969年
◇『須弥山と極楽　仏教の宇宙観』定方晟、講談社現代新書、1973年
◇『仏教の思想　その原形をさぐる』上山春平・梶山雄一編、中公新書、1974年
◇『漢和対照　妙法蓮華経』島地大等、ニチレン出版、1988年
◇『宮沢賢治の宗教世界』大島宏之編、溪水社、1992年
◇『死後の世界』F・グレゴワール著、渡辺照宏訳、白水社文庫クセジュ、1992年
◇『法華経入門』菅野博史、岩波新書、2001年
◇『梵漢和対照・現代語訳　法華経　上』植木雅俊訳、岩波書店、2008年

◇『梵漢和対照・現代語訳　法華経　下』植木雅俊訳、岩波書店、２００８年

自然科学・その他

◇「聖書之研究」第一四二号、聖書研究社、１９１２年
◇「聖書之研究」第一四四号、聖書研究社、１９１２年
◇『科学大系』第一巻、Ｊ・Ａ・トムソン、北川三郎・小倉謙訳、大鐙閣、１９２２年
◇『宇宙の謎』Ｅ・ヘッケル、内山賢次訳、春秋社、１９２９年
◇『宮沢賢治と星』草下英明、甲文社、１９５３年
◇『七里ヶ浜』宮内寒彌、新潮社、１９７８年
◇『宮沢賢治と植物の世界』宮城一男・高村毅一、築地書館、１９８０年
◇『朝鮮通信使絵図集成』辛基秀・他、講談社、１９８５年
◇『個体発生と系統発生　進化の観念史と発生学の最前線』Ｓ・Ｊ・グールド、仁木帝都・渡辺政隆訳、工作舎、１９８８年
◇『宮澤賢治　星の図誌』斎藤文一・藤井旭、平凡社、１９８８年
◇『北海道　樹木図鑑』佐藤孝夫、亜璃西、１９９０年
◇『ＳＯＳタイタニック号』Ｊ・ウィノカー、佐藤亮一訳、恒文社、１９９１年

◇『楽しい鉱物図鑑』堀秀道、草思社、1992年
◇『水族館への招待　魚と人と海』鈴木克美、丸善ライブラリー、1994年
◇『不沈タイタニック』D・A・バトラー、大地舜訳、実業之日本社、1998年
◇『海の奇談』庄司浅水、文元社、2004年
◇『あゆみ　盛岡赤十字看護専門学校閉校記録誌1920-2004』盛岡赤十字看護専門学校閉校記録誌編集委員会編、盛岡赤十字看護専門学校閉校記録誌編集委員会、2004年
◇『葉・実・樹皮で確実にわかる樹木図鑑』鈴木庸夫、日本文芸社、2005年
◇『賢治と鉱物―文系のための鉱物学入門』加藤碩一・青木正博、工作舎、2011年
◇『日本の看護のあゆみ―歴史をつくるあなたへ　改題版』日本看護歴史学会編、日本看護協会出版会、2014年
◇『植物はすごい　七不思議篇』田中修、中公新書、2015年

辞典など

◇『大典紀念　巌手縣紳士録　全』工藤善吉、岩手県実業青年倶楽部、1916年
◇『岩波独和辞典』小牧健夫・奥津彦重・佐藤通次、岩波書店、1953年
◇『研究社新英和大辞典』岩崎民平他、研究社、1953年

◇『旺文社古語辞典』守随憲治・今泉忠義・松村明編、旺文社、１９８０年
◇『新明解漢和辞典　第二版』長澤規矩也編、三省堂、１９８１年
◇『大辞林』松村明・三省堂編修所編、三省堂、１９８８年
◇『宮沢賢治ハンドブック』天沢退二郎編、新書館、１９９６年
◇『定本　宮澤賢治語彙辞典』原子朗、筑摩書房、２０１３年

解説

首藤淳哉

きっかけはいつも不意に訪れる。人生とはどうやらそういうものらしい。

丈夫な体だけが取り柄だったのに、仕事中に倒れ、人生初の入院生活を経験した。精魂傾けていた仕事を放り出し、おとなしくベッドで横になっているなんて想像すらしなかったし、その後、医師に命じられたジム通いで、まさか筋肉をいじめるマゾヒスティックな喜びに目覚めようとは思わなかった。

人生はいつだって偶然のきっかけに左右される。予期せぬタイミングで、思いもよらなかった人生の扉が開かれる。

本書は「宮沢賢治」についての画期的な発見が記された傑作ノンフィクションである。もしも今、あなたがこの本を偶然手にしたのであれば、解説を読むのなんて後回しにして、このまま真っ直《まっす》ぐレジに向かうことをオススメする。間違いなく本書は鮮烈な読書体験を与えてくれるだろう。宮沢賢治という文学史上の巨人が、まるで近しい友人のように感じられ、謎《なぞ》めいた作品の数々に秘められた賢治の想《おも》いを知ることができる。この本を手にしたあなたは、幸運だ。

著者に本書を書くきっかけをもたらしたのも、新聞社から突然かかってきた電話だった。執筆を依頼された読書面のコラムで宮沢賢治全集に触れたところ、新しい全集が出ていることを担当記者が知らせてくれたのだ。さっそく入手し、これまでちゃんと読んだことのなかった文語詩の巻を開くと、異様な言葉で始まる詩と出合った。

《猥れて嘲笑めるはた寒き》

「猥褻《わいせつ》」の「猥」が使われているが、「猥れて」をどう読むのかわからない。他にも「嘲笑」「凶」「秘呪」などの字句が、ただならぬ雰囲気を醸《かも》し出していた。本書はこの異様な四行詩の解読から始まる。スリリングな謎解きにページを捲《めく》る手が止まらない。

著者はテレビの草創期から数多くのドラマやドキュメンタリーを手がけてきた名プロデューサーだ。本書のひとつ目の読みどころは、著者の徹底した解読ぶりにある。謎の詩を下書稿から一字一句舐《な》めるようにチェックし、この詩が書かれた日はいつか、その日の賢治の行動はどうだったか、その時、賢治はどんな場所に立ち、その目にはどんな光景が映っていたか、しつこく調べていく。

やがて著者は、謎の文語詩と同じ日の出来事を詠《よ》んだと思《おぼ》しき「マサニエロ」という口語詩と出合うのだが、この詩の解読に至っては、賢治が佇《たたず》んでいた城あとにどんな風が吹いていたかまで調べている。スゴ腕のプロデューサーというのは、ここまで徹底した取材をするのかとため息が出る。同じ放送業界に身を置く者としては、もしこの人が上司だったら……と想像しただけで逃げ出したくなるが、著者の妥協を許さぬ調査のおかげで、読者はあたかもその場所に立ち会っているかのような臨場感で賢治の詩を読むことができる。徹底したディテールの再現によって、私たちは賢治の頬を撫《な》でていた風すらも感じることができるのだ。

ノンフィクションは事実をベースにする、と言うと当たり前のようだが、ここまでノンフィクションらしいノンフィクションも珍しい。事実を細部に至るまでとことん突き詰めているからこそ、リアルな存在感をもって賢治が私たちの前に立ち現れる。「まるで生きているかのような賢治」。これが本書のふたつ目の読みどころである。

謎の詩を解読するうちに、著者は「妹の恋」が鍵《かぎ》になっていることに気づく。賢治とは二歳違いの妹とし子は、花巻高等女学校きっての秀才だったが、音楽教師に恋をし、このことが地元紙にスキャンダルとして報じられてしまう。ところが、妹が失意の底にある時、賢治は自らの恋に夢中で、このことを知らなかった。

賢治が恋い焦《こ》がれた相手は、同性だった。著者はこの叶《かな》わなかった恋をつぶさに検証していく。思いを寄せる人からの手紙に胸ときめかせる賢治、会いたいとしつこく迫る賢治、同性を好きになってしまった自分は「けだもの」だと自嘲《じちょう》する賢治……。恋する賢治はとても生々しい。純粋で誠実だが、あまりに性急で不器用だ。賢治を聖人君子のように崇拝するファンはショックかもしれないが、ここには紛れもない生身の賢治がいる。本書を読みながらずっと、賢治の体温や息遣いを身近に感じているかのようだった。

だが、著者の描く賢治があまりにリアルであるがゆえに、賢治の悲しみもまた痛切に胸に迫ってくる。大正十年（一九二一）九月、とし子が喀血《かっけつ》した。翌年になっても病はよくならず、病室で過ごすようになる。この時賢治は初めて、とし子が内面を書き綴《つづ》ったノートを読み、最愛の妹が抱えていた苦しみを知った。日本文学史上屈指の名篇「永訣《えいけつ》の朝」は、ほとんど食欲を失った妹が最後に口にしたいと望んだ霙《みぞれ》（花巻弁で「あめゆじゅ＝雨雪」）を、賢治が取ってくる様子を詠《うた》った詩である。「あめゆじゅとてちてけんじゃ」（雨雪を取ってきてちょうだい）というとし子の言葉が、幻聴のように繰り返されるのが悲しい。

この詩の中で賢治は、「おらおらでしとりえぐも」（私は私で独り行きます）というとし子が発した方言を、なぜかローマ字で記している。なぜわざわざローマ字で書いたのか。著者は、賢治の心の奥にまで分け入って、その時の心情を推し測る。ただ一人賢治だけが、とし子の孤独と悲しみとを感知していたという事実に、胸が痛くなる。大正十一年（一九二二）十一月二十七日夜、とし子は二十四歳の若さでこの世を去った。賢治の声すらも出ない慟哭《どうこく》を、私たちはその傍で聞くことになる。愛する妹の死が、この繊細極まりない青年の心にどれだけ深い傷を負わせたか、身を切るような痛みとともにあなたにも伝わってくるだろう。

とし子の死後、賢治が案じていたのは、妹の魂の行方である。その関心は常に創作の根底にあった。そしてその先に、名作『銀河鉄道の夜』が生まれるのだ。本書のクライマックスにして最大の読みどころは、この名作に秘められた謎の解明である。『銀河鉄道の夜』の主人公ジョバンニには、カムパネルラという同伴者がいる。長い間、このカムパネルラのモデルは妹とし子であるとされてきた。とし子が亡《な》くなった後の樺太《からふと》への旅を歌った「青森挽歌《ばんか》」に銀河を走る夜汽車のイメージが出てくることなど、いくつかの傍証からそう考えられてきたのだが、著者の精緻《せいち》な読み解きによって、この名作は私たちにまったく違う顔を見せる。

『銀河鉄道の夜』は謎の多い作品だ。たとえば物語に出てくる「ケンタウル祭」とは何か、賢治は一切、説明していない。あるいはジョバンニの持っている切符に印刷されている「おかしな十ばかりの字」とは何か、なぜ天の川に工兵大隊が登場するのか……。こうした疑問のひとつひとつを、例によって著者は粘り強く解き明かしていく。

圧巻は、賢治が旅をした厳冬の陸中海岸の夜空を再現するくだりである。『銀河鉄道の夜』の着想にはタイタニック号の沈没事故が影響しているのだが、賢治は冬の海を体感するために、大正十四年（一九二五）一月五日、陸中海岸への旅に出た。厳寒の雪道を徹夜で歩くルートである。著者はコンピュータグラフィックスの研究者の協力を得て、この日の夕方から明け方にかけて、陸中海岸の上空にどんな星々が見えていたかを検証する。こうして再現された「陸中海岸のその夜の空の出来事」には思わず息を呑《の》んだ。白い息を吐きながら黙々と雪道を歩く賢治。その頭上に広がる満天の星空。夜空を走る銀河鉄道が確かに見えたような気がした。

長い旅の末に著者は、『銀河鉄道の夜』の中に新しい賢治を見出《みいだ》す。それは文学史上の新発見と言っていい、まったく新しい賢治像である。それがどのようなものかここでは書かないでおこう。ミステリー小説の種明かしをするようなものだからだ。ぜひ自分の目で確かめてほしい。

本書は文学作品の読み方の素晴らしいお手本でもある。賢治の作品には、わかりにくい表現や意味不明な言葉が、唐突に出てくることがよくある。最初の作品『春と修羅』が出版された時も、賢治は詩集ではなく「心象スケッチ」と呼ぶことにこだわった。どうやら「自分だけがわかっていればそれでいい」ということらしい。これは現代の私たちが考える「自己表現」とはまったく違うものだ。私たちの言う「自己表現」は、他者の評価を前提としている。小説でもドラマでも、最近はとかく「わかりやすい」作品ばかり求められるが、これも受け手の評価を前提とした発想だ。だが、賢治は違う。

人生を襲った理不尽な出来事について、なぜそれが起きたのか、その意味するところは何かを苦しみながら考え抜き、創作物へと昇華させた。賢治が生み出した一連の作品は、まず何よりも、自分のために書かれたものなのかもしれない。にもかかわらず、それが独りよがりに陥っていないのは、賢治が己を極限まで突き詰めているからではないか。個を突き詰めた果てに、普遍性が現れる。著者はこの一見わかりにくい、きわめてパーソナルな賢治の表現をそのままに受け止め、なぜそのように書かざるを得なかったのか、その時々の賢治が置かれていた状況や気持ちを理解しながら解き明かしていく。本書は文学作品の深い味わい方の優れた実践でもある。

単行本の刊行当初から本書は評判となり、第十五回（平成二十九年）の蓮如《れんにょ》賞も受賞した。「聖なる人間の背後には常に深い闇《やみ》があることを明らかにした画期的作品」と当時存命だった梅原猛は評したが、これも著者の賢治作品の深い読み込みがあってこそ、だろう。

最後に、大事なことを言い忘れていた。この小文の冒頭で、きっかけはいつも不意に訪れると書いた。人生は計画通りには進まない。良きにつけ悪《あ》しきにつけ、人生に想定外の出来事はつきものだ。だが一方で、それがどんな出来事であろうと、後から振り返ると、不思議とその経験には意味があったことに気づくのだ。まるでその事態を乗り越えることが、最初から予定されていたかのように思える。だからあなたがこの本を手に取ったことにも、きっと何か意味があるはずだ。本書があなたに何をもたらすかはわからない。だが、あなたがまだ知らない新しい賢治と出会えることだけは、確かだ。繰り返そう。この本を手にしたあなたは、幸運である。

（令和二年一月、文化放送プロデューサー）

この作品は平成二十九年二月新潮社より刊行された。

宮沢賢治著
新編 風の又三郎
谷川に臨む小学校に突然やってきた不思議な転校生——少年たちの感情をいきいきと描く表題作等、小動物や子供が活躍する童話16編。

宮沢賢治著
新編 銀河鉄道の夜
貧しい少年ジョバンニが銀河鉄道で美しく哀しい夜空の旅をする表題作等、童話13編戯曲1編。絢爛で多彩な作品世界を味わえる一冊。

宮沢賢治著
注文の多い料理店
生前唯一の童話集『注文の多い料理店』全編を中心に土の香り豊かな童話19編を収録。イーハトヴの住人たちとまとめて出会える一巻。

天沢退二郎編
新編 宮沢賢治詩集
自己の心眼と森羅万象との絶えざる交流と融合とによって構築された独創的な詩の世界。代表詩集『春と修羅』はじめ、各詩集から厳選。

宮沢賢治著
ポラーノの広場
つめくさのあかりを辿って訪ねた伝説の広場をめぐる顛末を描く表題作、ブルカニロ博士が登場する「銀河鉄道の夜」第三次稿など17編。

伊与原 新著
青ノ果テ
—花巻農芸高校地学部の夏—
僕たちは本当のことなんて1ミリも知らなかった——。東京から来た謎の転校生との自転車旅。東北の風景に青春を描くロードノベル。

宮沢賢治《みやざわけんじ》の真実《しんじつ》

修羅を生きた詩人

新潮文庫　こ－70－1

令和二年四月一日発行

著者　今《こん》野《の》勉《つとむ》

発行者　佐藤隆信

発行所　株式会社新潮社
郵便番号　一六二—八七一一
東京都新宿区矢来町七一
電話　編集部(〇三)三二六六—五四四〇
　　　読者係(〇三)三二六六—五一一一
https://www.shinchosha.co.jp

価格はカバーに表示してあります。

乱丁・落丁本は、ご面倒ですが小社読者係宛ご送付ください。送料小社負担にてお取替えいたします。

印刷・株式会社光邦　製本・株式会社大進堂

© Tsutomu Konno 2017 Printed in Japan

ISBN978-4-10-101971-0 C0195